九码头

文艺卷

主编　张永久　曹大明

副主编　冯汉斌　唐普　李虎　赵志满

华中科技大学出版社
http://press.hust.edu.cn
中国·武汉

内 容 简 介

　　本卷以九码头为中心，将九码头区域百年间的文学艺术作为书写对象，详细梳理了该区域在小说、诗歌、散文、民间文学，以及美术、书法、摄影、戏剧、电影、音乐等文艺门类中涌现的文艺家和文艺作品。同时，本卷还整理并发掘了一批重要的文艺史料、日记、书信及回忆录。本卷内容丰富，史料翔实，兼具可读性、时代性和资料价值，是了解九码头文化不可或缺的重要参考。

图书在版编目（CIP）数据

　　九码头 / 张永久，曹大明主编． -- 武汉 ： 华中科技大学出版社， 2025.6.
ISBN 978-7-5772-1728-4

　　Ⅰ．I25

　　中国国家版本馆 CIP 数据核字第 2025Y9J544 号

九码头 　　　　　　　　　　　　　　　　　　　张永久　　曹大明　　主编
Jiumatou

策划编辑：彭中军
责任编辑：狄宝珠
封面设计：孢　子
责任监印：朱　玢
出版发行：华中科技大学出版社（中国·武汉）　　　电话：（027）81321913
　　　　　武汉市东湖新技术开发区华工科技园　　　邮编：430223
录　　排：武汉创易图文工作室
印　　刷：湖北新华印务有限公司
开　　本：710 mm×1000 mm　1/16
印　　张：39.75
字　　数：856 千字
版　　次：2025 年 6 月第 1 版第 1 次印刷
定　　价：333.00 元（共三册）

《九码头》编辑委员会

　　一千三百年前,身着白衣的青年李白乘坐一条木船,穿越长江三峡的惊涛骇浪,历经千难万险而来。进入西陵峡,过了南津关峡口后,木船便驶入了宜昌城的水域。逶迤的青山逐渐远去,辽阔的平野一望无际,江面上明月高悬,宛如自天边飞来的明镜,云雾与江水之间仿佛幻化出海市蜃楼般的景象。那一刻,人的眼界豁然开朗,心境也随之开阔,木船上的青年李白挥毫泼墨,写下了流传千古的名句:"山随平野尽,江入大荒流。"

　　在人类文明的早期,川江流域的先民们依水而居,利用木筏或其他漂浮物作为渡河的工具,开启了他们的水上生活。随着时间的推移,这些工具逐渐发展成为以独木舟和木船为主的水上通行方式,人们开始在河流两岸选择合适的地方抛锚停泊,并修建了土石结合的堤防以及仓储设施,这些设施初步构成了码头的雏形。

　　唐宋至明清时期,长江流域的经济活动逐渐增多,川江航运的重要性也日益显著。特别是在清咸丰年间的"川盐济楚"政策下,湖北首先在巴东县万户沱设立了川盐分局,对顺江而下的川盐进行检查并征税,随后又在宜昌设立了湖北川盐总局,这一举措极大地提升了宜昌在经济社会中的地位。

　　"川盐济楚"政策的实施带来巨额利润,使得财富在整个经济社会中流通起来,长江宛如一条黄金滚滚的河流,成千上万人的欲望在波涛中翻滚碰撞。在这一时期,宜昌码头逐步成型,转运贸易变得异常繁荣。大小船只成群结队,进进出出,连帆接舻,首尾相接,络绎不绝。船工、纤夫以及其他依靠码头谋生的人,多时可达一两万人之众。

　　1876年宜昌开埠后,宜昌码头逐渐开始向近代港口转型。据武汉出版社1990年出版的《宜昌港史》记载:"宜昌开埠之后,帝国主义仰仗不平等条约,加强了对宜昌港口的控制,纷纷前来兴建码头、货栈、办公楼等设施,以操纵该埠航运业务。"特别是英国商人立德乐,驾驶着他自己定制的"利川"号机动船,成功穿越了凶险的长江三峡,抵达重庆朝天门,从此,"蓝烟囱航线"得以开辟,川江航运以及沿线河岸的码头迈入了一个全新的发展阶段。

　　至今仍矗立在九码头一带的百年系缆桩,见证了宜昌从封建走向现代、从封闭走向开放、从内陆走向海洋的整段历史。随着"川盐济楚"、宜昌开埠等一系列历史进程的推进,宜昌的木船与轮船水运运输业得到了迅速发展,长江沿岸涌现出众多码头,其中既有客货混运码头,也不乏专业码头,如煤油码头、瓷器码头、水泥码头、石油码头、棉纱码头、麻纺码头等。宜昌港口区域的范围也随之不断扩大,从上游的葛洲坝、西坝沿江而下,一直延伸至镇川门、大公桥,乃至万寿桥江岸,后来又进一步拓展到了白沙坨一带。

中华人民共和国成立后,长航宜昌办事处对码头进行了统一编号。1951年,该办事处将原属招商局的3个码头、原属民生公司的2个码头,以及原属省轮码头、强华公司、华中公司的码头进行了统一登记并重新编号,确定了宜昌港一码头至十四码头等14个码头。在这14个码头中,一码头位于西坝,而一码头至九码头一段由于沙滩宽阔、坡度平缓,不适宜设置趸船,轮船只能停泊在江心,乘客和货物需依赖小木船进行摆渡。相比之下,十码头至十四码头则可以终年停泊轮船,尤其是在夏季洪水季节,这几个码头更是异常繁忙。其中,九码头位于胜利一路西南端的江岸,原本是油脂公司的一个码头,在长航宜昌办事处对码头进行统一编号后被命名为九码头,并主要承担客运业务。每天出入该码头的人流量巨大,南来北往的客人涵盖了政治、经济、文化、体育等多个领域,因此产生了广泛的社会影响。正因如此,久而久之,九码头的名声越来越响亮。狭义而言,九码头指的是位于胜利一路江岸的这个客运码头;广义而言,九码头则泛指宜昌港所辖的所有码头;而从更广义的范畴来说,这套丛书中所提及的九码头,也可以理解为宜昌城长江沿岸水域码头的一个统称。

今日之九码头,已成为宜昌城重要的标志性文化符号,承载着好几代人的荣耀、骄傲、乡愁与梦想。回望往昔的九码头,除了亲切感和温情,还夹杂着一丝惆怅。然而,无论是宜昌本土市民还是外地游客,无论选择何时前来,只要漫步于九码头周边,那份惆怅便会被眼前的美丽景致所替代,心境也会随之豁然开阔。在"共抓大保护,不搞大开发"理念的引领下,古老的长江焕发出勃勃生机。一江碧水,滋养万物,万象更新。九码头,正经历着从沉寂无声到"千灯夜市喧"的华丽转身。每天,游轮载着乘客顺江而下,穿过宜万铁路大桥后折返,沿途游览天然塔、万达商务区、夷陵长江大桥、磨基山森林公园、滨江公园、镇江阁、至喜长江大桥、葛洲坝船闸……如梦如幻的美景令人目不暇接。九码头的夜间经济有效刺激了旅游消费,激活了周边商圈。

鉴于此,伍家岗区政协与区委宣传部适时提出了组织人员撰写并出版《九码头》文史丛书的构想。经过长达近两年的资料查阅、深入采访以及精心撰写等辛勤工作,撰写组的十余名成员终于将这套珍贵的文史丛书呈现给了广大读者。

《九码头》文史丛书共分为三卷——"历史卷""社会卷"和"文艺卷",它们分别从不同角度对九码头区域的多个方面进行了系统梳理,整理并发掘了一批重要的史料,同时以独特的文化视角和优美的文学语言进行了生动叙述。在撰写这套文史丛书的过程中,文史作家们广泛走访,查阅了大量历史档案,搜集了丰富的口述历史资料,并深入访谈了原住地居民,力求全面、真实地展现九码头的历史风貌。笔者期望通过对九码头的研究,能够激发读者对本土文化的热爱与思考,同时也为后人留下一份珍贵的历史记录。可以说,在宜昌市的文史研究领域,这套文史丛书填补了长期以来的一个空白,具有非常重要的意义。

在这片承载着厚重历史与丰富文化的土地上,九码头是一个既真实又充满梦幻色彩的存在。无数风云人物和感人故事在这里交织成篇,共同构筑了其独特而丰富的文化底蕴。它不仅是船舶来往的枢纽,更是经济交流、人文交融、信息汇聚的重要场所。九码头犹如一颗璀璨的明珠,在历史的长河中熠熠生辉。

感谢伍家岗区政协与区委宣传部、三峡大学民族学院的精心组织,也感谢所有参与者的辛勤努力和无私奉献。希望读者在翻阅这套文史丛书时,能深切感受到九码头的独特魅力和深厚的文化底蕴。

愿这套文史丛书成为一座桥梁,连接起过去与未来,让我们共同铭记历史,展望未来。

张永久

九码头的文艺叙事

"那一晚细雨打湿钟楼,我送你离开九码头。熙熙攘攘的人流中,你使劲抓着我的手。那时候我们讨论未来,手里提着半瓶啤酒。江面升起白白的月亮,你的发香落满我衣袖。宜昌城不眠的夏夜,九码头是宇宙的尽头。我们从迪厅唱到酒吧,除了快乐一无所有。宜昌城不眠的夏夜,九码头是漂泊的乡愁。远处传来靠岸的汽笛,你一去再也没有回头。" 2021 年秋季,宜昌市文联主席周立荣作词、孟文豪作曲、石头演唱的《九码头》迅速传遍宜昌人的朋友圈,九码头 —— 这一宜昌城妇孺皆知的地理与文化地标,瞬间唤醒了几代宜昌市民的乡愁记忆。一时间,"九码头文化" 成了市民们街谈巷议的热门话题。

那么,什么是九码头呢? 在近年出版的《湖北省宜昌市伍家岗区地名志》一书中,"九码头" 有两个解释:一是指作为码头的九码头,它位于胜利一路西南端的江岸。1951 年,长航宜昌办事处对宜昌市码头进行了统一编号,从上起大南门下至杨岔路江段,按顺序编为一至十四码头,该码头在宜昌市港区排序第九,因此得名。九码头最早建于 1950 年,后来扩建为宜昌港客运中心码头,专门用于客运,年客运量达到 35 万人次。然而,随着经济社会发展,作为水上运输设施的九码头随之消失。另一个解释是指作为片区的九码头,它位于万寿桥街道的西南部,以胜利一路为中心,泛指东接江海路、西连胜利二路、南临长江、北靠夷陵大道,东西长约 400 米、南北宽约 320 米的这一区域。在这一系列码头中,九码头最为著名。九码头原为油脂码头,后来从货运转为客运,由于人流量大,名声逐渐远扬。

宜昌的码头是宜昌城一道亮丽的风景线。宜昌是一座码头城市,也素有 "不夜港" 的美称。据资料记载,开埠前,古城内为 "四关八码头",城圈内分东、南、西、北四关八门,均设有水陆码头运输组织。其中,八门中有六门临长江,作为水运码头使用。20世纪 20 年代以后,短途小火轮航运逐渐兴起,雷家在大南门设立了码头公司,并安置昼船用于上下客货。民国时期,大南门以上的码头共有18处,均供木船停靠,装卸的货物主要是杂货、瓷器、草纸、粮食、青果、木料等大宗物品。在繁忙时段,这些码头可以绵延十余里,搬运工人数量可达六千之众。这使得上河街至大南门沿江一带帆樯如林,船只连档接尾达数千只,船户船民超过万人。同时,还形成了川楚八帮和湘帮等帮派,各自划分地段,招揽客货,从而呈现出昼夜鼎沸、一片繁忙的景象。

宜昌拥有众多响亮的文化符号,这些文化符号相互拼接、交融,共同构成了宜昌文化最丰富的内涵,激发了人们最浪漫的想象力。其中,距今约19.5万年的"长阳人"是被写入中学历史教科书的长江以南最早发现的远古人类之一;嫘祖被后人尊为"中华民族的伟大母亲"和"人文女始祖",她发明了植桑养蚕、缫丝织绢之术,使人类结束了以兽皮树叶遮体的蛮荒时代,大大推动了华夏文明的进程;世界级文化名人屈原是中国历史上第一位伟大的爱国诗人,也是"世界四大文化名人"之一,他一人之力胜过"诗三百",作为中国浪漫主义文学的奠基人,他还是"楚辞"的创立者和代表者,被誉为"中华诗祖"和"辞赋之祖";三峡工程则是迄今世界上综合效益最大的水利枢纽,集防洪、发电、航运、养殖、旅游、南水北调、供水灌溉等功能于一体,创造了无数个世界奇迹,实现了中华民族的百年梦想;此外,宜昌还有被誉为"长江的女儿,草原的母亲,和平的使者"的王昭君,她因出塞和亲而成为中国古代最伟大的女性之一,正如诗句所言:"昭君自有千秋在,胡汉和亲识见高。"因长江而孕育的宜昌,还拥有一位世界级文化名人——屈原,屈原文化同样是世界级的文化瑰宝。在于秭归召开的中国屈原学会第十九届年会上,中国屈原学会会长方铭向到会的近两百位全国屈学和楚辞学专家学者表示,屈原不仅是宜昌的,也是中国的,更是世界的。屈原是世界级的大诗人,他的作品和思想具有深远的世界级意义。

但就宜昌的地理位置而言,长江始终是宜昌无法绕过的客观存在。正是这条作为世界级名片的母亲河,赋予了宜昌"半城山水半城诗"的城市风貌;宜昌境内雄伟壮丽的三峡,是世界级的风景,"峡尽天开朝日出,山平水阔大城浮",三峡工程几乎成了宜昌的城市名片;三峡工程则是世界级的水利工程,"更立西江石壁,截断巫山云雨,高峡出平湖"的伟人诗句,在宜昌变为了现实,也因此,宜昌一跃成为"世界水电之都"和"中国动力心脏"。宜昌的山水孕育了三峡大坝,而三峡大坝则让宜昌举世闻名。

宜昌是一座峡江之城,同时也是物流人流的集散地,拥有浓郁的码头文化氛围。两千多年的宜昌建置史,与码头息息相关。李白24岁时初次出蜀,经过宜昌时连写两首传世名诗。在他眼中,宜昌的荆门山是一个巨大的存在。坐在船上,长江边的荆门山激发了李白的创作灵感,他一口气写下了《秋下荆门》:"霜落荆门江树空,布帆无恙挂秋风。此行不为鲈鱼鲙,自爱名山入剡中。"荆门山位于现今长江南岸的宜都和点军交界处,隔江与虎牙山对峙。战国时期,这里就是楚国的西方门户,乘船东下过荆门山,就意味着告别了巴山蜀水。面对此景,青年李白的灵感如泉涌般不可遏制,又写下了为宜昌市民所熟知的《渡荆门送别》:"渡远荆门外,来从楚国游。山随平野尽,江入大荒流。月下飞天镜,云生结海楼。仍怜故乡水,万里送行舟。"从24岁到58岁,横跨34个春秋,李白四次渡过峡江,四次经过宜昌,每次都留下了流传千古的诗句。李白一生走遍了大半个中国,攀登过峨眉山、泰山、华山、庐山、黄山,泛舟过长江、黄河、洞庭湖、鄱阳湖,但三峡的山水始终是李白心中魂牵梦绕的审美对象。这是青春时期的李白对宜昌的诗意馈赠,也是宜昌这座既古老又充满新意的诗城的幸运。

"北斗三更席,西江万里船。杈藜登水榭,挥翰宿春天。白发烦多酒,明星惜此筵。始知云雨峡,忽尽下牢边。"公元768年,正值人生暮年的杜甫,从四川出峡途经宜昌时,当地官员设宴为其饯行,他即席创作了《春夜峡州田侍御长史津亭留宴(得筵字)》一诗。这位如父辈般的大诗人,曾经离我们如此之近。这首诗透露出一个重要信息,即宜昌的田姓官员是在今三游洞附近的下牢戍津亭招待杜甫的。当时,下牢戍是峡州的治所,即政治文化中心。和李白一样,杜甫也是乘船经过宜昌,在宜昌码头停留,并诗兴大发。

城区地处三峡出口,峡尽天开后,山势陡然变得平坦,水面也变得开阔,因此这段江面极利于船只抛锚停泊。历史上,宜昌三峡自古便是通航之地,也是长江中下游通往巴蜀的水上运输中转站,转运繁忙,堪称物流汇聚之地。其中最为著名的,当属"川盐济楚",这一时期宜昌码头文化迎来了历史上的第一个"高光时刻",江面上船只首尾相接,桅杆林立,故有"日有千人拱手,夜有万盏明灯"之美誉。

1876年,宜昌开埠后,被正式辟为通商口岸,清廷随后设立了宜昌海关,轮船水运迅速兴起。1878年,招商局租用轮船抵达宜昌,开辟了汉口至宜昌的航线。1880年后,英商太古洋行、怡和洋行以及日商大阪洋行的轮船也相继加入这条航线。据统计,从民国初年到20世纪30年代中期,宜昌港的吞吐量增长了七倍。水上运输的发展也带动了城区范围的扩大,一时间,宜昌城二马路以下的长江岸边,直至大公桥及万寿桥一带,兴建了许多洋码头。招商局、川江、三北等轮船公司,以及太古、怡和、隆茂、大阪等洋行,还有经营石油储运的美孚、亚细亚、德士古三家公司,均在现今伍家岗区的沿江地带建造了办公楼、仓库、货栈、油罐和码头等设施,呈现出一时的繁荣景象。

新中国成立以后,以"九码头"为代表的宜昌码头文化繁荣昌盛,孕育出了两位声名远扬的著名作家。最早成名的是黄声笑,他的作品从顺口溜到快板诗,写作对象多为码头工人的生活。他在全国各地报刊上发表了千余首诗歌,最终成为中国文坛上杰出的"工人诗人"。他创作的诗歌《我是一个装卸工》中的名句"左手搬来上海市,右手送走重庆城",成为共和国诗歌史上的经典。随后崭露头角的,是起初在轮船公司担任电工,后来升任省作协主席的鄢国培。20世纪七八十年代,他以长篇小说《长江三部曲》轰动全国文坛,该书成为描写码头文化、峡江文化和社会生活的标志性作品,穿越时空,至今仍散发着文学的魅力。

除了黄声笑和鄢国培,宜昌籍著名画家冯中衡在20世纪50年代也创作了一批高质量的描绘宜昌港和九码头的水彩画作品。其中,1954年9月所作的《繁荣的宜昌港》,是我们能见到的最早成功描绘宜昌码头的作品。此外,他还创作了《宜昌港》《宜昌港旧貌》《宜昌港之二》《宜昌港之三》和《九码头》等作品,以丰富的细节记录了那个时代宜昌港口的繁忙景象,堪称其艺术生涯中的精品力作。

1981年1月,长江第一坝葛洲坝胜利截流。同年6月15日,著名诗人舒婷从重庆乘船经过宜昌,由于当时船闸尚未通航,宜昌诗人刘不朽特地驾车到坝上的陡山沱码头迎接舒婷,并于下午将其送至九码头,舒婷再次乘船东行。离别时,舒婷说道:"在三峡的船上,我写了一首小诗,来不及抄写给你指教,但你将来或许能看到吧!"这首题为《神女峰》的诗,半年后在新疆石河子创办的《绿洲》诗刊上发表,成为舒婷最著名的诗作之一。当时的九码头,凭借一张船票,迎来送往西来东往的客人,好不热闹。

宜昌籍著名文艺家汪国新与郑桂兰夫妇曾在宜昌九码头长期居住,九码头给予了他们巨大的创作灵感。据统计,汪国新在九码头生活期间,创作了油画、国画、连环画、插图、诗词和小说等一百多部作品。汪国新与郑桂兰夫妇的《长江三部曲》十部连环画及其创作脚本,以及郑桂兰三十万字的长篇小说《长长芭芒路》,都是在他们位于九码头的家中完成的。而20世纪70年代出版的连环画《劈波斩浪》,可以说是九码头的产物:原著为黄声笑的长诗《劈风斩浪拖林海》,改编者为作家李华章,绘画者为汪国新和港务局工人田期松。

如今80多岁的老作家李华章仍笔耕不辍,拥有着丰富的码头文化记忆。近年来,他创作了多篇关于九码头的文章,这些文章不仅展现了他个人的九码头记忆,也是新中国宜昌的文学记忆。他在文章中认为,九码头的文脉如同长江一般悠长而深沉。在这里居住与生活的老中青文人,或从这里启程,或在这里成长,或在这里声名鹊起。

进入新时代,九码头的文学艺术持续繁荣,涌现出了一批卓有成就的艺术家。他们以自己多姿多彩的文艺实践和各具特色的作品,为这片土地树立了通向未来的精神标杆。

目录
Contents

第一章

江波不见远归舟

——文学

从文学发生学的角度来看,传统中国文学史尤为强调"有感而发"的创作理念,因此有了"感物吟志"说、"为情造文"说、"不平则鸣"论,以及"文章合为时而著,歌诗合为事而作"的主张。尽管这些说法的具体表述背景各异,但它们都共同强调了文学写作的发生必须建立在写作者对现实生活中人与事的深刻感触之上。作家内心有所触动时,便会"心生而言立,言立而文明",进而催生出兼具艺术美感和地域特色的文学作品。

具体而言,"有感而发"中的"感"与"为情造文"中的"情"究竟源自何处呢?它们均源自现实生活。正如钟嵘在《诗品序》中所阐述的,这个"现实生活"既涵盖了"自然景观",如春风春鸟、秋月秋蝉、夏云暑雨、冬月祁寒,也包括了"社会景观",如亲朋聚会时以诗传情,离别时以诗寄托哀怨,以及楚臣离境、汉妾辞宫、战士戍边、游子思乡、仕女受宠等种种人生境遇。作家身处特定的生活环境和山水人文之中,不断积累创作素材,追寻生命的意义。当这些积累达到一定的程度时,便会在心中和笔下爆发,化为文字作品,其中的佼佼者甚至具有传世价值,成为一代又一代的文学经典。

水至此而夷,山至此而陵,宜昌古称夷陵,是一座诗意盎然的山水名城,同时也是一座人文底蕴深厚的文学之城。宜昌地处巴蜀与荆襄之间,自古以来便是长江中上游的交通要冲,拥有丰富多彩的峡江文化和巫巴文化元素。宜昌更以其深厚的人文底蕴和奇特的历史背景而著称,孕育出了伟大的爱国诗人屈原和伟大的和平使者王昭君。这两位历史人物跨越两千余年的时空,在历史的长河中交相辉映,成为宜昌重要的文化标志,也为历代宜昌的文学创作提供了无尽的灵感源泉。

"屈平辞赋悬日月,楚王台榭空山丘。"追溯宜昌文学的基因,屈原无疑是最不可忽视的存在,正如古人所言:"衣被词人,非一代也。"屈原是中国历史上第一位伟大的爱国诗人,也是中国文学史上最早闪耀的诗坛巨星。他的出现,标志着中国诗歌从集体歌唱迈入了个人独创的新纪元,而他开创的楚辞新体,突破了《诗经》的表现形式,极大地拓宽了诗歌的表现领域,为中国古代诗歌创作开辟了一片崭新的天地。作为诗歌之祖,屈原在诗歌领域的"开疆拓土"之功,历经两千余年而愈发璀璨;他的求索精神与天问之思,无与伦比,独步千古;他的爱国精神已深深烙印在民族记忆中,成为端午节最深刻的纪念,正如诗句所言:"节分端午自谁言,万古传闻为屈原。"

细品屈原的作品,我们会发现他与水文化有着不解之缘。屈原的才情如长江般奔腾不息,如三峡般壮丽雄浑。屈赋中频繁出现的水意象,既与楚地水乡的环境息息相关,也反映了楚人自古以来对水的崇拜传统,更体现了屈原对水的天生喜爱。这些水意象不仅展现了屈原被贬谪流放时的孤寂与痛苦,也寄托了他的政治理想与抱负。在屈原的时代,云梦泽烟波浩渺,长江壮阔苍茫,水崇拜已成为楚地民族文化心理的一部分,祭祀水神也成为一种风俗。屈原生于楚,长于楚,深受楚地文化的熏陶,自然深受这种民族文化心理和风俗的影响。例如,《九歌》便是屈原被贬沅湘流域时所作,其中《云中君》《湘君》《湘夫人》《河伯》四篇均与水神有关。可以说,屈原是最早的留下姓名的长江诗人,码头文学承继屈子及楚文化的流风余韵,自然丰富多彩。

"群山万壑赴荆门,生长明妃尚有村。"这是大诗人杜甫途经三峡时,对和平使者、中国四大美女之一的王昭君的深情咏叹。王昭君出生于西汉南郡秭归,即今宜昌市兴山县。16岁那年,王昭君被选入宫,她沿着香溪,进入长江,途经宜昌城区,再顺流而下,由荆州北上,经河南抵达当时的长安宫廷。西汉竟宁元年(公元前33年),昭君出塞,不仅促进了匈奴内部的统一与和平,也为中原王朝的大一统奠定了坚实基础。"一支出塞曲,慷慨越千年。"两千多年来,王昭君以其关乎民族和睦的壮举和万里出塞的伟岸身姿,在中国历史上留下了浓墨重彩的一笔。至今,宜昌仍流传着许多关于昭君、香溪和桃花鱼的美丽传说。

宜昌依山傍水,是一座典型的山水之城。长江如一条碧绿的绸带穿城而过,将宜昌城分为江北与江南两大区域。在主城的长江两岸,镇江阁、磨基山、天然塔、虎牙山、荆门山等历史与人文地标交相辉映,加之无数的客货码头,共同铸就了宜昌的繁荣景象。站在宜昌九码头,这些历史地理地标几乎尽收眼底:下游的虎牙山,自古以来便是兵家必争之地,这里曾发生过三国时期决定蜀国命运的夷陵之战,以及杨素伐陈的江关之战、西晋伐吴的索桥之战等数十次战役。不远处,天然塔巍然屹立,作为宜昌城区的重要古建筑,塔门上的对联"玉柱耸江干,巍镇荆门十二;文峰凌汉表,雄当蜀道三千"生动地描绘了其雄伟气势与独特风貌。天然塔之名源于"以人为之力,而行天然之事"的哲理,相传为魏晋时期著名文学家郭璞侨居夷陵时所建,后在清乾隆五十五年(公元1790年),由东湖县士绅徐经业等人捐资重建,历经三年终得完成,并幸运地保存至今。两百多年来,天然塔承载着"培地脉、壮文峰、制客山、镇水口"的重任,见证了人间的沧桑巨变,成为宜昌的文脉象征。

九码头对面,是宜昌千年地标磨基山,它巍然矗立在江边,与江北的东山和下游的天然塔遥相呼应,默默守护着这片土地上的人民。这座海拔仅200多米的山峰,因独特的金字塔形状而成为宜昌的千年地理坐标和天然识别标志。归途的旅人远远望见磨基山,便知家已不远;而一张百年前的老照片,只要出现这座山,便能确定其拍摄地点为宜昌,瞬间增添了几分历史韵味。磨基山还拥有众多别称,东晋医药学家葛洪曾在此炼丹,故又名"葛道山";同时代的地理学家袁山松也曾登临此山,饱览美景。自宜昌开埠以来,众多洋人来到此地,见山形如埃及金字塔,便称之为"金字塔山"。

的确,九码头不仅承载着丰富的文学地理内涵,还蕴含着深厚的历史地理底蕴和深厚文脉。在描绘九码头的文学地图时,除了这些人文与地理因素外,长江文化与三峡文化同样对其产生了深远的影响。

长江,源自雪山,自北向南奔腾,穿梭于羌藏滇的群峰之间,随后东折入川,汇聚巴蜀众多水系,冲破川东绝壁,迎接荆楚平原的辽阔,月涌大江,江汉朝宗东流,历经吴越的繁盛,最终倾注于大海,一去不复返。回望历史,黄河流域对中华文明的早期发展贡献卓越,而长江流域凭借其巨大潜力,自晚周时期迅速崛起,巴蜀文化、荆楚文化、吴越文化与北方的齐鲁文化、三晋文化、秦羌文化共同闪耀,交相辉映。龙凤齐舞,国风与《离骚》相和,孔孟之道与老庄哲学并存,共同构筑了二元耦合的中华文化体系。中唐以后,经济文化重心逐渐南移,长江迎来了千年的辉煌时期。近代以来,面对"百年未有之大变局",长江更是担当起中国工业文明的先驱和改革开放的先锋角色。

与长江文化一样,三峡文化也是九码头文学的深厚根基。作为一种具有悠久历史传承、相对稳定且特征鲜明的本土文化形态,三峡文化在长江中上游地区孕育而生,是长江文明的重要组成部分,与长江文明血脉相连。三峡地区孕育了丰富多彩的三峡文化类型和现象,包括三峡航运文化、三峡移民文化、三峡诗词文化,以及三峡军事文化、三峡宗教文化、三峡民俗文化、三峡建筑文化等。宜昌山水相依的自然环境,造就了宜昌人对山水的深厚情感,也影响了宜昌人的精神风貌和文化发展,塑造了宜昌人直爽豁达、质朴无华的品格。正是宜昌的奇山秀水,孕育出许多动人的神话传说和优美故事,如黄牛岩的传说将大禹治水的故事置于雄伟的三峡之中,廪君的传说则将巴人首领务相的开疆拓土与美丽的夷水和武落钟离山紧密相连,磨基山与葛洪、昭君与香溪的故事也成为流传至今的佳话。宜昌的三游洞、黄牛峡、下牢溪、荆门山、黄陵庙、玉泉寺和东山寺等地,更是历代文人墨客竞相吟咏的对象。著名文学理论批评家刘勰在《文心雕龙》中甚至认为,屈原之所以能取得如此高的文学成就,离不开江山之助。

然而,真正改变和定义当代宜昌的,是长江主干道上先后建成的葛洲坝和三峡大坝这两座水电大坝。正是这两座大坝的矗立,让宜昌成了世界水电之都,成了人们心中那个"来电的城市"。

葛洲坝水电站坐落于长江西陵峡出口处,南津关以下 2.3 千米的湖北宜昌市境内,它是长江干流上兴建的第一个大型水电工程,同时也是三峡工程的反调节和航运梯级,被誉为"万里长江第一坝"。1970 年 12 月 30 日,8 万军民共同见证了葛洲坝水利枢纽工程的开工大典,标志着中华民族朝着"截断巫山云雨,高峡出平湖"的宏伟目标迈出了坚实的第一步。至 1988 年底,该工程的全部建设圆满完成。

1984 年春,著名作家王蒙乘坐"东方红 32 号"江轮游览三峡,途径宜昌与葛洲坝船闸时,被眼前的景象深深吸引,遂写下《三峡》名篇。他在文中称赞道"未到三峡来,已知三峡美",而葛洲坝更是比三峡还要"三峡"。他说:"我想,这真是一道钢峡,一道决不比瞿塘峡、巫峡、西陵峡逊色的钢峡。"他的文字充满了深情与赞叹。

三峡大坝,即长江三峡水利枢纽工程,亦称三峡工程,是世界上规模最大的水电站,同时也是中国有史以来建设的最大型工程项目。该工程于 1992 年获得批准,1994 年正式动工,2003 年 6 月 1 日下午开始蓄水发电,并于 2009 年全面竣工。可以说,葛洲坝与三峡大坝的兴建,以及宜万铁路的开通,直接改变了九码头的命运,重塑了宜昌港的格局。在这些变革的见证下,文学与艺术从未缺席。在宜昌港九码头文化墙的建设中,就融入了三峡大坝全景的浮雕作品。巍巍大坝与滔滔江水尽收眼底,坛子岭、升船机、五级船闸等细节纤毫毕现,充分展现了以峡江与大坝为依托的水电文化魅力。

梳理出这些文学的"源头",旨在说明:无源则无流,无流则难以形成"码头"的繁荣。我们不难发现,无论是小说、散文,还是诗歌、随笔以及民间文学,九码头文学都是三峡文学不可或缺的一部分,是长江题材写作的延续与拓展,更是码头元素丰富的地域文化叙写与抒情。正如美国学者马丁·道尔在《大河与大国》一书中所言:"河流塑造了我们生活的土地,而土地也在塑造着这条河流。"将这一观点应用于宜昌及其码头,我们同样可以说:是长江及其码头塑造了宜昌及宜昌人的独特气质,而宜昌也在不断地塑造着码头的生活形态与意义空间。这种塑造是多维度、全天候的,宜昌人的日常生活、一举一动都在其中发挥着作用。此外,还有众多文艺创作者从精神层面出发,通过小说、诗歌、散文、音乐、舞蹈和民俗等多种形式来塑造和丰富九码头的文化内涵,为其赋予新的活力与意义。因此,对这些作品进行必要的梳理与总结,显得尤为重要。

第一节　小说

一、鄢国培及其《长江三部曲》

作为名副其实的长江码头城市,宜昌的文学有着鲜明的长江山水特色。不论是诗歌还是散文,从古至今都有相关的名篇流传于世,但小说领域却始终有所欠缺,这不能不令人感到遗憾。改变这一现状的,是在宜昌港务局长期工作的著名小说家鄢国培。他凭借近两百万字的长篇小说《长江三部曲》(《漩流》《巴山月》《沧海浮云》)一举成名,该作品成为百年来以长江和码头生活为背景的最成功的长篇小说之一,并曾被提名为首届茅盾文学奖候选作品,从而进入中国当代文学史。

1. 鄢国培通过《长江三部曲》一举成名

鄢国培(1934—1995 年),重庆南川人,系中国作家协会会员。1955 年初中毕业后,他在长江航运管理局重庆青草坝船厂担任工人。同年 4 月,他的小说处女作《凤尾溪边》在《少年文艺》上发表。至 1956 年,他先后在《少年文艺》《红岩》《重庆日报》《草地》等文学杂志及文艺副刊上发表了《小电工》《老鹰岩探矿》《父子船长》等十余篇短篇小说。1956 年 12 月,他的第一部短篇小说集《老鹰岩探矿》由重庆人民出版社出版;同年,他被调至长航重庆轮船公司"岷江"号登陆艇上当电工,开启了长达 23 年的长江海员生涯。1957 年 9 月,他在上海《萌芽》文学月刊上发表的短篇小说《他们是幸福的》受到了不公正的批判,之后 20 年他未再提笔写过一篇小说。1978 年初春,他开始创作长篇小说《长江三部曲》的首部《漩流》。1979 年 8 月,《漩流》由长江文艺出版社正式出版,并在社会上引起了强烈反响,《宜昌报》《湖北日报》《长江日报》《工人日报》《人民日报》《文艺报》等十余家报刊纷纷发表评论文章。1979 年,他调入长航局创作室任专业创作员。1981 年 4 月和 1983 年 5 月,长江文艺出版社分别出版了《长江三部曲》的第二部《巴山月》的上、下册。1984 年,他被调至湖北省作家协会任专业作家。1986 年 1 月,中国文联出版社出版了《长江三部曲》的第三部《沧海浮云》的上、下两册。在《长江三部曲》出版后,1987 年 6 月,他在《当代作家》上发表了中篇小说《美丑奇幻曲》。1989 年 8 月,他在《长江文艺》月刊上发表了中篇小说《荒漠的神殿》。1990 年 6 月,由长江文艺出版社出版的《冉大爷历险记》是一部极富传奇色彩的通俗长篇小说佳作。1985 年,他当选为湖北省作家协会副主席,1990 年起任湖北省作家协会主席,享受国务院政府特殊津贴。

图 1-1　鄢国培及其著作书影

据鄢国培之子鄢文回忆,20 世纪 50 年代初,鄢国培离开家乡重庆南川,在长江上"漂泊"。1958 年,他在宜昌与其母亲相识,从此与这座美丽的江城相依相伴。那时,他年仅 24 岁。宜昌既是鄢国培创作的源泉之地,也是他人生根基的所在。在宜昌这座城市的怀抱中,作为异乡人的鄢国培,和祖祖辈辈、一代又一代生于此的宜昌人一样,喝着宜昌甘甜的江水,享受着宜昌无尽的恩泽。少年时期离开家乡的鄢国培,在创作《长江三部曲》之前,从未回过家乡。他骑着自行车,带着儿时的鄢文,跑遍了宜昌的大街小巷。他深爱着这座城市,将宜昌视为自己的第二故乡。工余时间,他扛着鱼竿,背着鱼篓,钓遍了宜昌周边的大小鱼塘。在垂钓的乐趣中,他的思绪则沉浸在 20 世纪 30 年代长江上波澜壮阔的历史风云中。《漩流》开篇的"楔子"中,他描绘了宜昌的天主教堂、大公桥锚地、大南门、莲沱等景致。鄢国培开始创作《长江三部曲》是在 1978 年初春,那时他已经 44 岁了。在隆中路 4 号一座两层筒子楼中一条喧闹嘈杂的走道里,他坐在一张小木凳上,面前的高方木凳便是他的写字桌。他在一本塑料封皮的笔记本上,开始编织他那终身眷恋的鼓着漩流、映着巴山月、见证沧海浮云的长江往事。

毫无疑问,长篇小说《长江三部曲》既是鄢国培的成名作,也是其最重要的作品,同时也是新时期民族资产阶级题材和长江题材小说的重要成果,具有丰富的经济社会内涵和不可替代的文本研究价值。《长江三部曲》的第一部《漩流》是一部描绘 20 世纪 30 年代川江生活的小说。它的主线是涪陵与民成两大轮船公司的竞争。涪陵因资金薄弱、设备陈旧、管理落后,在实力雄厚的民成公司(采用欧美先进经营方式)的竞争压力下濒临破产。后经新任总经理朱佳富的大力整顿,一度有所复兴。其后,日商、英商及国民党官商的压迫日益加剧,涪陵董事长高伦坚决拒绝帝国主义和官僚资本的拉拢,毅然决定与民成合并。小说的另一条重要线索是中国共产党在川江海员和川江沿线城镇中开展的抗日民族统一战线工作。围绕这两条线索,小说讲述了众多大大小小的故事,展现了20世纪30年代川东社会生活的广阔画面和各种社会现象。出场人物包括政治态度、性格气质各异的资本家和海员,机智勇敢的中共地下工作人员,以及大小军阀、袍哥头子、国民党特务、日本女间谍、外国牧师和土财主等。

图1-2 《长江三部曲》

《长江三部曲》的第二部《巴山月》是《漩流》的续篇。小说从南京失守、日军分水陆两路进逼武汉,蒋介石召开紧急会议研究对策写起,涉及蒋介石政权对日寇侵略的妥协、退让、勾结,共产党坚持民族抗日统一战线的斗争,民族资本与官僚资本的明争暗斗,同一资本家集团内部的派系倾轧,上层人物的醉生梦死,下层群众的流浪艰辛,以及政治斗争、经济角逐、伦理冲突和爱情纠葛。小说保留了《漩流》人物鲜明、故事精彩的特点,因此受到广泛好评,同时画面更加广阔。《巴山月》的出场人物除了《漩流》中的朱佳富、陆祖福、杨宝瑜、李明、高茜、张阿德、春燕、皮船长、樱花少佐等外,还新增了蒋介石、孔祥熙、宋美龄、宋蔼龄、孔二小姐、陈布雷等人物。小说情节、冲突逐步推向高潮，人物性格的描写进一步深化，读者所关心的一些人物的命运也有了交代。整个故事在抗日战争胜利的欢呼声中落下帷幕。

《沧海浮云》是长篇小说《长江三部曲》的第三部，既可独立成书，又与前两部紧密相连。小说描写抗日战争胜利后，人民渴望自由、和平、民主的生活，而国民党反动派却疯狂发动内战，在重庆制造了轰动全国的"较场口事件"。此时，中共地下工作人员在敌人的白色恐怖中积极领导并团结爱国民主人士和革命群众，对敌人展开了一系列惊心动魄、艰难曲折的斗争：群氓盗墓，揭露了鬼蜮之形；"一颗星"智斗云中燕，使老牌女特务黔驴技穷，实业家苦心经营，却难逃历史厄运；陈布雷自杀预示着蒋家王朝的崩溃。作品笔力纵横，波澜起伏，富有传奇色彩，是一部人物众多、色彩斑斓的历史画卷。

鄢国培对文学产生浓厚的兴趣，始于童年时期对"龙门阵"的痴迷，诸如熊外婆、孽龙吞珠、芭蕉精等民间传说，都能让他听得如痴如醉。鄢国培的父亲虽然只读过两年私塾，但非常热爱阅读。他每当阅读完一本新书后，都会迫不及待地与鄢国培分享书中的故事，其中讲得最多的是《天方夜谭》和《聊斋志异》里的精彩情节。当鄢国培读小学四年级时，像《长鼻子哥哥》这类的儿童读物已经无法满足他的阅读需求，他开始阅读大部头的长篇小说。渐渐地，他沉迷于小说的世界，这在一定程度上影响了他其他学科的成绩。因此，在小学高年级阶段，他多读了一年才毕业。面对这种情况，父亲感到无奈，认为鄢国培可能不是读书的料，于是决定让他辍学去当学徒。鄢国培从此正式踏入社会，接触到了形形色色的人物。

起初，他尝试给党报撰写通讯报道和千字左右的短文，偶尔也能成功发表。然而，随着时间的推移，鄢国培觉得写千字短文无法满足他的创作欲望，于是开始不安于现状，勇敢地尝试写短篇小说。他坚持不懈地创作，但编辑部却不断地退回他的作品。然而，"皇天不负有心人"，1955 年 4 月，他的短篇小说《凤尾溪边》终于在上海《少年文艺》上发表。处女作的发表给了他巨大的鼓舞，加之他已在造船厂工作，生活变得更加丰富多彩，视野也拓宽了许多，他感到自己仿佛如鱼得水。在那段时间里，鄢国培的创作精力异常旺盛，先后在各地的报刊上发表了十余篇短篇小说。1956 年，他的第一本书《老鹰岩探矿》正式出版。

1978 年春节过后，鄢国培开始着手写作《长江三部曲》之一《漩流》。当时，他在船上从事电工工作，利用业余时间，每天撰写约一千字。过了一段时间，他觉得还能胜任，便逐渐增加了每天的写作量。几个月后，他竟完成了三十多万字的初稿，《漩流》的轮廓已初步显现。同年八月份，鄢国培参加了省里在当阳玉泉寺举办的创作班，会上,他的作品得到了支持和肯定,这极大地增强了他的信心,显著加速了《漩流》的写作进程。随后,在出版社的协助下,他完成了初稿的修订和最终定稿工作。《漩流》首先在《长江》丛刊上发表,并由出版社正式出版。

其实,若追溯《长江三部曲》的渊源,还需回到 1956 年。那一年,鄢国培作为青年业余作者参加了四川省文联在成都召开的创作会议,其间他与克非(《春潮急》的作者)闲聊时提及自己想写长江三部曲。然而,直至 1978 年,他才真正动手撰写《漩流》。在这二十多年间,他在生活、思想、知识、情感、写作技巧等多个方面进行了充分准备。

长江作为世界知名的大河,自古以来描绘它的诗文浩如烟海,但从小说领域,尤其是长篇小说的角度来看,描写长江的作品并不多见。鄢国培将书写长江视为己任,希望在这个领域贡献自己的力量。他拥有得天独厚的创作条件:长期在轮船上生活和工作,对长江两岸的码头、风土人情、故事传闻等了如指掌。"我每天一睁眼,就看见江水奔腾;常常夜枕江涛,梦绕巴山。冬去春来,我对长江的感情逐渐加深。我对长江有着如同儿子依恋母亲般的深厚情感,这份情感对我的创作至关重要,因为我坚信,缺乏激情是无法创作出优秀的文学作品的。"鄢国培回忆道,"船上从船头到船尾仅几十米,表面上看,生活空间很狭窄,但只要有心,也能开拓出一片广阔的天地。船上工作的同事之间,有着超乎寻常的亲密关系。'同船共渡,三分情谊',除了每年五十二天的休假,船员们基本上一年四季都在一起。船靠码头,上岸的时间也很短暂,所以船员们相处的时间,甚至超过了与自己亲属在一起的时间。在二十多年的海员生涯中,我与他们朝夕相伴,风雨同舟,共同经历忧愁与欢乐,心里无话不谈。每当工作之余或饭后,大家喜欢泡上一壶茶,聚在一起摆'龙门阵',天南海北,谈古论今:老舵工饱经风霜的身世;船老板经营长江航运的兴衰起伏;闯三峡的奇闻逸事;原资方人物复杂的内心世界……这些都在我脑海中留下了深刻的印记,使我从船上这个'点',看到了社会生活的'面',不仅让我见证了这条举世罕见的山区河流——川江的今天,更让我'看到'了它的昨天和前天。"

在长期的水上生活中,鄢国培还养成了读书的习惯,每天睡前都会阅读一段时间。那时,他可以随意借阅重庆人民出版社书库和重庆作协的藏书。船从重庆开往武汉,往返需要十几天。每当船只从重庆出发,他都会在重庆一次性借走十几本书。一趟航行结束后,回到重庆,他所借的书也就读完了。就这样,重庆人民出版社书库和重庆作协的大部分藏书,他基本上都阅读过了,从中汲取了丰富的文学养分。在阅读过的图书中,鄢国培非常推崇现实主义大师的作品,如《红楼梦》《子夜》以及李劼人的作品;外国作家如巴尔扎克等人的作品,他也反复阅读了多遍。这些阅读经历加深了他对现实主义创作方法的理解和喜爱,为《长江三部曲》的创作提供了重要的支撑。

2.《长江三部曲》的艺术成就

光绪年间,一艘英国炮舰——鲑鱼号,从宜昌亚栈起锚,驶进了南津关,在幽深的峡谷中快速驶进,激起的汹涌浪涛,拍击岩岸,发出哗哗的响声。

从陡峭的岩壁上,半腰凿出一条狭小的纤道,一群衣衫褴褛的纤夫匍匐着身躯,背着纤担,在狭窄起伏的纤道上手脚并用,使劲向前拉行着。

一个纤头,爬行在最前面,领唱着纤夫号子,根据号子的节拍,纤夫整齐地移动着手脚,有时低沉、有时高昂地发出杭育、杭育的哼声,有节奏地唱着礼岜:

"汗水未干泪先干,草鞋磨破手磨烂,鲜血点点岩上洒,何日红花开满山?

山高谷低行路难,衣单腹饥风雪寒,妻儿盼望下锅米,腊月三十吃糠团。

翻过一山又一山,拉过一滩又一滩,纤夫尸骨埋江底,老板年年添新船。

滩险流激礁石恶,山高路远一肩担,罗汉菩萨不显圣,纤绳一挽拉过滩。

……"

这是《长江三部曲》第一部《漩流》的"楔子"中的开篇,宜昌之名率先登场,其他与宜昌及码头相关的元素也随处可见,如码头、南津关、幽深的峡谷、纤夫、纤夫号子等,这些熟悉的画面,是鄢国培精心布置在前端的,以此向宜昌的山水与人民对他的养育之恩表达回馈。

作为"时代的生活和情绪的历史",相较于反映同一时期社会生活的其他小说,《长江三部曲》的独特之处在于它是通过长江这一视角来抒写的。或者更准确地说,作者描绘的是战火硝烟中的长江及其沿岸的人们,其所有场景几乎都发生在从武汉到重庆的长江之上或长江沿岸的城镇乡村。第一部《漩流》以川东重镇涪陵为核心,勾勒了一幅抗战前夕"山雨欲来风满楼""黑云压城城欲摧"的真实画面,是一幅生动展现川东社会各阶层人物生活斗争的鲜活画卷。到了《巴山月》和《沧海浮云》,随着情节的推进,作者的视野愈发开阔,中心场景由涪陵转向了战时陪都重庆,抗日战争和解放战争时期大后方的真实生活图景在作者的笔下得以展现。作品所涉及的重要场景还包括石牛场、黄桷树垭口、万县、奉节、巫山,以及虚构的杭州、南京、上海等地,每一处场景都让人联想到一群独具特色的人物,以及在特定时代背景下发生的感人故事。

广阔的场景为众多人物提供了活动的舞台。小说中的人物涵盖了从蒋介石等国民党要员、共产党的领袖,到市井细民、川江船员;从形形色色的资本家到各阶层女性;

从大小军阀、袍哥头子到日本间谍、军统特务；从地下共产党员到爱国知识分子；从土财主到外国牧师，三教九流，无所不包。而这也正是作者的擅长之处。鄢国培出生在四川，在长江边成长，长期居住在宜昌。他较早地踏入社会，接触过各式各样的人物。在二十余年的海员生涯中，他的足迹遍布川江沿岸的大小码头，入乡随俗，访老探贤，收集了大量创作素材以及沿江两岸流传的奇闻逸事。为了深入了解自己所描绘的时代，作者不仅悉心研读了政治、经济、哲学、历史、地理等方面的著作，还逐日翻阅了重庆解放前十年的《新华日报》和《新民报》。作者付出了艰辛的努力和心血，因此，《长江三部曲》的成功绝非偶然。

《长江三部曲》反映的社会生活面是广阔的。它矛盾重重，头绪纷繁，以至于读者常常难以分清主次，难以从整体上予以准确把握。尽管《长江三部曲》的总题"长江"为我们理解这部小说提供了诸多启示，但对于已经习惯于欣赏线索清晰、主线突出的小说的读者来说，这还远远不够。然而，随着文学观念的更新，当代小说模式也在向多元化发展。出版于 20 世纪 70 年代末至 80 年代前期的《长江三部曲》，正是打破了长期以来人们形成的某种单一的审美模式，其美就在于它的丰富性和广阔性，在于它的色彩斑斓。作者在继承民族传统艺术手法的基础上，吸取了外国文学表现手法的优点。

《长江三部曲》展现的是一个战火纷飞、风云变幻的年代。虽然作者更擅长描绘川东地区下层社会和海员们的生活，但他没有也不可能避开对那个动荡时代的深刻描绘。从英国皇家海军进川到七七事变爆发，从南京失守到武汉撤退，从花园口决堤到长沙大火，从海员罢工到学生救亡运动，从孔府舞会到蒋介石的周末聚会，从重庆遭受日机狂轰滥炸到抗战胜利的欢庆锣鼓，从皖南事变到重庆谈判，从较场口事件到民主人士被害，从抗日后援会到山区游击队，从汪精卫投降到蒋介石下野，从戴笠坠机身亡到陈布雷自杀，从解放军横渡长江到国民党要员仓皇逃窜，从三大战役胜利到南京最终解放，一连串的政治事件，一系列的风云人物，或虚或实，或正面或侧面，都被作者精心绘制在了一幅宏大的历史画卷之中。

《长江三部曲》具有浓厚的地域色彩，全方位展现了三峡区域，包括鄂西和重庆的文化及风情。鄢国培笔下的三峡，正如贾平凹笔下的商州大地、陆文夫笔下的苏州小巷、王安忆笔下的上海里弄、池莉笔下的武汉风味一样，具有鲜明的辨识度。鄢国培所描绘的巴山楚水、山城古镇，同样别具一格。《长江三部曲》通过一系列风俗画的描绘，浓烈地渲染了川江的风貌，增强了作品的生活气息，为人物活动提供了独特的生活环境，也使我们能够从中探寻出时代变迁的足迹。

作者常常将风俗画描绘与风景描写相结合。《漩流》特别描写了西陵峡的风光，以及崆岭滩、青滩、千人怨、白骨塔、牛肝马肺峡、兵书宝剑峡、昭君故里香溪河等景观,还有关于它们的浪漫传说。小说中的峡江歌谣和船工的日常生活为我们展现了民俗学的丰富内涵,它们代表了一个漫长而古老的时代。作者还浓墨重彩描绘了一幅"峡江绞滩图",使我们既窥见了山民生活的一角,也看到了当时川江航运的艰难。

《长江三部曲》的语言流畅精练,朴素生动。同时,作者尽量使用短句,避免使用长句和欧化的语言。在语言上,鄢国培一方面学习生活中的口语,另一方面学习书面语。口语生动但可能不够精练,需要加工。然而,一部文学作品完全依赖口语是不够的,还必须向书本学习。作者写的是近代历史题材,反映的是20世纪30年代的生活。在继承本民族传统艺术手法的基础上,作者注意吸取外国文学的长处作为营养。我国不少长篇小说采用单线发展,而西洋小说则较多采用多线头发展。鄢国培在《漩流》中采用了双线发展:一条主线,一条副线。主线围绕朱佳富、高伦与陆祖福展开;副线则是工人生活和党的地下斗争。这样的结构使得小说涵盖了石牛场、涪陵、重庆等多个地点,采用多线头交叉发展,以便更广阔地展现社会生活场景。

3.《长江三部曲》的余响

《长江三部曲》的出版为鄢国培赢得了广泛的声誉。1985年5月,省作协第二次代表大会召开,鄢国培当选为副主席。同年8月3日,他在武昌东湖寓所完成了《沧海浮云》的创作。1986年1月,他的《长江三部曲》全部出版。他在书的后记中写道:"我从一个海员、业余作者成长为能写点东西的作家,是长江哺育了我,是党培养了我。"这是真情的流露。1990年12月,湖北省作协召开第三次代表大会,鄢国培当选为作协主席。

虽然鄢国培担任主席后分配到了住房,但他的夫人多半时间居住在宜昌,他只是在节假日回家探望。1995年12月22日,他搭乘宜昌船闸朋友的便车返回宜昌,在汉宜高速公路上不幸遭遇车祸身亡。次日,省作协的谢克强赶到宜昌,市文联迅速成立了治丧委员会,全体人员都为丧事忙碌起来。时任市委副书记的万九才亲自慰问鄢国培的家属。追悼会当天,省作协和出版社从武汉派来了两辆大型交通车,为这位著名作家送行。

虽然鄢国培不是宜昌人,但他却是宜昌的骄傲!他是宜昌长篇小说创作的开拓者,如同根植于这片文化沃土的大树,他的身后蓬勃地生长出一片森林。从20世纪80年代开始,宜昌相继涌现了张映泉、张永久、吕志青、陈宏灿等一大批优秀的小说作家。

鄢国培的长篇小说《长江三部曲》是在宜昌诞生的文学巨著,鄢国培也因此在全国范围内产生了文学影响,他本人也从宜昌走到了武汉,成为湖北作协的主要领导人。在《长江三部曲》出版前后,来自大专院校和文艺界内外的评论家给予了高度评价。1980年,宜昌师专中文系专门成立了"《长江三部曲》研究小组",并邀请鄢国培于12月23日到校为师生们作《旋流》创作讲座",一讲就是四个小时。次年,该校在校刊《教学与研究》第四期上,以"《旋流》评论专辑"的形式,刊发了该校教师及学生的评论文章共十六篇,同时还刊发了当年在师专讲座的录音整理稿。这是《旋流》出版后对该小说的首次集中评论,对《长江三部曲》后两部的创作产生了一定影响。

1983年第1期的《长江丛刊》也踵事增华,刊出了"笔谈《旋流》"的评论专辑,刊发了武汉大学陈美兰、责任编辑田中全、宜昌师专胡绍华和吴柏森的四篇评论文章。专辑还配发了"编者按",称赞《长江三部曲》是一部值得向广大读者推荐的优秀长篇小说。

二、郑桂兰在九码头创作的长篇小说《长长芭芒路》

在宜昌的文艺创作中,同为中国作协会员的汪国新、郑桂兰夫妇尤为值得一提,原因诸多。一是两人在宜昌生活与工作期间,长期居住在九码头区域,对这片土地怀有特殊的情感。如今,每次从北京返回宜昌,他们总会前往九码头附近,追寻往昔的记忆,尽管他们的老宅已在城市改造中被拆除。

二是他们早期的众多创作,均是在位于九码头的家中完成的。每当文思枯竭之时,到楼下的江边漫步,总能激发创作人物的灵感。根据郑桂兰提供的资料,汪国新、郑桂兰共同创作的《长江三部曲》十集连环画、汪国新绘制的《七叶一枝花》等数十种连环画、汪国新的《甲申三百年祭》国画集等多种作品,以及汪国新早年的诗词、郑桂兰的长篇小说《长长芭芒路》等,均是在九码头期间完成的。可以说,九码头是两人的诗意栖居之地,也见证了汪国新夫妇从宜昌走向全国的历程。

三是汪国新、郑桂兰在创作连环画《长江三部曲》时,常到各地码头,尤其是九码头体验生活。据汪国新回忆,为了画好码头场景,他多次前往川东沿江码头,特别是宜昌九码头,常混入旅客队伍中,体会在不同人数情况下上下船的不同感受。这种亲身体验远比站在一旁观看要深刻得多。体验生活需要主动寻找挑战。船上的五等舱成了他体验生活的好地方,他常与坐船的老乡东倒西歪地挤在一起,观察这些不加修饰的人们自然流露的言行举止。《李明进川》中码头上和船舱内众多人物的刻画,很多便是源自这些真实的体验。

图 1-3　1984 年，郑桂兰、汪国新带着儿子汪汀沿长江两岸考察，创作《长江三部曲》

　　汪国新有一次从武汉返回宜昌的途中，船员餐厅中的电视正在播放中美女排激烈比赛，他打算去观看。一上楼梯口，一个激动人心的场面便映入眼帘：餐厅外里三层外三层地挤满了姿态各异的旅客。他绕到餐厅内向外看，情景更为精彩！一长排像取景框似的窗口，挤满了表情丰富的人物群像，生动极了。他甚至在从九码头下船的路上，还在琢磨、回味这个画面。后来，汪国新把这个场面的感受反映到了《巧斗袍哥》一集中，特别是旅客愤怒观看皮船长鞭打张阿德的激情戏里。

　　出生于长阳的郑桂兰，长期从事文学创作和电视摄制工作。她出版了长篇小说《长长芭芒路》等十几本著作；拍摄了电视专题片 270 余部，撰写了 60 余万字的脚本。专题片《向锅炉烟尘挑战》获得了中央电视台、国家科委颁发的摄、编、导特别奖，还获得了文化部、国家出版局颁发的文学脚本最高奖，以及瑞士国际连环画节特别荣誉金杯奖。她曾表示，长江、清江是她创作的源泉。正是凭借她的身体力行和敏锐的直觉，在 20 世纪 80 年代，她付出了很大的精力，将鄢国培的长篇小说《长江三部曲》改编成十集连环画，并写成了文字脚本。最终，由汪国新完成了 1666 幅画作，两人携手完成了这一宏大的艺术精品工程，它成了共和国连环画的经典之作，也成了长江、宜昌的文艺经典。

　　郑桂兰通过多年在长江沿岸的采风，将搜集的素材，用四年时间创作并出版了 32 万多字的长篇小说《长长芭芒路》。该书于 1997 年由长江文艺出版社出版。《长长芭芒路》是我国第一部描写"大跃进"时期的长篇小说，也是我省第一部由女作家创作的长篇小说，同时也是郑桂兰的长篇处女作。

图 1-4　郑桂兰在搜集创作素材（图片由本人提供）

这是一部不同凡响的作品。其最大的艺术特色就是不拘一格，没有沿袭套路之嫌，没有追逐潮流之弊，没有雕琢粉饰之痕。它让情感自由倾泻，让故事自由发展，让人物自由驰骋于生活场景之中。虽然也有篇章结构，但主线纵横贯通，情节前呼后应，给人以一气呵成之感。其间或穿插民谣、山歌，或笑谈民间传说、故事，或描述土家婚丧习俗，为我们展示了鄂西山寨芸芸众生的喜怒哀乐，描绘出一幅绚丽多彩的土家风情画卷，将人们引领进一个独特的艺术境界。

小说出版后，反响热烈。长江文艺出版社、《长江文艺》杂志社、湖北省作家协会、宜昌市委宣传部、宜昌市文学艺术界联合会共同在武汉召开了作品研讨会，湖北日报、长江日报、武汉广播电台、湖北电视台等近二十家新闻单位参加了会议。

时任湖北省理论评论家协会会长、湖北省作家协会副主席、博士生导师王先霈教授，武汉大学中文系教授、博士生导师、湖北省理论评论家协会副主席陈美兰教授，武汉大学文学院副院长、博士生导师於可训教授，湖北大学中文系蔚蓝教授等参加研讨会的专家们都对这部长篇小说给予了高度评价。

三、港务局作家韩玉洪与长篇小说《铁血宜昌峡》

长期在宜昌港务局工作的韩玉洪，是该系统内成长起来的又一位中国作协会员。2018 年，他的长篇小说《铁血宜昌峡》作为第二届湖北省作协长篇小说重点项目，由长江文艺出版社出版。此外，韩玉洪还创作了大量关于九码头和宜昌港务局的非虚构作品。

长篇小说《铁血宜昌峡》的大背景设定在 1937 年 11 月，上海沦陷后，南京政府西迁,随之而来的武汉大撤退中,三千万人在日军的轰炸下,纷纷朝西南四川方向逃亡,数百万作战部队也紧急出川奔赴抗战前线。然而,"蜀道三千,峡路一线",无数逃难人群、抗战伤员以及数百万紧急出川的作战将士,还有数百万吨进川的厂矿设备和出川的军品辎重,都拥堵在湘鄂川豫的咽喉之地 —— 湖北宜昌港。为了疏通长江三峡水系这六百里中华民族的水陆生命线,以空间换取时间,抢运物资,西风烈烈,奏响了世界军事交通史上辉煌的乐章!韩玉洪生长在这片土地上,他的父辈以及他自己都在长江航运单位工作了一辈子。三峡无小事,怀着对宜昌峡川江历史的敬畏之心,他决心将淹没前的三峡重现于世人面前。如同大城宜昌的担当一样,作家韩玉洪也勇敢地选择了承担起还原沉重历史的责任。为了创作本书,韩玉洪不仅在网上查找资料,还斥资数万元购买了图书,其中包括价值三千元的孤本和一千多元一本的珍贵史料。他独自北上,走到陕西秦岭最高峰的瞭望塔,雪地返回时,甚至发现了恐怖的野兽足迹。他多次南下湖南常德,与湘鄂西惨案的幸存者同吃同住。在湖南南县厂窖镇,他考察到在鄂西会战中,日军制造了第二个南京大屠杀,屠杀了无辜民众三万多人。韩玉洪将这段惨痛的历史写进书中,以告诫人们不忘国耻。

《铁血宜昌峡》以商人李德梦打通长江三峡盐马古道为背景展开。在宜昌三峡水陆军事大抢运期间,日本帝国主义步步逼近,导致中原地区淮盐来源断绝,食盐严重脱销,盐荒问题极为严峻。湘鄂豫地区因此发生了多起抢盐杀人案件,还引发了宜昌港装卸工人的罢工;日机不断轰炸,造成轮船和趸船严重损失,装卸工人不敢作业;水路严重堵塞,必须疏通且必须水陆并进;水运航线被日军切断,必须另辟蹊径;此外,数十家航运公司各自为政,不惜为争抢装卸作业而大动干戈。这一切都给湘鄂川豫交通枢纽宜昌港的大抢运带来了极大的困难。

宜昌行政专署为此成立了军事抢运指挥部,组织三峡水陆大抢运。本书侧重从军事交通的角度,描写社会各界人物在这场生死攸关的大抢运中的表现。中共地下党员、红色商人李德梦与国民政府军事委员会侍从室的中校严子星(同为中共地下党员)合作协调,冒死开辟水陆新线路,行使港口管理职权,协助国民政府军政要员实现港航资源的互补,最大限度地有序疏导旅客和货物。

李德梦与严子星中校一同上山,说服了长阳土家族红军姜连长,打开了长江三峡盐马古道,使之成为重要的陆上军事通道。李德梦购买了二十多条盐木船,从巴东一路放到宜昌。之后,中共海委人员协助李德梦和姜连长,以红军失散人员为骨干,成立了一支一千多人的土家装卸大队。他们秘密发展共产党员,以明码实价装卸进出川的物资,成为大抢运中的重要补充力量。

图 1-5　韩玉洪

图 1-6　《铁血宜昌峡》书影

　　李德梦的举措触及了那些发国难财的官商的利益。有汉奸嫌疑的赵副县长采取了暗杀李德梦的同仁好友、绑架李德梦的儿子和准儿媳等卑劣手段，企图强迫李德梦同流合污。然而，李德梦大义凛然，与严子星等人一起开辟了盐马密道和宜常航线，为湘鄂西地区提供了抗战的秘密通道。这一壮举也使李德梦赢得了严子星的钦佩和爱慕。严子星指挥山炮成功击落了两架日军战机，为姜队长抢装最后一批物资上船进川赢得了宝贵的时间。随后，李德梦划船载着严子星到江南，通知姜连长率领最后抢装的三百精英加入新四军江南游击队。

　　在宜昌沦陷前的三年里，湘鄂川豫数十万人冒着日军的炮火，在数十条盐马古道上肩挑背扛抗战物资和伤员，如同蚂蚁般络绎不绝。无数船员和装卸工人在长江水系的惊涛骇浪中抢运军工物资、作战士兵和难民伤员，他们的大义之举震天撼地。船员、背夫、码头工人、纤夫、修女神甫、商贩难民等数十万人，在长江三峡地区水陆并进，冒着日军炮火全方位大抢运，共同扭转了中华民族的命运。

　　宜昌沦陷前，三年间共抢运了数百万吨货物和三百六十一万民众乘船进川，同时木船义渡了数千万难民过江徒步走向大西南。这一壮举以空间换时间，保住了民族工业最后的血脉，为长期抗战打下了坚实的基础。宜昌港还源源不断地向前线输送作战人员和物资，支援对日作战。宜昌沦陷后，三斗坪替代宜昌城区港口成为临时中转港口，连接湘桂黔川鄂豫诸省边区，继续发挥着水陆交通枢纽的重要作用。在江南歼灭战中，李德梦将敌情及时告知严子星，共同粉碎了日军得陇望蜀、威逼重庆的美梦。数十万血肉之躯筑成了第五、第六战区抗战的后勤保障壁垒。

　　可以说，《铁血宜昌峡》以真实的历史为背景，全景式地展示了抗日战争时期宜昌大转运的壮丽画面，情节紧凑、引人入胜；人物众多、形象鲜明，生动描绘了国难当头时围绕着物资转运各个阶层不同利益群体的表现。小说通过李德梦和严子星等复杂人物的塑造,展现了他们的正义与责任感,以及在苦难面前人的坚韧与脆弱。同时,小说也讴歌了英雄主义精神,揭露了日本侵略者的残暴和野蛮。对宜昌这座城市人文环境与自然环境的描写,包括对川江航运的描绘,都浓墨重彩,十分精彩。

著名作家、茅盾文学奖获得者、原解放军八一电影制片厂厂长柳建伟为此撰写评论,认为长篇小说《铁血宜昌峡》视觉冲击力强、情节紧凑,且有大量史料作为铺垫,是介于虚构作品与非虚构作品之间的难得的中国故事。

四、蛇从革的小说《长江之神》与九码头

蛇从革是天涯社区《宜昌鬼事》系列文章的作者,真名徐玉峰,1977 年出生于宜昌市伍家岗九码头。他也是网络时代较早崛起的宜昌网络作家之一。

2010 年,蛇从革在巴基斯坦某建筑工地工作时,利用业余时间开始在天涯论坛发表灵异恐怖小说《宜昌鬼事》。该小说单贴阅读数量在半年内便达到了四千多万次。《宜昌鬼事》迅速在网络上走红,网络转载量达数十万条,累积阅读量超过亿次。2011 年,《宜昌鬼事》出版,出版名为《异事录》,共三册;同时在港台以繁体字出版,名为《长江鬼事》,共六册,续集名为《长江异闻录》,共二册。2012 年,蛇从革还出版了科幻小说《异海》。2013 年,他又出版了科幻小说《蛇城》。2013 年,《异海》荣获"第四届全球华语科幻星云奖长篇小说单元银奖",玲珑格致影视文化公司也购买了《异海》的影视改编权。此外,2013 年他还成为湖北省文联文学艺术院的签约作家。

2014 年,蛇从革在爱奇艺网络电视剧《后宫那些事儿》中担任编剧,并出演了重要角色。2016 年,他出版了悬疑小说《大宗师》,爱奇艺也购买了该小说的影视改编权。2017 年,他的民国传奇类小说《翡翠帝国》出版。

2019 年,院线电影《被光抓走的人》(在宜昌拍摄)上映,蛇从革担任了该片的文学策划。同年,他还创作了科幻惊悚小说《长江怪物》,云莱坞影视文化公司购买了该小说的影视版权。

2021 年,蛇从革的科幻惊悚小说《长江之神:化生》出版。这部小说以长江边小城宜昌市码头民俗、传说为背景,讲述了五个少年的成长经历,是一部魔幻现实主义长篇小说。上市后,《长江之神:化生》入选了多个榜单,包括微博小说阅读榜 11 月周榜TOP3、阅文探照灯书评 11 月榜单、绿茶书情好书榜 11 月选书榜单、华文好书 12 月好书榜单、志怪书单 2021 年度总榜以及 2021 科幻年度图书推荐榜单·年度小说总榜。

《科幻世界》副总编辑姚海军认为,《长江之神:化生》通过描绘长江边几个少年的生活,颇具质感地展现了生活的不易与无常,尤其是他们成长过程中的艰辛。少年们

所处的世界仿佛既是现实又是超现实的，如梦似幻地往复闪回。这种新怪谭的氛围有效地增强了小说的紧张感和厚重感。同时，作者将幻想小说与传统文化紧密结合的尝试，也为小说赋予了独特的品质：既疏离又亲近，既现代又传统，并巧妙融合了我们的过去、现在与未来。

　　具有"克苏鲁风格"的《长江之神：化生》，讲述了一段扣人心弦的故事：在长江边的一座小城里，流传着一个关于"水怪"的传说。据说，每年农历七月，水怪便会爬上岸，戴上斗笠、穿上蓑衣，混入人群之中。它们会呼唤人的名字，一旦有人应答，其灵魂便会被拖入水中。主人公赵长风在 12 岁时，目睹了好友严茂在长江中溺亡。自那以后，赵长风发现自己竟能看见那些"水怪"。18 年后，他的另一位好友叶江又神秘失踪。赵长风坚信"水怪"从未放过他们，于是毅然回到小城，誓要揭开"水怪"的真面目。通过回忆年少时与水怪的种种遭遇，再结合夏月婆婆提供的线索，赵长风逐渐接近了真相，并开始频繁地见到那些鱼头人身的雕像以及用于交易的铜币——"水怪"的踪迹似乎无处不在。随着调查的深入，赵长风发现"水怪"的根源竟在于流传了千百年的"长江之神"传说。眼看着身边的朋友一个个被卷入其中，赵长风决定放手一搏。在夏月婆婆的协助下，他终于找到了传说中的"长江之神"……

图 1-7　蛇从革

图 1-8　《长江之神：化生》

　　《长江之神：化生》尚未开篇，作者便在小说前言中引用了三则资料，其中两则与宜昌紧密相关。一则是引自《翁载慈日记》的记载："……又东湖县东山寺下，隐藏河妖，容纳无计，愚昧渔民信徒供奉童男女，敬长江之神！"另一则资料源自《夷陵县志》，提及翁载慈乃是一位来鄂传教的比利时神父，1917年因救落水学生而不幸溺亡于河西石榴红山下的溪流之中。尽管这两则资料出自小说家之言，但其中蕴含的宜昌元素却显而易见。

蛇从革在小说中设定的背景为宜昌九码头。小说中的九码头涵盖了胜利二路、胜利一路、江海路、十三码头，以及整个河运新村（即港务局宿舍区）直至万寿桥的区域。这一设定源于蛇从革对九码头极为熟悉。

蛇从革坦言，他上小学时每日必经九码头。他作为伍家岗区宝塔河街道的居民，九码头是他最近且唯一的"街上"。20世纪80年代初，伍家岗区除九码头外，其余地方均乏善可陈，商业氛围淡薄。伍家岗的核心区域，如今的五一广场，在当时不过是两排平房之间一个喧嚣的城乡接合部农贸市场。小升初时，他进入了位于港务局宿舍区的港中学习，对九码头的熟悉程度更是加深。蛇从革回忆道，九码头是他最爱去的地方。胜利一路上有商场、餐馆，江边还有银帆歌舞厅、游戏机房和台球厅。宜昌剧院与港务局电影院相距不远，宜昌剧院停止放映电影后变身为溜冰场，而港务局电影院则在20世纪90年代初成了最早的迪斯科舞厅。秋冬季节的江滩上，堆积着连绵不绝的脐橙和橘子，这些都是从上游运输下来的货物。九码头仿佛没有黑夜，永远灯火辉煌，人来人往，热闹非凡。

作为一名在悬疑文坛上独树一帜的作家，蛇从革对文字的节奏把握和情节的构建都达到了极高的水平，他的故事能够深入人心，触动读者的情感。在《宜昌鬼事》中，金仲刚的形象由最初的反派大坏蛋逐渐转变为令人同情，这一转折巧妙自然，不显痕迹，充分展现了蛇从革对读者心理的深刻洞察。

而在《大宗师》系列中，蛇从革描绘了疯子、赵一二、王八等角色在困境中勇敢面对挑战、坚持正义的故事。这些人物的塑造不仅生动有趣，还传递了积极向上的价值观。通过这些故事，读者能够感受到自我价值的提升、面对困难的勇气和不向命运低头的决心。《大宗师》系列不仅仅是悬疑故事的集合，更是对人性、命运和责任的深刻探讨与反思。

近年来，蛇从革在文学与影视领域更是游刃有余。2022年，他的长篇历史小说《三铜》出版，并在出版后两周内便入选了阅文探照灯书评3月榜单。爱奇艺也购买了《三铜》的动漫影视改编版权。2023年，院线电影《年会不能停！》上映，蛇从革担任了编剧。2024年，他又出版了长篇历史武侠小说《南宋四大道场》。

五、冯绪旋的儿童文学小说创作

　　长期在伍家岗区工作并定居的冯绪旋,在儿童文学领域取得了丰硕的成果,尤其是其带有小说性质的长篇报告文学《三峡小移民》,被认为是一部开创性的力作。

　　冯绪旋,1956年5月出生,是中国作家协会会员及湖北省少儿文学工作委员会理事,已从事文学创作四十余年。自1975年起,他开始在《海峡》《芳草》《中国文化报》《人民政协报》《现代中国》《长江歌声》《长江戏剧》《布谷鸟》《三峡文学》以及日本的《世界的小孩子》等报纸杂志上发表小说、诗歌、散文、歌词及报告文学等作品。他的190篇民间文学作品被收入《中国民间故事全书》以及中国民间文艺出版社等15家出版社出版的各类文集中。冯绪旋已公开出版的作品有长篇小说《三峡小移民》《寻找野人妈妈》《外公的森林》、小说集《化蝶》、散文集《访昭君村的古道》。此外,他的长篇报告文学《长江三峡的移民孩子》已被翻译成日文并在日本出版发行。

图1-9　冯绪旋

　　2003年由湖北少年儿童出版社出版的长篇报告文学《三峡小移民》是冯绪旋的代表作。作为土生土长的三峡人,冯绪旋对百万三峡大移民这一宏伟壮举始终怀有炽热的情感。在强烈的使命感驱使下,他将目光聚焦于其中的20万小移民,并选择了从三峡库区香溪河畔的向家店村迁移到宜昌市伍家岗区灵宝村的一个小小群体作为切入点。他花费了近一年的时间进行采访和写作,最终完成了这部感人至深的长篇报告文学。作品深情地展现了小移民们对三峡故乡和亲人的依依不舍与深切眷恋,同时也彰显了他们舍小家为大家的奉献精神和牺牲情怀。小说讲述了主人公王争艳同学在离别故乡时,请爷爷为班级修好了破损的课桌凳,因不忍心接受好友王黎明赠送的发卡(那是她妈妈改嫁时留给她的物品)而深夜送还,还将故乡的一棵柚子树苗带到了新的移民村。来到灵宝村后,他们住进了窝棚,却在半夜里遭遇了狂风骤雨,溪水从床下汹涌流过。当地村民和干部迅速伸出援手,全力救助。第二天,姐弟俩叠了一只小纸船,在家中还未排干的水流中放行。她的好友胡旭敏在暴风雨中摔断了右臂,接骨时发生错位,因缺乏足够的医疗费,只能人力拔断骨头重新归位整合。有个小移民同学用麻绳当作头绳,移民新同学和当地老同学见了,纷纷赠送红头绳,一下子就送了好几百根。当最受同学们爱戴的王老师因心脏病需要安装起搏器时,王争艳不顾校长的劝阻,毅然捐出了身上仅有的一块五角钱。她在日记中写道:"我要像一面明亮的镜子,在接受社会给予我温暖阳光的同时,也将阳光折射出去,传递给周围的人。"后来,她光荣地加入了共青团,并考取了重点中学。然而,就在这时,她的父亲去世了,家中陷入困境,无力承担学费。当地政府领导带头捐款解难,国家移民局局长也亲临移民村看望慰问……这些精彩的细节如同一粒粒璀璨的珍珠,熠熠生辉地闪耀在小移民们的成长道路上。

著名儿童文学作家董宏猷对《三峡小移民》给予了高度评价。他认为,《三峡小移民》的成功之处在于它是中国当代儿童文学领域一个独特的收获。新时期以来,报告文学在儿童文学领域的发展总是步履维艰。虽然我们不乏优秀的报告文学作品,但这些作品往往局限于校园或聚焦于那些获奖的小明星。《三峡小移民》则以其宏伟而厚重的历史背景、深切而细腻的人文关怀以及真实而感人的故事,反映了三峡小移民的独特命运,极大地拓展了少儿报告文学的疆域。毫无疑问,《三峡小移民》是少儿报告文学领域的一朵奇葩。虽然这部作品是真实的报告文学,但在阅读过程中,我们仿佛在阅读小说、品味诗歌,它将报告文学的真实性与文学性融合得如同月光下的峡江风景一般美妙。说它像小说,是因为它为我们呈现了大量真情实感、动人心弦的细节。同时,整部作品中流淌着含蓄而质朴的诗意,赋予了这部作品诗化的品格。《三

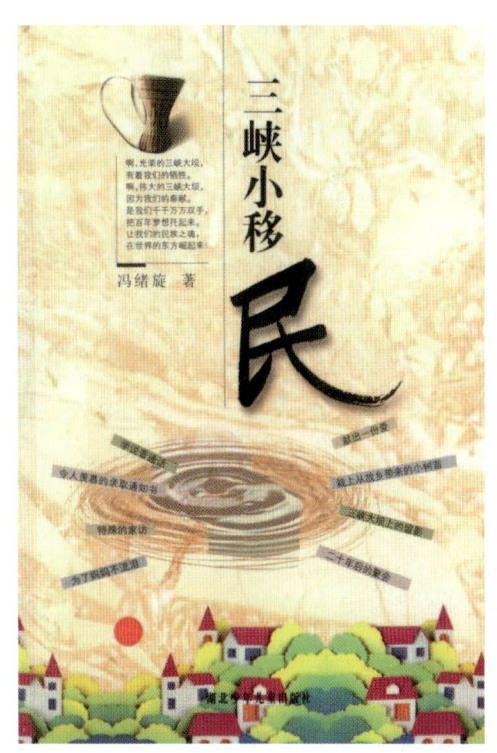

图1-10　《三峡小移民》

峡小移民》通过一个小学生在三峡移民大搬迁中的经历与命运,折射出一个时代的风貌,无疑具有深刻的现实意义。而我的感动,更在于这部作品闪耀着人性的光辉,具有独特的审美价值。这与作家本人作为三峡人,亲身经历了移民大潮的风风雨雨,对家乡的父老乡亲怀有深厚感情,并不断深入生活、进行大量采访是分不开的。

2011 年,冯绪旋的儿童题材长篇小说《寻找野人妈妈》出版。小说讲述了一个发生在神农架村庄里的故事,主人公皮小猴是一个顽皮机灵、充满幻想和冒险精神的孩子。在他很小的时候,他的妈妈失踪了,传说她变成了"野人"。非常想念妈妈的皮小猴,在一群友爱且侠义的小伙伴的帮助下,三次进入神农架原始森林寻找妈妈,由此发生了一系列跌宕起伏、引人入胜且充满惊险与幽默的传奇故事。这部小说真实生动地展现了神农架原始森林美丽而神奇的自然魅力,以及神农架山娃子们多姿多彩的童年生活。

第二节　诗歌

一、著名码头诗人黄声笑和他的诗歌创作

20 世纪 50 年代,宜昌本土的工人诗人黄声笑与从鄂东迁徙至宜昌工作定居的乡土诗人刘不朽,凭借各自独具特色的诗歌创作,极大地推动了宜昌诗歌的繁荣发展。他们使得宜昌成为湖北地区除武汉外最重要的诗歌创作中心之一,并在全国诗坛上占据了显著的位置,产生了深远而巨大的影响。在这两位前辈诗人的熏陶下,宜昌在 20 世纪八九十年代涌现出了一批有影响力的中青年诗人。

1. 黄声笑的生平及创作

黄声笑,生于五四运动前一年即 1918 年,逝世于 1995 年 1 月 18 日(农历一九九四年十二月十八日)。他出生于宜昌城区西坝,原名黄声孝,20 世纪 60 年代起改用现名。自 1930 年起,他在烟草公司做小工,14 岁时成为码头工人。新中国成立后,他在宜昌担任装卸工,并曾任搬运工会第四分会主席。1953 年,他开始担任《宜昌报》的通讯员,并赴朝鲜慰问志愿军。1954 年,他加入中国共产党,后来担任过

党支部书记和党总支副书记。1959 年,他参加了中央文化工作会议,并出席了国庆十周年观礼大典。1960 年,他加入中国作家协会。从 1967 年至 1977 年,他任宜昌港务局党委委员、文化室主任。1978 年,他调至汉口长江航运管理局政治部宣传处从事专业创作,后来还担任了武汉市文联副主席。

他的主要作品有诗集《装卸工人现场鼓动快板》(1958 年,湖北人民出版社)、《歌声压住长江浪》(1959 年,湖北人民出版社),长篇叙事诗《站起来了的长江主人》(中国青年出版社),以及诗选集《挑山担海跟党走》(1975 年,人民文学出版社)、《搭肩一抖春风来》(1979 年,湖北人民出版社)等。《黄声笑诗选》更是出版了三册之多。

图 1-11　黄声笑

说到黄声笑,就不能不提及 1958 年"大跃进"时期的"新民歌运动",正是这场运动,让原本默默无闻的群众作者开始登上历史舞台。翻阅新中国成立后,特别是 1958 年之后的当代文学期刊,随处可见"群众创作"的身影。有研究者专门以 1958 年的群众写作为研究对象,发现当时主流的文艺刊物,如《人民文学》《文艺报》《诗刊》《解放军文艺》《文艺月报》等,频繁发表群众的习作,并推出群众创作专号;同时,一大批出版社,如人民文学出版社、人民美术出版社、上海文艺出版社等,都将 1958 年群众文艺作品的出版置于重要地位。例如,上海新文艺出版社出版了"工农兵文艺丛书"11种和"工农兵创作丛书"5 种,上海文艺出版社出版了"工农兵创作丛书"21 种,上海文化出版社出版了"工农兵文艺创作丛书"3 种。这些丛书的印刷数量,少则几千册,多则几万册,甚至十几万册,其出版的规模和数量均达到了前所未有的水平(《现代中文学刊》2016年第1期)。

1958年无疑是一个特殊的年份。在这一年，"新民歌运动"的兴起和蓬勃发展，使得群众写作的普及程度与影响力达到了前所未有的高度。可以说，当时的中国大地上，诗歌之声无处不在，涌现出众多有名或无名的诗人，共同创造了诗歌的狂欢节。1958年"新民歌运动"之后，群众写作逐渐成为一种文学风尚。1972年以后，工农兵诗集大量出版，每年多达上百部，印数也增加到以万计，甚至几十万册。宜昌的工人诗人黄声笑便是其中的佼佼者之一，他的那些充满激情与豪迈的诗歌，既是时代的产物，也是顺应时代需求、充满革命浪漫主义精神的佳作。

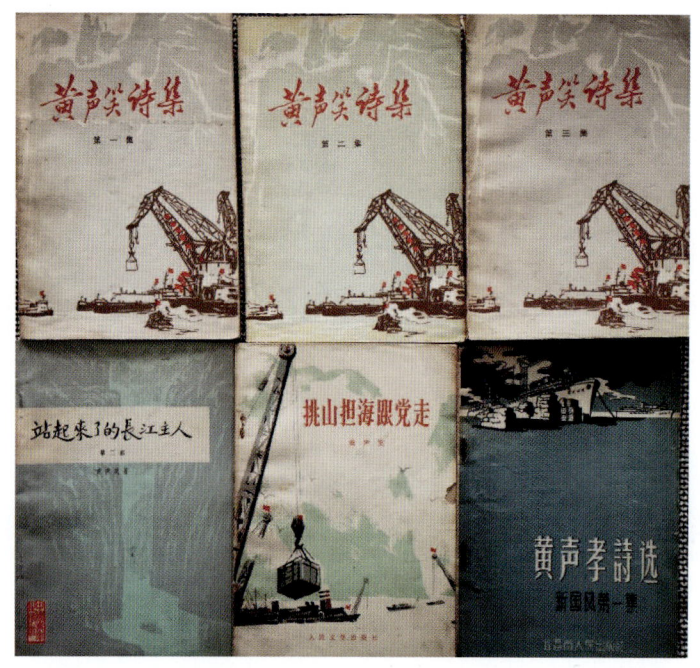

图1-12　黄声笑作品

1959年6月，湖北人民出版社出版了一本由华中师范学院中文系编纂的小册子，名为《群众文艺论集》。当时，应华中师范学院中文系的邀请，两位工农作者——黄声笑和张庆和，就各自的文学创作之路到学校作了专题报告。这实际上是华中师范学院中文系师生为配合"大跃进"运动中的文化革命新高潮，在1958年所开展的民歌搜集和民间文学调研活动的一部分。这次专题报告被收录在他们编纂的《群众文艺论集》中，成为该书的重要成果之一。在书中，全文收录了黄声笑的讲演稿《我是怎样进行文艺创作的》。文中写道："有一天宜昌报的记者来到队里找我。他说：'老黄，给我们报社当当通讯员，写写稿子行吧？'当时我只知道有送信的通讯员，就说：'那容易。'

我就骑着线车,把家属的慰问信收了三四百封(那正是抗美援朝的时候),捆了几捆。过了两三天他就来了,他说:'不是要你送信呀!要你写稿子。'我说我搞不清楚什么稿子。他说:'那不要紧,你们在现场有机会深入生活,深入群众。现在刚解放,党要培养宣传骨干,展开宣传工作,就是你在现场当中宣传的那些东西,反封建把头的那些东西;揭露过去的,歌颂共产党、歌颂劳动英雄的都行。'"由此可见,在由码头工人转变为作家的过程中,像黄声笑这样的群众作者,不仅是工农翻身求解放的典型,更是党在文艺领域大力培养的来自基层的宣传骨干。

追溯黄声笑的文学之路,其实很早就开始了。据《宜昌市文化志》记载,1952年,宜昌港码头工人黄声笑、黄仁厚等人成立了宜昌市第一个业余文艺创作组,这是已知的黄声笑与文学结缘的最早记录。同样以诗歌和文学的名义,1953年9月30日,黄声笑以宜昌港务局码头搬运工人的身份,与回族知名人士马苍石一起,代表宜昌人民,参加了由贺龙率领的中国人民第三届赴朝慰问团,慰问中朝部队。

而在《我的创作三十年》一文中,黄声笑确认自己"我今日搞文艺创作,恐怕与昔日生活有关吧",按照其讲述,在旧社会,黄声笑家住在码头河嘴上。朝朝暮暮不安身,没有一个好窝处,真是"稀奇稀奇真稀奇,遮天芦席能筛雨,地下栽起枯柴棒,高粱秆秆当墙壁","一年到头有三愁:涨水愁水淹,天旱愁柴烧,下雨愁屋漏"。家里穷得锅喊冷,哪里有钱供他读点书啊!

黄声笑的祖父不识字,一辈子在长江边拉着纤绳,却不知道"纤绳"二字如何书写。黄声笑的父亲同样不识字,一辈子在河里摆渡,却不懂撑竿倒下就是个"一"字。那时,劳动人民创作了许多苦情歌,融入劳动号子中吟唱,以此来排解忧愁。例如,三峡的纤夫们会唱:"脚蹬石头手扒沙,眼泪埋在沙底下;寒冬下水渡溪河,六月背心晒成一块胡锅巴。"有时峡中无风,船行缓慢,纤夫们思念家乡却无法归家,便会唱起祈求风来的情歌号子:"要得夫妻重相会,镇江王爷助一威;来日下水从此过,举杯数酒任你醉。"在码头上,人们还会唱起抵制鸦片的抗争之歌:"一更鼓儿排,一更鼓儿排,英国的鸦片烟进贡中国来(得喂),引起大战争(得喂),把我国民害……"

在旧社会,黄声笑在码头上度过了大半生。那时,码头是帝国主义和封建官绅的摇钱树,宜昌港更是英、美、日、法、德、意、比等帝国主义国家的通商口岸,设有各帝国主义的租界。在西陵峡口的大门之外,十多艘外国军舰像丧船一样停泊在江面上。那些血盆大口般的炮口,有的指向天空,有的对准岸边,仿佛恨不得将宜昌一口吞下。

据黄声笑回忆,当时码头上有这样一首歌谣流传:"岸上尽是阎王殿,河下尽是炮火场。不同色的引引魂幡,霸占港口如虎狼。"船有船帮,客有客行,码头上各种劳力的人都有,如挑夫、抬夫、担水夫、车夫、轿夫、背脚夫、船夫、纤夫、洗舱夫、伙夫、粪夫、清道夫等。他们一有空闲,就会聚在码头的望江茶馆里聊天,有的人讲东边的高楼西边的猴子,有的人谈南京的城隍、北京的土地,还有的说评书、跑江湖卖艺的,讲述得有声有色,形象生动,具有很强的艺术感染力。

2. 黄声笑的诗歌艺术赏析

1958 年,是黄声笑诗歌创作的爆发之年,也是他文学命运的转折之年,一连串的荣誉纷至沓来,令人目不暇接。当年 5 月,他的首部诗集《装卸工人现场鼓动快板》由湖北人民出版社出版。8 月 15 日,他应邀前往北京参加中国民间文学工作者大会,并受到了毛泽东主席的亲切接见,这给他的创作注入了磅礴的动力。12 月,他的第二部诗集《新国风第一集:黄声笑诗选》由宜昌市人民出版社出版,该书收录了 25 首诗歌,分为四个部分:歌颂党和毛主席、痛击帝国主义、歌颂全党全民大办钢铁的热潮,以及歌颂装卸工人忘我劳动的精神。

在参加中国民间文学工作者大会后,他写出了当时流传甚广的《我亲眼看见毛主席》:"我亲眼看见毛主席,浑身不知好大力,要是泰山碰着我,不碎也要化成泥。// 我亲眼看见毛主席,好象站在云端里,我虽站在最后排,霎时身长一丈几。// 我亲眼看见毛主席,钢笔催我做日记,快把主席话记好,一句要变万斤力。// 我亲眼看见毛主席,回去工作不歇气,生产多把奇迹创,再向毛主席来报喜。"整首诗与彼时的时代氛围十分合拍,也十分注意运用夸张、拟人、排比等手法,洋溢着乐观向上的革命浪漫主义气息。

而黄声笑的成名作,无疑是传遍全国、至今仍被传诵的《我是一个装卸工》。这首诗首发于 1958 年 8 月号的《诗刊》,后来被收入黄声笑的多种诗歌选本中,显然,他本人对这首诗非常满意:"我是一个装卸工,威震三峡显本领,左手抓来上海市,右手送走重庆城。// 我是一个装卸工,劳动干劲冲破天,太阳装了千千万,月亮卸了万万千。// 我是一个装卸工,生产战斗在江中,钢铁下仓一声呕,龙王吓倒水晶宫。// 我是一个装卸工,生产积极打冲锋,要把英国排后面,快装快卸快如风。"这首诗分四节,其中第一节中的"左手抓来上海市,右手送走重庆城"堪为神来之笔,也是全诗的诗眼。这种想象力,在他的另一首诗欢迎中国人民志愿军的诗中同样展现得淋漓尽致,四行诗里,先后提到了长江边上的四座大城,宜昌、武汉、上海和重庆 ——"峡江高峰挂红灯,长江大桥把彩扎,跑到上海去办酒,赶到重庆去运茶",简直就是一幅长江万里画卷。第二节中的"太阳装了千千万,月亮卸了万万千"亦颇富有想象力。全诗塑造了宜昌码头工人气吞山河、干劲冲天的形象,虽然同他的其他诗歌一样,有过于夸张之疑,显得含蓄不足,意蕴殊浅,缺少嚼劲,但此诗对意境的营造可以说可圈可点,不愧为黄声笑的代表作。我们还注意到,在后来的诗歌选本中,作者还根据时代的变化,对此诗作了很大的修改,体现了诗人诗与思的一面,里面有坚守,更有扬弃。

黄声笑的许多诗歌之所以存在不同的版本,也与不同编辑的修改和定稿有关。据老诗人管用和先生回忆,黄声笑在写作时有个特点,他常常蹲在板凳上,一边创作,一边反复推敲那些有分量、有气势的诗句,如"举起泰山还嫌小""能把地球推得动"。他还会配合动作进行比划,得意时还会用宜昌话大声朗诵出来。他会把满意的诗句写在纸上,然后再根据自己的意思和顺序一句一句地排列组合。因此,他的初稿有时会出现有句无章的情况。当投稿到报纸杂志时,有的编辑会根据需要进行重新组装和调整。所以,同一首诗在发表时往往会有几个不同的版本。

1961 年夏天,湖北省文联组织了一个由诗人和作曲家构成的创作组,沿着长江旅行以深入生活。当采风船在宜昌停靠时,黄声笑也被邀请上了船。在船上,黄声笑与刚从北京举家迁至湖北的著名诗人徐迟一见如故,他饶有兴致地向徐迟讲述码头工人的故事,一路上从重庆讲到成都,两人迅速成了朋友。声名显赫的徐迟发现了这位工人诗人身上的诸多优良品质,并具体而微地指导黄声笑完成了长篇叙事诗《站起来了的长江主人》的创作。1962 年,长篇叙事诗《站起来了的长江主人》的第一部由中国青年出版社出版,徐迟先生亲自撰写序言,这在文坛上引起了很大的反响。这也是在徐迟先生的指导下,黄声笑试图突破自我,增大诗歌容量的一次成功尝试。且看其"引子"如何开篇:"自从大禹疏三峡,李冰凿开宝瓶口,史禄接通湘桂水,人民开河无时休。扁担的腰杆压得朝下弯,挑走了多少黑夜和白昼。压断的扁担堆起云雾山,挖断的锄头高过冲霄楼。肩膀上头挂了彩,日晒夜露度春秋。手板打起水花泡,脚茧磨起铜钱厚。筋骨就是赶山鞭,丛山峻岭搬起走。流来滚滚长江水,农家渔家喜飞舟。城乡物资江上游,行旅交通如穿梭。装不完的大上海,运不尽的天府国。亿万人饮一江水,两岸江山似锦绣。土地盖满金银被,花开万里香九州。"在这六节二十四行的诗中,第一节连续引用了三个历史典故,不仅丰富了诗的内涵和文化韵味,也起到了比兴的作用,这是黄声笑此前的短诗所不具备的。特别值得一提的是,徐迟在帮助修改时,非常尊重作者的意见,尤其在语言上注意保留原稿的风格。例如,徐迟在稿上加了一些"啊、唉、哦"等语气词,但黄声笑对这些词不太习惯,于是他就将其划掉了。黄声笑曾撰文提到,他的诗中有"萤火虫飞在手指上"的句子,在讨论会上,有的同志提出这句不太好懂,建议改为"那细嫩的手指上闪闪发光的宝石戒啊",但徐迟不同意这一修改,他说:"这是搬运工人生活中的语言,比喻生动、形象感人,不能改。"

1964 年,黄声笑完成了长诗《站起来了的长江主人》第二部的创作。1966 年,这部作品的第二部在《长江文艺》上发表。然而,直到 1978 年 6 月,它才由中国青年出版社正式出版，并由徐迟撰写了《后记》："黄声笑同志这部长诗的第二部，写成功在一九六四年秋天。我被这部稿子深深地激动了。中国青年出版社那时已经同意出版它。但因刊物要发表它，延至一九六六年五月才发表出来。但有了删节，情节也作了变动。现在它终于出版了，竟又过了十三个年头。删节了的得到了恢复，大部分章节也已复元。就因为原稿曾经散失，有一个情节还未改回来，就是长江主人受了伤，原稿他并没有受伤。只好等到第三部写成以后，全书再修改一次，那时再改。"由此可见，徐迟与黄声笑之间的诗文友谊经历了时间的考验。然而，遗憾的是，由于种种原因，《站起来了的长江主人》第三部始终未能修改完成，成为永久的悬念。

图1-13　黄声笑（右一）在表演快板诗

作为一名朴素的工人诗人，黄声笑将大量的笔墨倾注于身边的人和事，以及长江和宜昌，其中着墨最多、灵感最为丰富的，还是九码头和宜昌港。因此，可以说他是一位名副其实的码头诗人和港口诗人。1960年5月号的《诗刊》发表了黄声笑长达70多行的长诗《歌颂宜昌港》，诗中通过新旧港口的对比，充分表达了他对共和国建设的信心和肯定。在《不夜港》中，他描绘宜昌港："五月鲜花遍地放，一放放到宜昌港，黑夜降临电灯亮，好比花开水晶堂。轮船好比大山梁，货舱里面摆战场，上千工人来装卸，号子压倒长江浪。快把大米运出港，快把机器装进舱，装卸工人加油干，伴着不夜的宜昌港。"60多年后的今天，宜昌港已真正成为不夜港，成为夜游宜昌的起点和重点区域,再次品读黄声笑的这首诗,更觉意味深长。在《挑山担海跟党走》中,他这样写宜昌港:"峡港伸出摩天掌,万吨钢铁一把抓,神女弯腰点头笑,汽笛召来满天霞。"在《港口夜战》一诗中,他写道:"打开月宫飞银龙,电光闪闪照江中。港口夜战如白昼,满江驳轮闹轰轰。"在这些诗中,宜昌港朝气蓬勃,一派繁忙景象,既是对宜昌经济建设的诗意描绘,也是对自己工作岗位的形象概括。

　　在黄声笑所有关于宜昌港的诗歌作品中,写于 20 世纪 50 年代的《码头工人现场鼓动快板》尤为引人注目。这是一组由 44 首短诗构成的诗歌集,每首短诗虽仅有四行,却短小精悍,展现出咫尺千里的气势和将万千情感凝聚于笔端的才情,同时较少受到意识形态的束缚。《下河去》《搭跳板》《神扎紧》《一把劲》《快让开》《无捷径》《要搬完》《莫弯腰》《喊一二三》《地湿滑》《缆绳系牢》《船边不可坐》《起坡啦》等,仅从标题便能感受到这是一组贴近实际、脚踏实地的诗歌。我们也可以将其视为以诗歌的形式提醒工友、交流经验、传授要领,是真正的工作现场被诗意化呈现。例如《下河去》:"汽笛嘟嘟满河嚷,上下轮船进了港。工人急忙下河去,热火朝天闹峡江。"又如《搭跳板》:"队伍一到码头上,准备工作做到堂。搭好跳板开好路,绊手绊脚一扫光。"再如《一把劲》:"一条杠子一根绳,一声号子一鼓劲。一身汗水一船货,一生劳动一生荣。"《喊一二三》:"扛起铁杆朝前走,心合口来脚合手。两人扛到堆货地,喊一二三往下丢。"《别开玩笑》:"做活不要开玩笑,顶起真来会发恼。伸脚动手失了性,搞伤身体多糟糕。"《换班啦》:"张三体弱腿杆酸,李四忙到张三换。张三换去背面粉,李四来把油桶担。"《起坡啦》:"任务完成把坡起,痛痛快快把澡洗。回家好好去休息,明早到队来学习。"这些诗行全是大白话,却充满鼓动性,不愧为最基层的劳动诗、最独特的劳动号子。

　　对于黄声笑诗歌源于生活、源于劳动的认识,诗人刘不朽曾深有感触。他在回忆与黄声笑的交往时讲述了这样一个故事:1958 年 12 月,地委组织 80 余名机关干部下放到港务局装卸大队进行为期一个月的劳动锻炼,刘不朽也在其中。有些人颇有怨言,问道:"怎么让我们去当搬运工?"而刘不朽却面露喜色,因为他有机会亲身体验黄声笑的劳动生活,虽然辛苦但也心甘情愿。他们宣教战线的干部分配到了装卸一队,而这个队的党支部书记,恰好是刚被提拔的装卸工黄声笑。晚上开欢迎会时,老黄让四小队的工人王祖金用快板诗表示欢迎:"欢迎干部来下放,支援装卸力量强……"五小队的汪国兴也献上了自己的诗:"上级干部一下放,文武全才战长江;文提羊毫赛孔孟,武胜武松景阳冈!"当时,下放的干部分为昼夜两班,主要任务是下河卸煤、扛粮包上岸以及装运百货。经过一个月的艰苦劳动,刘不朽深切体会到,只有在这样的劳动环境中,才会产生劳动号子,也才能孕育出从众多号子歌手中脱颖而出的码头工人诗人——黄声笑!普列汉诺夫在《艺术论》中说道:"各种各样的劳动,有他各种各样的歌。"黄声笑正是鲁迅先生在《门外文谈》中所指的"杭育派"作家、文学家啊！

是的，黄声笑是一位劳动者，他的一生都在书写劳动者的诗歌，劳动号子是他诗歌创作的真正源泉。他生于码头，长于码头，小时候便与伙伴们一起用杠子和绳子，打着号子练习力气，甚至捡起石头来抬。十二岁时，他便开始为旅客扛行李，为洋行搬运小杂货。他学过木匠，学过翻砂，当过脚夫，唱过川江号子，后来也创作号子、歌曲，最终用诗歌为号子和劳动代言，成为共和国时期声名显赫的工人诗人。著名作家、曾任中国作家协会主席的茅盾先生曾致信黄声笑，称赞他的诗作气势磅礴、立场坚定、生活丰富，歌颂了祖国的新生事物。著名诗人、《诗刊》主编臧克家评价黄声笑的诗说："你的诗源于战斗生活，写得朴实生动……"。当代诗人柯岩也曾评价黄声笑的诗，说它们不仅教会了她做人，还教会了她作文。直到今天，无论她去大学讲课，还是独自吟诵，她总会提起码头工人黄声笑的那些绝佳诗句，如"太阳装了千千万，月亮卸了万万千""左手搬来上海市，右手送走重庆城"等，并将它们作为标杆，并说尽管自己奋斗终生，也难以企及。

"旧社会里我卖力，磨掉肩头千层皮；抬的笔有千万捆，哪有一支是我的！……毛主席给我一支笔，握在手中撑天地，日卷风浪写英雄，夜磨笔尖斩狐狸。"这是黄声笑在学习毛泽东《在延安文艺座谈会上的讲话》后所写的诗，诗中熟练运用比喻，运用生动的夸张和整齐的排比，展现出强烈的新旧对比。"万里长江飞浪花，万朵彩霞绕江峡。万件礼物献给党，万首凯歌传天下。"语言朴实，朗朗上口，非常适合朗诵。黄声笑能在各种场合即席朗诵自己的诗作，具有很强的感染力，甚至在大学讲台上也能赢得学生们的热烈掌声。在他的人生丰收时刻，黄声笑视诗为生命，如"诗歌越写越快活，一时不写心难过，装完轮船不吃饭，也要写篇好诗歌"，"干活就把诗话记，集少成多挑不起。工农诗歌哪里来，劳动里面淘诗集"。

然而，改革开放以后，新的诗歌原则崛起，新的诗歌美学重新建立，新的诗歌流派在全国各地诞生。黄声笑的诗歌在思想感情和表现手法上都没有大的变化（洪子诚《中国当代新诗史》）。因此，他未能跟上诗歌的新潮，创作激情逐渐减少，发表空间也越来越狭窄，同时读者的审美要求也在不断提高。由于这些原因，黄声笑最终逐渐淡出诗坛，承受着晚年的失落和寂寞。清代赵翼曾说："江山代有才人出，各领风骚数百年。"黄声笑的一生是诗歌的一生，是有诗篇和诗句传世的一生。他的高光时刻数不胜数，引领诗歌风骚近二十年，堪称中国诗坛的一个传奇和九码头文化的骄傲。

二、著名乡土诗人刘不朽和他的三峡题材诗歌创作

几乎与黄声笑同时从湖北宜昌三峡地区登上中国诗坛，并与码头文化紧密相连

的,是著名乡土诗人刘不朽。刘不朽,1933 年 11 月出生于湖北武穴市花桥村,2016 年 8 月 21 日在宜昌逝世。他是中国作家协会会员,中国诗歌学会理事,同时也是一位编审,曾任湖北省作家协会副主席,宜昌市文联主席兼党组书记,以及《三峡文学》的主编。自 20 世纪 50 年代起,他便开始发表作品,至今已出版了包括《山寨水乡集》《歌满山乡》《三峡风景线》《三峡之恋》《山之韵》《金翅鸟》等在内的十余部短诗集。离休后,他致力于三峡文化研究,著有《三峡探奥》,并有回忆录《长相忆　诗之忆:刘不朽文学回忆录》面世。

图 1-14　刘不朽在书房（冯汉斌摄）

《左传》有云:"太上有立德,其次有立功,其次有立言,虽久不废,此之谓不朽。"这便是刘不朽先生名字的由来,也是他毕生所追求的人生美学理念。就立言而言,刘老自 1957 年便开始了文学创作之旅,1963 年与人合著推出了首部诗集《山寨水乡集》。直至逝世前一个月,他依然笔耕不辍,创作生涯长达近六十年。尽管其间因各种原因曾一度中断写作,但他始终铭记"诗是吾家事"的初心,以坚实的脚步丈量三峡,采集民风,汲取诗情,相继出版了《歌满山乡》《山之韵》《三峡之恋》《三峡梦　三峡潮》等一系列诗集,真正做到了"登山则情满于山,观海则意溢于海",成为三峡的歌者。他的三峡诗作孕育于三峡山水的灵气之中,汲取了三峡民歌的精华,紧密贴合三峡的民俗风情,记录了三峡的人文历史。作为中国乡土诗人的代表人物,刘不朽先生也是宜昌地方诗歌走向全国的典范,为中国当代三峡题材诗歌内容的挖掘和意境的拓展做出了不懈努力。

2012 年,刘不朽先生应《宜昌作家》编辑之邀,撰写了《我的文学创作历程》一文。在这篇回忆文章中,他将自己的文学创作生涯划分为五个阶段:从在广济老家读私塾,到考入广济县中学,再离开学校选调入伍,在部队度过九年的军营生活,其间阅读大量图书,萌发了强烈的创作欲望,并发表了处女作,这是他的"处女作时期";1958年至1965年,转业到宜昌后,他坚持习诗,在全国大型刊物上发表诗作,推出诗集,并到北京参加了全国青年文学创作积极分子代表大会,这是他的"成名时期";"文化大革命"期间,他遭受批判,下放至五七干校,这是他的"磨难时期";1979年起至离休,他重新焕发青春,创作题材广泛且质量上乘,这是他的"成熟时期";离休后,他花费多年心血撰写《三峡探奥》,作为其创作生涯的收官之作,这也是他的"隐居创作时期"。当时看似平常的一个想法,却让刘不朽老师有机会回顾和整理自己跨越半个世纪的丰富人生。如今看来,这篇文章无疑是一篇极为珍贵的创作总结。

山与水,恰似自然界中相依相偎、相辅相成的一对恋人。当神奇峻峭的山峦与柔情婉蜒的秀水携手走进人们的眼帘时,那便构成了一幅画,那便是一首诗。唐代画家们将描绘山水的画作简称为"山水";而早在西周时代,《诗经》中那些以山水起兴的诗篇,便堪称中国山水诗的鼻祖。"我到宜昌工作后长年下乡,虽苦犹乐,给我乐趣的就是宜昌秀丽的千山万岭:开门见山,出门爬山,走的是山路,唱的是山歌,看的是山景。曾自吟道:'看不完,写不厌,是青山,总把豪情壮志寄峰峦。'最初写作和发表的几十首诗全部是写山区景色、风情、人物、传说的,鄂西的十万大山哺育了我的诗。"刘不朽曾这样说道。正是山与水的双重召唤,促成了刘不朽与人合作出版的诗集《山寨水乡集》,这也是他的首部诗集。

在1963年1月出版的《山寨水乡集》中,刘不朽的部分作品以《山寨风情》专辑的形式呈现,收录了他的16首诗歌,包括《三峡答问》《艄公小传》《夜上南津关》《俏山花》《五峰城长句》《上茶山》《山村》《山溪》等。仅从标题便可看出,这些诗作所展现的风格,奠定了他毕生诗歌的总基调,乡土、山水、三峡、风情、民俗等,成为他诗歌中的关键词。正如诗集的简介所言,刘不朽的诗作多聚焦于鄂西的山区、田野以及三峡的自然风光与乡土人情。从作者对自然山川的描绘和对新人新事的颂扬中我们可以深切感受到作者的诗歌激情。其中,《夜上南津关》尤为凸显码头文化:"重重雾,迭迭山,江轮夜上南津关。关外雾如海,峡中别有天:千重石壁天刀削,万仞峰攒一线天;江峡如引断复续,黄牛昂首星月间。灯花朵朵水上开,钻机树树银河边;忽闻峡江夜风来,炮声响处壁峰颤!红旗飘,人声喧,峡中犹是不夜天。客醉依栏唱,船停情恋恋,唯有机舱马达声,频催江轮速向前!江轮方觉迷灯火,汽笛声声上四川!"这首诗是刘不朽夜乘江轮从南津关进入西陵峡,在三斗坪中堡岛目睹一排钻探机正在钻探未来三峡大坝坝址的壮丽景象后,心潮澎湃,随即挥毫而就的。后来,这首诗发表于《上海文学》,

成为他的诗歌处女作。从这首诗中不难看出,刘不朽自创作之初便展现出深厚的古典文学功底和熟练的新诗写作技巧,他的诗特别注重节奏和音韵之美,遣词造句也独具匠心,读来清新脱俗、抑扬顿挫,且善于用典,注重一唱三叹,这也是他的乡土诗歌能够迅速在全国诗坛崭露头角的主要原因。

1979 年由长江文艺出版社出版的长篇叙事诗《金翅鸟》,是刘不朽历经三年精心创作的成果,展现了他在诗歌创作上的新追求和勇于尝试的精神。这部长达六千余行的诗集,全程采用民歌体裁,彰显了他向民间致敬的坚定决心。诗中刻画了一位名叫田姑的农村姑娘,作为革命烈士的后代,她立志将青春和理想全部献给农业机械化事业,梦想着让农村如同金翅鸟一般翱翔于农业现代化的蓝天。全诗以穿号子作为山歌的引子,以赶号子作为山歌的尾声,通过盼车、试车、拦车、离车、夺车、飞车六大章节,构建了故事的主线。诗歌语言洋溢着浓郁的乡土气息和民间文化的魅力,如在“飞车”一章中,描述为田姑置办嫁妆的场景时,诗中写道:“一请木匠打床柜,二请雕匠雕共沿,三请漆匠刷红漆,四请铜匠打锁环,五请衣匠缝嫁衣,六请染匠染春衫,七请弹匠弹花絮,八请篾匠编摇篮,九请酒匠酿喜酒,十请厨匠办盛宴……”这一段文字极尽铺陈之能事,读来仿佛身临其境,如饮甘醇,如见其人,同时也向宜昌的“九佬十八匠”传统工艺致以了一次全面的致敬。

刘不朽曾专门谈及《金翅鸟》的创作缘起。20 世纪 50 年代,他广泛阅读延安派诗人的作品,尤其对李季的《王贵与李香香》《菊花石》阮章竞的《漳河水》、李冰的《赵巧儿》等采用民歌形式撰写的叙事长诗情有独钟。他一直梦想着有朝一日能追随前辈的脚步,创作出同样深受喜爱的长诗。然而,关于长诗的题材选择,他最初考虑过以古代巴国盐水女神的传说为蓝本,但最终决定聚焦于农业机械化题材,并命名为《金翅鸟》。“遥想当年在山区采风,行走在山间林丛,常见有如麻雀般金黄小鸟在枝头鸣唱,清婉动人。后查鸟类图谱,知此鸟属鸟纲雀科的金翅鸟,古印度又称之为神鸟。近山识鸟音,鸟音如歌,清亮甜美,脑中灵机一闪,遂定长诗名为《金翅鸟》。”刘不朽回忆道。他创作的《序歌》以《穿号子》为蓝本,笔下生花,一气呵成:“一把百宝锁,两把金钥开,打开山歌库,取出歌诗来”。1979 年 10 月,《金翅鸟》正式出版发行,印数达到 1.9 万余册。虽然这部作品赢得了众多好评,尤其是语言方面的成功备受赞誉,但也有评论家认为其内容相对平实。对此,刘不朽深表认同,并进行了深刻的自我剖析,自此之后,他更加专注于创作山水和生活题材的诗歌。

《三峡风景线》《三峡之恋》和《山之韵》是刘不朽相继推出的几部纯粹的自然山水诗集,也是其山水诗创作成熟阶段的标志性作品。1988 年出版的《三峡之恋》,分为

"行吟在三峡画廊""小三峡试笔""昭君村纪事""沉思,在屈原故里""巴蜀风情画"等多个篇章,这些探寻三峡之美、品味三峡之韵、讴歌三峡之奇的诗作,巩固了他在当代三峡山水诗人中的地位,即便在全国范围内同类诗歌创作中,亦是毫不逊色。这些三峡诗,诗中蕴含思考,思考中饱含情感,情感之外勾勒画面,画面之中蕴藏历史,具有恒久的审美价值。例如,他描写夔门:"历史证实:惟有滚滚洪流能破此门,惟有勇者之帆在此行驶。夔门啊,也是人生的一道严峻试题,供一切仁人志士参试:欲过四百里三峡,欲下八百里洞庭,欲奔三千里东海……"在《神女峰——三峡爱神》中,他写道:"葛洲坝只不过是献给她的聘礼啊,/崛起中的三峡水电站,/正为她筹备丰厚的嫁妆!/从扭曲中获得舒坦的峡江,/为我们的三峡爱神赶印喜帖;/峡风起处,/一叠叠欢潮!/一叠叠喜浪。"在许多诗中,他写三峡,却又不局限于三峡,他在写三峡在他内心的投影,写三峡与时代的交融与对话,写日夜奔腾的大江三峡,也写承载着厚重历史的三峡;写唐宋时期的三峡传奇,也写当下的三峡风貌。这正是优秀诗人所应具备的特质。

峡江如此浩渺,如此壮丽。山高水长,人文史册浩如烟海;高峡平湖,当代风流绘之不尽。宜昌胜迹众多,历史源远流长,峡尽处大潮汹涌,气象万千;屈子的气度穿越古今,明妃的风雅顾盼生香。这一切都在刘不朽的笔下得到生动的描绘和深刻的呈现。他以一颗诗人的心,在屈子故里感受楚韵巴风,在昭君村里品味文化之美,在三游洞里沐浴唐风宋雨,在白帝城中与三国历史不期而遇。如果说《山寨水乡集》时期的刘不朽还是初试啼声,那么《三峡之恋》时期的刘不朽则已成为三峡和三峡文化真正的歌者。他反复与昭君共鸣,在《望月楼》中深情吟唱:"人间月是故乡圆。/每逢八月十五月圆时,/一只远飞塞外的孤雁儿,/想必是思乡情更切!/几回乘大漠飞烟,/梦归千里万里故里,/望月楼上重唤声阿妈阿爹?"他无数次在屈乡深处行吟,诗情勃发:"屈乡,屈里/民间,乡间/家家门插驱邪逐瘴的香艾/户户高悬镇魔降妖的蒲剑/饮一杯火辣的雄黄酒/传说有增强免疫力的奇功/吃一口香甜的粽子/把人间的真善美/深深地怀念……"连续两年阳春三月,刘不朽吟诵着伟大诗人屈原的不朽篇章,跋山涉水,朝圣祭拜,在屈原故里的奇山秀水间求索。他也曾在巍峨的伏虎山麓,隐约可见的读书洞前,聆听屈原故里一位年逾古稀的农民诗人讲述一个古老的民间传说:屈原少年时便酷爱习诗赋,却苦于不得要领。为此,他日夜焦虑,寝食难安,神思憔悴……最终,只得沐浴薰香,祈求天神指点。当夜,他在朦胧的睡意中,果然梦见天神降临床前,挥手示意道:"求诗莫问天,好诗在民间。"屈原如梦初醒,豁然开朗,顿悟了为诗之道。

刘不朽是一位古老传说的忠实听众和积极传播者。"阳雀喳来喜鹊喳,山歌窝里是我家。锅里无米歌当饭,壶中无酒歌当茶,不会唱歌是哑巴。"他认为自己之所以学习写诗，完全是因为自幼受到民歌的熏陶。"我一直在诗歌的道路上蹒跚学步，虽少有长进和收获，但偶有所得，皆得益于民歌的滋养。民歌赋予我神思幻想的翅膀，教会我形象思维的方法，提供我比兴的手法，以及丰富的语言素材。我的不少短诗都是从民歌中'脱胎换骨'而来的。"

刘不朽对鄂西的五句子歌尤为看重，他在三峡宜昌的大山中勤勉采风，收集了上万首民歌，其中五句子歌占据了重要地位。这一成就不仅使他得以加入中国民间文艺家协会，还当选为中国歌谣学会理事。后来，中国民间文艺研究会湖北分会以刘不朽采风所得为基础，内部出版了一册《鄂西情歌集》，首版即印刷一万册，分发至湖北72个县市，一时之间，这本书成为抢手货。这本《鄂西情歌集》精选了100首五句子歌和100多首杂号子，至今仍散发着迷人的光彩。

1981年冬天，省里决定举办全省文化馆长训练班，会上临时决定邀请刘不朽上台为200名学员讲授鄂西情歌，结果引起了热烈反响。只见刘不朽从容不迫地走上讲台，边讲、边唱、边板书，全情投入。当他唱到"桃子没有李子圆，郎口没有姐口甜，去年六月亲个嘴，今年六月还在甜，新旧甜了两三年"时，大家舔着嘴唇，仿佛也在品味着爱情的甜蜜；当他在黑板上写下"月亮弯弯一把钩，弯弯胳膊郎枕头，郎说压着姐的手，姐说岁月如水流，一年枕得几回头？"时，大家默默叹息，感慨人生的短暂与无常……

刘不朽于20世纪90年代出版的《山之韵》是一本独具特色的诗集：每首诗都以山为主题，每篇都聚焦于山，是专心致志地写山的。它描绘了山的原始、自然、神奇、幽深险峻以及超凡脱俗的风姿；刻画了山里儿女的形态与心态；叙述了山的沉重历史、严峻现实以及希望未来……为何选择写山，而非水，作为一本书的主题？刘不朽有自己的见解："当我从鄂东故乡的平原来到宜昌定居后，最让我新奇的是鄂西山区的千变万化、气象万千的崇山峻岭、奇峰怪石。作为地级机关的一名小公务员，我时常需要下乡，而宜昌地区所辖的县市中，有七个是山区，《宜昌地区简志》有'一平二丘七山'的说法，所以下乡往往就是进山。我在'抬头见山，出门爬山，翻山越岭'的景观与经历中度过了整整四十个春秋，对鄂西大山

图1-15 刘不朽部分著作

的爱恋之情全部倾注于诗中。我对山的认识也经历了由表及里的深化过程。20世纪

60 年代初,我初被山区的风光景色和独特的民俗风情所吸引,以欣赏的视角创作了《上茶山》《山寨歌》《山村素描》《题苞谷人物》等多组诗篇。回望那时,我颇似一位走马观花的旅人。到了 20 世纪 90 年代初,我渐近花甲之年,于是萌生了重新审视山、思考山的念头。古代儒家视高山为德行之高,故有'高山仰止,景行行止'之说。而我则将山视为一部历史教科书来研读。山是大自然的杰作,但山的历史是由一代代山民书写的,一山一岭、一沟一壑都映射着时代的演进、历史的变迁。因此,我决定以'山之韵'为基调,创作一批关于山的短诗。"

经过三年的努力,刘不朽断断续续地完成了 40 余首"山之韵"系列诗作。《山之韵》创造了他个人诗集出版前在较大范围内发表作品的新纪录,他的诗歌创作至此也画上了一个小小的句号。步入晚年,他从对诗歌的狂热追求转向了有深度的学术研究和温婉悠长的人生回忆,《三峡探奥》和《长相忆 诗之忆——刘不朽文学回忆录》便是他晚年的心血结晶。

三、熊平的诗歌创作

生于 1935 年的宜昌老诗人、律师熊平,祖籍湖北大悟,已在宜昌工作和生活了半个多世纪。他在文坛上耕耘了六十多年,是中国散文学会会员、中国诗歌学会会员以及湖北省作家协会会员。他已出版了《神聊集》《哭笑的长歌》《苦乐年华》《俯仰山川》《娱林广记》《不愿拉长的小说》等多部文学专著,在诗词联赋、散文随笔和小说创作方面均取得了突出成绩。其中,最为显著的成就是 20 世纪 70 年代初的新诗《金桥》,该诗不仅被《湖北日报》发表,还被选入了 1971 年的湖北省初中二年级语文课本,并被向海外发行的《中国文学》杂志转载,使熊平成为当年妇孺皆知的文学人物。

熊平十二岁时不幸丧父,由于家中缺乏男劳力,他读到初中三年级便被迫辍学,开始从事农耕。二十岁时,熊平参加工作,就职于大悟县委农村工作部。作为一个农民的儿子,他成为国家干部,生活条件发生了变化,但他热爱读书的习惯始终未变。他在多年之后坦言,自己之所以走上文学之路,是因为读书。书中的美妙诗文感动着他,启发着他,给他带来愉

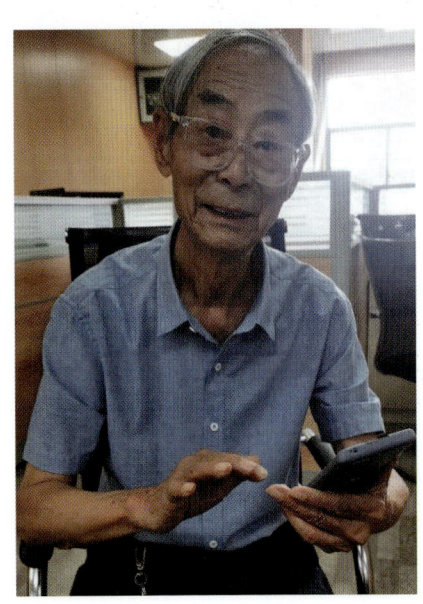

图 1-16　熊平

悦和激励,使他从爱读诗文进而发展到爱写诗文。

1958年,他被派往大悟县吕王公社参与大办钢铁的任务,在苏红钢铁厂负责宣传工作,并开始学习写诗和作文,尝试着向报刊投稿。他以吕王公社大办钢铁的模范人物黄世恩的事迹为素材,撰写了三篇千字文章,没想到这些文章被《大悟报》的"钢铁英雄传"栏目连续三期选登。更出乎意料的是,熊平创作的两首诗中,一首题为《一个五保户的诉说》的作品,被郑州的《百花园》杂志看中并发表。

1959年,熊平成功考入中南政法学院。大二时,由于热爱写作,他被推选为校学生会宣传部部长,并兼任法律系《红旗报》的编辑。随后,全年级按照军事编制前往云梦,参与汉舟铁路的修建工作。尽管条件艰苦,食不果腹,但在劳动之余,他仍然坚持写作。没有桌椅,他就坐在石头上,把膝盖当作书桌来写作。他创作的一些反映工地生活的诗歌,还被工地的小报选编发表。

熊平在写作上真正取得进展,是在大学毕业之后,特别是在远安县区担任秘书工作和在宜昌报社从事编辑工作的那段时期。他在《萌芽》杂志上发表了散文《大雪刚晴》,在《长江文艺》上发表了诗歌《一轮红日出东山》,在《远安文刊》上发表了小说《戴高帽儿》,这些作品都是他在远安创作的。此外,后来发表在《湖北日报》上的诗歌《金桥》和发表在《布谷鸟》上的小说《两个美国人》,也都是在远安完成的。近些年,熊平主要投身于小说创作,先后出版了《不愿拉长的小说》《两张电影票》《紫陌红尘》等三部小说专著,总字数近七十万字。

熊平的诗赋中,关于宜昌历史地理的描绘颇丰,其中《宜昌天然塔赋》便是对伍家岗区这一文化地标的深情致敬。赋文如下:"俯视大江,仰望高天。号曰天然,实为人造。夷陵八景,位列第三。俗称宝塔,名闻遐迩。晋代郭璞,探亲旅宜,数载客居,详注《尔雅》。既为第二故乡,焉能说去骤去?斥资建塔,意在留念。更为宜昌镇山压水,兴文壮社。此所谓'以人力之为,行天然之事。'内忧外患不绝,天灾人祸频仍。民少安居乐业,塔能消然无恙?元初始见倾圮,明末终致坍毁。余下一片废墟,时人望之兴叹。清季重修,增其旧制。烧砖凿石,三年始成。乡绅徐经业邀众捐款,慷慨解囊;知府王春煦濡翰作记,豪情萌发。八金刚须弥石座,七层级勾缝砖墙;多扇窗东西南北,数棱面前后左右。顶攒福禄,直指霄汉;门向江开,纵览山水。楣刻塔名,旁镌联语,作者为谁?立意深邃。一告称呼,再道气势:'玉柱耸江干,巍镇荆门十二;文锋凌汉表,雄当蜀道三千。'上联近观,对岸荆门突兀,十二巨碚当水,与虎牙滩对峙,时谓江关,隐公孙述怀帝梦之故事;下联远望,西去群峰逶迤,三千小路入川,同武陵山交臂,古称蜀道,藏李太白行路难之诗意。入塔登梯,喜波光于目下,江上青鸥和白鹭同游,客轮与货驳争快;绕塔信步,悦涛声于耳际,檐下悬铃共汽笛齐鸣,男歌偕女唱竞美。近旁草坪,香樟丛竹映绿冬夏,鸟鸣树上；跟前山石，玉兰丹桂香透春秋，蝶恋花间。晨练者每迎朝暾而来，舞之蹈之，强身健体；夕游者常披晚霞而至，优哉游哉，悦性怡神。论塔至此，其义若何？一处城标，一帧画页，一段历史，一种文化，亦为郭璞遗篇，更是宜昌骄傲！"

在熊平的诗歌专著中，《哭笑的长歌》尤为值得关注，此书不仅展现了作者澎湃的创作激情，而且字里行间洋溢着吟诵与咏叹，既倾吐了作者的爱恨情仇，也映射出作者那充满波折、苦乐交织的人生历程。从《说家史》和《忆父》中，我们可以感受到作者童年时期的贫苦与伤痛；从《八秩抒怀》和《写给七月一日》中，我们能够解读出作者投身革命、入党60年来所奉献的青春与心血；当然，从《岁首抒怀》《过年》以及《小窗下》等作品中，我们又能体会到作者晚年生活的安逸与儿孙满堂的幸福。可以说，这些作品都是作者内心深处真情实感的流露，也是其哭笑交织、苦乐并存人生的一种诗意表达。

第三节　散文

一、李华章的三峡散文创作

宜昌是散文创作的大市，涌现出了一批在全省乃至全国具有一定影响力的老中青几代散文作家。这些散文作家的创作风格鲜明，写作题材多样，并逐步建立了自己的文学阵地。在这些散文作家中，若要论及与宜昌码头，尤其是九码头关系最为紧密者，则首推老一辈散文家李华章先生。

李华章，湖南溆浦人，1937年8月出生。1959年毕业于华中师范学院中文系。他曾任宜昌市文化局副局长，宜昌市文联副主席、主席及党组书记，宜昌市作协主席，以及《三峡文学》的主编，职称为编审。1980年，他加入湖北省作家协会；1990年，成为中国作家协会会员；1995年，加入中国散文学会，并曾任湖北省散文学会副秘书长、副会长等职务。

李华章出版了多部散文随笔集，包括《绿韵》《湘西，我的梦》《告别三峡之旅》《生命的风景》《追赶日出》《生命的河》《人生四季》《缠人的乡亲》《岁月叠影》《文苑漫步》

《李华章散文选集》《更行更远》《江河长流》《情满青山绿水》等。此外,他还出版了少年儿童作品集,如《高峡出平湖》(荣获湖北省优秀科普作品二等奖)、《中华三伟人的故事》(被中宣部、新闻出版总署、文化部、教育部、团中央等部门选为向全社会推荐的100部爱国主义图书之一)、《中国的脊梁》《三字经故事精选》等共10种。

与人合著的作品有《鲁迅论文艺》《桃花鱼赋》《长江三峡传说故事》《长江三峡》《巫山神女》《百鸟衣》《望夫石》《三峡游览志》等10余部著作。他还编选了《宜昌山川胜迹》《三峡散文选粹》《三峡古诗选粹》等30多部作品。他的作品被选入《中国新文学大系·散文卷(1976—2000年)》《中国新时期抒情散文大观》等30种选本。

图1-17　李华章

图1-18　《湘西风与月》

在《九码头,刻骨铭心的记忆》一文中,李华章深情地谈及他的“九码头情结”:1959年8月末的一天,他从武汉华中师范学院毕业后被分配到宜昌,乘船溯江而上,经历了两天两夜的航程,心潮澎湃,犹如长江的波涛一般汹涌。当船只驶过古老背后,前方左岸的灯火隐约闪烁,预示着宜昌即将到达。停靠的码头正是九码头。他们一行共十五人(其中一位女同学抱着她一岁多的孩子,作为调干生,这位曾是部队文化教员、转业后读大学的女生还担任着年级党支部委员),下了船后,入住在过街转弯处的“人民旅馆”。这家旅馆拥有三层楼,白粉墙在灯光的映照下更显璀璨。木板楼梯、走廊和房间,行走时发出砰砰的声响。据介绍,这是当时宜昌最好的旅馆之一。“我们在人民旅馆住了四天,心神不定地等待着地区文教局的统一分配。次日清晨,我和几位同学站在九码头上,眺望着金色的长江从眼前滚滚东流,轮船穿梭往来,汽笛声声不绝，趸船离岸一二十米远，跳板由不规则的木板铺成，装卸工人们肩上搭着约六尺长的蓝布，正忙碌地上下跑动，汗流浃背地装卸货物，呈现出一派繁忙的景象……我忽然想起了工人诗人黄声笑曾给我们做的演讲，他站在台上，边讲边朗诵：'我是一个装卸工，万里长江显威风，左手搬来上海市，右手送走重庆城……'他的语言形象生动，气势磅礴，想象力何等丰富！黄声笑的气魄真大！正是因为这位工人诗人的名字，让我情不自禁地爱上了宜昌的九码头。""九码头的文脉如同长江一般悠长而深厚。在这里居住与生活过的老中青文人，或从这里启程，或在这里成长，或在这里声名鹊起，恕不一一枚举。九码头啊，留给我多少刻骨铭心的记忆！"

总而言之，从生活和创作两个方面来看，李华章对九码头有着深厚的情感，这主要出于以下几个方面的原因：一是他从毕业踏入社会之际，正是在九码头踏上了宜昌的土地，开启了人生的新篇章；二是他对九码头的文学人物有着深入的了解，可以说是他们的知心朋友，比如工人诗人黄声笑，以及创作了《长江三部曲》鸿篇巨制的鄢国培，李华章与他们建立了深厚的友谊；三是他长期居住在宜昌长江之滨的九码头区域，时至今日，他仍然居住在亚细亚油罐附近的生活小区，每天朝夕相对的是滚滚东流的长江水以及来来往往的船只和人流；第四个原因，是他出生于湘西溆浦，沅江溆水是他的母亲河，河边码头众多，因此，他的码头情结或许从幼年时期就已经悄然生根。

图 1-19　李华章在创作

实际上，沅江溆水和长江这两条河流，贯穿了李华章一生的写作，他自己对此也深感自豪。他曾回忆说，从中学时代起，他就怀揣着"文学梦"。后来，受到湘西文豪沈从文作品的影响，他对这片神奇的土地更加眷恋。退休后，他多次重返大湘西，用四五年的时间,走遍了湘西原22个县(市)的名镇、名乡和名寨,重拾青少年时代的梦想。那深厚的乡情、浓浓的亲情、别具一格的风俗、可亲可敬的人物、悠久的文化积淀,乃至那些风花雪月的美好,都成了他魂牵梦绕的乡愁。从华中师范大学毕业后,李华章被分配到三峡宜昌工作,近半个世纪扎根在屈原故里,深受屈子遗风的影响。他曾几十次行走于长江三峡,风雨无阻,足迹踏遍了鄂西的山山水水。他采风俗、察人情、阅方志、谒胜迹、记风物、拾轶闻,寻找着失去的历史,感受着时代的巨变。正是这份对时代的感悟和对生活的热爱,激发了他的散文创作。因此,这两条河流在李华章先生的眼中,不仅是自然的河流,更是文学的河流;河流上的码头不仅是自然的码头,更是他人生的码头。

李华章以笔为犁,耕耘不息,创作稳定且丰硕,著作颇丰,堪称著作等身。2019年,武汉大学出版社推出了三卷本的《李华章文集》,收录了他半个多世纪以来创作的各类散文代表作近一百万字,这部文集可以视为他文学生涯的总结之作。纵观李华章的散文创作,其内容大致可以分为以下四大类型。

一是对长江、三峡山水人文的描绘。这类散文在其创作中占据重要地位,篇幅也最为庞大。从篇名即可略知其笔触之专注与广泛:《沧桑的三峡诗意》《三峡又闻猿啼声》《沈从文过三峡记》《云雨巫山十二峰》《青滩遗韵》《邀神女同行》《三峡,永远的风景》《三峡岩石赋》《三峡明月》《三峡移民的情怀》《别了,中堡岛》《春风三峡路》《神女峰,永远美丽》《远逝的三峡民谣》等。如果说李华章的文学创作生涯始于学诗,那么他后来对散文的迷恋与醉心,以及在散文领域的默默耕耘,其催化剂无疑就是三峡。

一九七九年春天,李华章与几位业余作者一同踏上了长江三峡的漫游之旅,这是一次令人难以忘怀的旅行。他们溯江而上,只见西陵峡水流湍急,滩多浪急。那"南沱三漩",漩涡如斗,横流翻滚;那"对我来"石,砥柱中流,惊险异常;那"崆岭滩"与"新滩"宛如"鬼门关",令人心惊胆战;而"牛肝马肺"与"兵书宝剑",不仅形似,更引人遐想。当轮船驶过香溪,清流碧透,令人倍感新奇;屈原故里,遥遥在望,激发了李华章无尽的诗情……轮船在幽深秀丽的巫峡中航行,两岸奇峰连绵不绝。那些优美动人的神话传说,将李华章带入了一个如诗如画的境界。进入瞿塘峡,则是另一番天地,山崖巍峨,夔门浪涌,白帝城高耸,瞿塘峡险峻,雄奇壮观,名不虚传。壮丽的长江三峡,恰似一条"彩色画廊",令人目不暇接,给李华章留下了深刻而美好的印象。从三峡东下返回宜昌的路上,他们走走停停,早晨从白帝城彩云间出发,夜晚则栖息在神女所在的巫山城。在巫山,他们登上高唐观,吟诵《高唐赋》;来到青石村,环顾四周,从巫山十二峰中可清晰地看到神女峰、剪刀峰、登龙峰、翠屏峰和飞凤峰等五座山峰。行至巴东,他们登上"秋风亭",探访"悟缘洞",品尝"凉水井"的泉水,抒发着思古之幽情;到达秭归,他们瞻仰屈原祠遗址,在江畔行吟,朗读《橘颂》;在清幽的香溪边,他们洗洗手帕,品尝溪水;登上中堡岛,踏访三峡坝址;漫步黄陵庙,观赏黄牛峡……一路上,他们边走边看,一边采访记录,一边查阅县志。如此连续两年,三进三峡。所见所闻,颇多感触,记录成篇。可以说,这次旅行是李华章散文创作的起点,也是他第一批散文作品的丰富源泉。从三峡归来后,他陆续创作了《三峡雄奇此为魁》《云雨巫山十二峰》《山环水绕巫山城》《西陵胜迹溯源长》《西陵峡口大城浮》《"江上风清"胜境》以及《白帝城纪行》《巫山城记》《巫山三台的由来》等二十余篇散文,并分别发表在《长江日报》《大公报》和《艺丛》等报刊上。

多年的三峡踏访,使李华章对脚下的这片土地了如指掌,因此他能够将三峡的雄奇壮美展现得淋漓尽致。在《三峡雄鹰》一文中,他这样描绘:"高阔的天空,深沉的江波,任你自由飞翔。右岸的奇峰,左岸的悬崖,筑起你起飞的跑道。雄鹰在三峡展翅,一个盘旋,一种风采;一个畅飞,一派潇洒;一个飞升,一层境界……夔门的惊险,你敢飞越;巫山的云雨,你敢剪碎;西陵的波涛,你敢傲视。三峡的儿女,经历了百年风雨沧桑过后,个个都像展翅的雄鹰!"这样的美妙写法,在李华章的三峡题材创作中随处可见。

二是对故乡湘西、溆浦的叙述。作为一名定居在宜昌的游子,湘西和溆浦不仅是李华章的原乡,更是他永恒的童年记忆。他曾撰文表示:"我生于湘西,长于湘西。对于这块生我养我的神奇土地,我在心灵深处一直都没有忘怀过,即使遇到过不少坎坷和不如意的痛苦事,也总是珍藏着故乡情。因为,美不美故乡水,亲不亲故乡人。"自从他阅读了沈从文的《湘西》《湘行散记》后,更加深切地感受到故乡是自己的一方精神家园,是创作的沃土。"沈从文的散文记录了他年轻时在湘西山乡、沅水流域的跋涉经历。他最初是以书信的形式写给爱人张兆和的,沿途的所见所闻所感都极其真实自然,没有丝毫的矫揉造作。'我就这样,一面看水,一面想你。'品读这些散文佳作,仿佛沿着他的足迹漫步在沅水之上,一滩一湾、一城一镇、一人一事,都历历在目,宛如眼前。这是沈从文生命历程的真实写照。"的确,沈从文的散文闪耀着生命之美,燃烧着生命之光!难怪李华章中晚年时期,创作了十多篇关于沈从文的散文,如《沈从文心中的沅水》《乐水者记》《心中的风景:访沈从文故居》《沈从文流泪听傩堂》《沈从文的热心肠》《沈从文对女子的情怀》《沈从文与张兆和的深情厚谊》等。从这些散文中,不难看出他对沈从文的高度敬仰,包括对其文学风格的认同与推崇。

一九八四年春天,李华章回到了阔别已久的故乡湘西溆浦。踏上这片令他眷恋的热土后,他的绵绵乡情便喷涌而出,难以抑制。在半个月的时间里,他与家人团聚,共享天伦之乐;他走访村里的每一户人家,看望乡亲。儿时的记忆、乡间的旧事、传统的风俗,都一一浮现在他的眼前。他还前往溆浦县城,参观了母校,拜访了老师,并瞻仰了向警予烈士的故居。尽管旧城已焕然一新,但那条溆水河依旧日夜奔腾不息。"我站在烈士故居门前的溆水河畔,思绪万千。回想起自己第一次到县立初中读书时,坐着小驳船,顺着溆水河而来的情景;又想起向警予正是驾着溆水河的碧波,前往她日夜向往的湘江长沙,与毛泽东、蔡和森等同志一起,怀揣着书生意气,指点江山,激扬文字。"于是,李华章满怀激情地创作了散文《梦里的溆水》《桃李情思》《一朵金菊花》《家乡二题》和《凤凰回山倍有情:沈从文回乡散记》等作品,并分别发表在《长江》《作家生活报》《长江日报》《三峡文学》等报刊上。这些散文洋溢着质朴而真挚的乡情,具有触动读者心灵的力量。在随后的岁月里,李华章又创作了大量关于家乡的散文佳作。他写溆浦与屈原的深厚渊源,创作出《"屈原入溆处"犁头嘴》《溆水河畔屈原魂》《溆浦的"两个端阳"》《诗画"涉江楼"》《溆水思蒙》等系列散文,字里行间流露出对屈子精神的崇敬之情,同时也通过屈原这一纽带,在两个故乡、两条河流之间建立了神秘的联系;他描绘了溆浦的人文风景,如《沧桑贺龙桥》《历史的丰碑》《名将的情怀》《永远忘不了她》《访熊希龄故居》《舒新城与船的情结》《钱基博先生在溆浦》等,以饱含深情的笔触书写家乡的人物风流;他还深情回忆了家乡的亲朋故人,读来感人至深,如《千年屋》《晚景》《极简而哭》《山里舅舅》《外婆的小阁楼》《芷冲垅的守望者》《染匠阿哥》《最后一个堂哥》《母亲的心》等。

　　"我出生在神秘湘西的僻壤,是喝着碧绿的溆水长大的。这是千里沅水的一条支流。我深深地眷恋着故乡的这片土地、这条绿水。那里有关怀我的父老、兄妹和乡亲。他们的人生悲欢、坎坷命运与沧桑经历,总是牵动着我的心,萦绕在我的梦境之中。就是这片热土上的人事、山水与庄稼,孕育着我的'文学梦',激活我的创作灵感与热情。而一篇一篇的散文华章,融入了自己的真性情、真感受和真体验。没有故乡就没有我的散文。"这是李华章的肺腑之言,字里行间,流露出他对故乡深深的眷恋之情。

　　三是对所行之地、所见之景的山川风物的叙述。李华章的散文贴近生活,平实自然,生活气息浓厚,是名副其实的写实之作,此类散文正是其中的代表,最能体现他散文的精神特质。以他写宜昌城的散文为例,许多作者不愿涉足此类题材,写出的作品要么空洞无物,要么缺乏真诚,但李华章却能以一支独特的笔,细腻描绘眼前的景致与事物,这样的写作态度尤为珍贵。这些散文,如《至喜大桥凌空俏》《宜昌,飘出一道道彩虹》《东山图画怀想》《十里车溪》《云集路漫步》《灯笼树》《石板溪花开红艳艳》《金字塔之山》《漫步欧阳修广场》《江南采菊》《永驻心中的天官牌坊》《忆北山坡学府》

《胭脂坝寻石》等，读来仿佛身临其境，同时也展现了当下的风貌与时代的变迁。在这一类散文中，还有不少描写伍家岗的作品，如《天然塔影》《雄起，伍家岗》《漫步东山大道》《滨江绿韵》等。在《天然塔影》一文中，他写道："重登天然塔，倚窗远望，触目兴感，江风荡胸，心潮起伏。朝西望，夷陵长江大桥车水马龙，江南、江北变通途；往东看，近在咫尺的宜万长江铁路大桥，凌空飞架，迤逦西去，连接祖国的大西南。更有几十栋高楼作背景，令人无比振奋。兴许黎民百姓早有预感，要不，他们怎么把天然塔称为'宝塔'呢！天然塔也许会越来越老，她那巨人般的塔影也会随之老去。但留在人们心中的塔影将永远鲜活，万古长青，她那'壮文脉'的一声'朝天吼'，会不断激励千千万万夷陵儿女为之奋斗不息！"

四是书斋写作与文坛回忆。这类散文的写作既要求作者具备丰富的阅历和广泛的交游，又要求作者拥有广博的阅读和深刻的思想，因此写好这类散文并不容易。然而，李华章却写得愈发老辣深沉，读来如同品尝醇厚的美酒。

李华章的散文语言清澈灵动，如同流水般自然流畅，阅读时给人一种在宽广的河流中顺流而下的畅快感受。他的笔法多变，时而如涓涓细流，精雕细琢；时而如大江大河，奔腾不息；时而如瀑布喷涌，澎湃激昂。他的散文中蕴含着真挚细腻的情感，宛如清冽的泉水，洗涤着读者的心灵。他常常选取一两个细微的事件，用精致而质朴的语言进行描绘，由于其中倾注了真挚的情感，因此无须过多修饰，便自有一股打动人心的力量。同时，他擅长将情感层层铺展，宛如一条条悄然滋润的支流，最终汇聚成一股清泉，喷薄而出，给予读者强烈的情感冲击。

李华章认为，散文是时代的产物。因此，当代散文若要取得突破、提升、开拓与改革，就必须真实地反映时代精神，具备鲜明的时代特色。所以，一个散文作家需要关注人生、关注社会，反映并记录时代。作家还需坚持对人文的关怀、对真理的追求、对理想的向往以及对未来的信心。他始终坚信，散文是作者灵魂的写照，是人格的表现。正如沈德潜在《说诗晬语》中所言："有第一等襟抱，第一等学识，斯有第一等真诗。"这句话同样适用于散文作家。但最终，散文的核心在于真情实感，唯有如此真实，方能创作出美文佳作。"散文情深，自会耐读，余韵绕梁；散文清新质朴，胜过堆砌、炫丽；散文清纯自然，超过矫揉造作。我最喜爱的散文是，于平实丰富中见真切，于清淡优雅中出境界，于随意漫步中显活力，从独特的感悟与自由的抒发中，获得审美的欣赏和创造的愉悦。我写散文几十年了，虽不能至，但心向往之。"

众多作家和评论家对李华章的散文创作给予了高度评价。文艺理论家涂怀章教授说道："李华章写乡情的散文，平实之中含有深意，且用笔精细，语言清澈如泉水。""他描绘过无数的高山远水，他的笔墨始终散发着纯正的思想芳香，其艺术功力则是源远流长的……从艺术上看,不浮不躁,不俗不腻,极为纯朴自然,展现出平易亲切的素质,达到了难能可贵的高雅境界。"(《湖北新时期文学大系·散文卷》序)

二、宜昌籍作家汤世杰的长江散文创作

汤世杰于 1943 年 1 月 31 日出生于宜昌市老城区南正街和环城南路附近,2023 年 1 月 28 日,在宜昌因病逝世。

汤世杰的父母皆出身社会底层,家境贫寒。父亲曾读过几年私塾,后成为学徒帮工以维持家用;母亲自幼随外祖父母从秭归青滩迁至宜昌,他们在江边搭起窝棚居住多年,才逐渐在城区站稳脚跟。自幼好学的汤世杰,在宜昌四中毕业后,成功考入长沙铁道学院铁道工程系。毕业后,他前往云南工作,历任昆明铁路局养路工、宣传干事、政治部秘书、《昆明铁道报》编辑,云南省作协《文学界》杂志主编,以及省作协副主席。1962 年,他开始发表作品。1985 年,他加入中国作家协会。

汤世杰一生扎根于红土高原,将创作之根深植于七彩云南的沃土之中。他早年以《高原的太阳》在文坛崭露头角,对云南少数民族文化尤为关注,长年深入民族地区采风写作,风餐露宿,八方奔走,与少数民族同胞打成一片,虚心学习各民族文化,并有多部重量级作品问世。《情死》《灵息吹拂》《梦幻高原——香格里拉探寻》《在高黎贡山上》《烟霞边地》等作品均取得了较大反响,受到了中国文坛的广泛关注。他的创作题材丰富多样,体裁涉猎广泛,无论是诗歌、散文还是小说等艺术形式,他都能驾轻就熟,运用自如。尤其是他的文化大散文,既注重田野调查又行文优美、文体考究,同时视野开阔,紧扣时代脉搏。他的许多作品都生动形象地记录了香格里拉从寻找发现到论证推广的历史进程,堪称云南民族文化书写的典范。

以文学创作为职业的汤世杰,对家乡始终充满深情,几年前更是选择回宜昌定居。他说道:"故乡,是一个人生命的起点,血脉的根源,是在远方如何思念都挠心,在近处随意徘徊也心安的地方。就这么简单,如果你是一棵树,它就是你的'根';如果你是一条船,它就是你的锚;如果你是一只风筝,它就是牵引你的绳子。无论你是否想念,它都在那里,时刻牵系着你。这种牵系无形无声,却时时刻刻、年年月月都不会放松。我喜欢这样的牵系!没有它,我会觉得我的云游四海、漂泊山野几乎毫无意义。"汤世杰在接受记者采访时曾表示,写作从来都是心灵的映射,需要内心有光。能从平凡的日子里,品味出他人未能察觉并表达出的深意,需要有一定的定力、达到一定的认知高度。对他来说,家乡既是熟悉的,又是陌生的。毕竟半个世纪已过,许多事物发生了巨大变化,加之幼时对家乡的历史文化认知有限,因此回到家乡需要经历一个重建的过程,对事事都感到新鲜。这种感觉被他写成了《故乡的重建》一文。故乡并非一

成不变,她也在生长、蜕变,甚至重新出发,其中蕴含的深刻动因,是归人最感兴趣的时代奥秘。这不仅是他个人的问题,对于处于大规模流动中的许多现代人来说,同样是个问题。目前,他正在逐步了解、熟悉、思考家乡,点点滴滴、方方面面,都力求真正从精神上回归故乡。

图1-20　汤世杰散文选

图1-21　汤世杰

　　宜昌市职工文学读书协会会长张永久认为,汤世杰先生既读万卷书,又行万里路,他的许多见识和想法都极为珍贵。"在我看来,最珍贵也最让人难忘的是他满腔浓郁的故乡情。四五年前的一次见面,他就表达了想回故乡宜昌定居的愿望。我们几个朋友都一致支持他。后来他果然带着妻子回到了宜昌,选择了一幢离长江最近的大厦定居。"

　　正是这次回归故乡的经历,在作家出版社推出的三卷本《汤世杰散文选》中,汤世杰特意编纂了一个名为"故乡长短吟"的宜昌专辑,其中长江、码头和滨江公园几乎成为大多数文章的关键词。

　　在《夷陵有梅》一文中,汤世杰写道:"离乡日久,幼时我只在小城公园见过梅花,那时年幼,纯粹是凑热闹,并不明白其中的深意。半世归来,我竟不知江边有个梅园——那早已不是我幼时嬉戏、挑水、打工时,宽阔而寂寥的江滩了。回忆起来,既有甜美,也有更多的苦与累。这回我的住处,出门几步便是长江——正应了黄山谷那句'出门一笑大江横'!沿江开辟出的滨江公园,宽度不过百十米,但上下绵延却有十多公里,种满了各式各样的花树草木。从春夏到秋冬,栾树、桂花、红枫、银杏等轮番绽放与凋零,还真像一条花带,或斑斓多彩,或清雅宜人,时时都在为这一江流水、为这座小城增添着韵味与生机。"真是落笔有情,字里行间展现的是一个曾经的游子对家乡的深深眷恋与了如指掌。

在《大江流日夜》这篇长篇散文中,他提到了卢作孚和张自忠这两位民族英雄:"我出生的头几年,大江边也曾上演过无数动人的场景。先是1938年,地处长江三峡出口的宜昌,由民生公司总经理卢作孚亲自指挥船队,冒着日军的炮火和飞机的轰炸,抢运战时物资和人员到四川,从而保存了中国民族工业的命脉。亲历过宜昌大撤退的平民教育家晏阳初曾说,'这是中国实业史上的"敦刻尔克",在中外战争史上,这样的撤退仅此一例。'在那场生死攸关的大撤退中,有多少乡亲用他们的双手和双肩,付出了血汗凝成的爱?随后是1940年5月,在枣宜会战中以身殉国的张自忠将军的遗体,欲运往战时首都重庆安葬,途经宜昌时,竟有十万军民到江边为其送行。那天,日军飞机三次在宜昌上空盘旋俯冲,但祭奠送行的人群却无一躲避逃散。故乡小城那时虽非大都市,但十万人涌到江边,是何等壮观的景象?万人空巷,全城出动,那既是震撼山河的悲恸,也是感天动地的大爱。爱亦如水,'几于道',它'天下之至柔,驰骋天下之至坚。无有入无间。吾是以知无为之有益。'不知我到底有多少亲人,曾奔行在那样的人群之中?整个宜昌,至今没有留下什么像样的古建筑,连清末开埠后沿江一带的各种西式洋楼,也都在日机的轰炸中化为了一片废墟。我的那些亲人,何以就不惧怕在头顶盘旋的日本飞机?"接着,他又转而写道:"故乡的老街老巷在胡拆乱建中逐渐消失,我也感到痛心。但转念一想,乡土总会变迁,屈原、昭君时代的秭归与我母亲的秭归,颜真卿、欧阳修时代的夷陵与我的宜昌,终归不是一回事。老街故宅虽不在了,但故土还在。故土变样了,那份对故乡的爱却永远不变。"他对故乡的痴恋之情溢于言表。

在《走,去看看那湾长江》一文中,他写道:"一晃,千百年如江水流去,上自屈子、昭君,下至唐宋之际白居易与元稹及其弟白行简,苏洵、苏轼、苏辙父子的前后'三游',以及李白、杜甫等一应诗人大家,无论行经一瞥,轻舟已还,还是午夜借宿,驻留为官,皆已从那个小城悄然走过,历史的纷繁足音,悄然回荡于一线峡江的江天之间。城虽已非当年之城,倒是诗在、情在。"文字凝练而富有诗意,是其一贯的风格。

《我游过的江水已流成大海》是一篇发表于《人民文学》的长篇散文,作者在其中描绘了重回故里的所见所感,叙述了长江边上的陈年往事,探讨了泅水的各个方面,提及了镇江阁名字的更迭,以及宜昌码头的繁华景象。文章结尾处,他感慨地说:"现在,我的面前,还是那条江,又不完全是那条江;就像我还是我,又不是原来的我一样。每年的江水都不一样,甚至,每天、每个时辰的江水都不一样。人生百年,击水万里,从小到老,每次在长江里游泳,都不是到同一条江里去游,而是到千百条江里去游,或是说游了千百条江。那千百条江,统统都叫长江。而回头一看,我游过的江水已流成大海。"此篇散文无疑是汤世杰长江文化散文中的佳作。

从 2022 年底因病住院起,汤世杰就展现出了与疾病抗争的勇气,对生死看得淡然。直到去世前一天,他还在微信朋友圈发了一条动态,用诗来表达自己当下的感受。而在 1 月 26 日早上,他在朋友圈写道:"遒劲与轻盈,写满了江天,方显沧桑与灵动之美;暗沉与鲜亮,均匀地铺开,遂成错杂与交互之态;想起白居易在《三游洞序》中的话,'岂独是哉'。"

也正是在住院期间,他凭借坚强的毅力,用手机完成了长篇散文《西陵峡口的漩涡与石窟》的创作。这篇四千多字的散文,从全新的视角审视并诠释了宜昌千年文化符号——三游洞,堪称汤世杰的文学绝笔。写完后,为了精益求精,他将全文发给了远在北京的杂文名家符号。二人的互动交流停留在 1 月 25 日,之后,符号再也没有收到汤世杰的回音,再次得到消息时,他已离世。符号先生为此深感痛惜。"他的散文,真乃别具一格的真文、高文、美文、雅文、哲文、学文、史文,足见其正值创作高峰期的丰硕与富丽,澄明与深刻! 他是真正的学者型作家,作家型学者。"

"我至今记得,每次去攀爬钻进三游洞,总会事先在下牢溪捡几个卵石,然后一个个地在'天锣地鼓'那里丢下去。卵石在暗无天日的下落过程中,发出一连串如鸣佩般的叮咚脆响,其声回荡往复,让通向大江底部的那段路程,显露出一种莫名的华丽。最终,那个卵石必须'咚——通'一声落入江流,那时我就知道,我已通天通地通江流,心中充满了大欢喜!"这是汤世杰长篇散文《西陵峡口的漩涡与石窟》的结尾,既充满了诗性和禅意,又蕴含着挥之不去的哲思。

云南作协主席范稳认为,汤世杰的散文创作更显其精湛的艺术水准和深厚雄健的笔力。"先生是有大情怀的人,是活在高贵的文学理想中的人,是毕生都在追梦的人。执着,隐忍,刻苦,纯正,洁净,悲悯,庄严。先生让自己的晚年活出一种高尚的诗意,这诗意战胜了恐惧,让美好常驻人间;这诗意也战胜了死亡,让美文流芳百世。"

三、符号的杂文创作

曾在宜昌师专工作,其夫人郭超燊老师也在宜昌师专工作直至退休的杂文名家符号,以思想锋芒毕露和雄辩有力的语言在杂文创作中著称,对全国产生了较大影响。

符号,生于 1938 年,本名符利民,湖南攸县人,是中国作家协会会员。他曾担任湖北省杂文学会副会长及宜昌市杂文学会会长。1958 年,符号毕业于华中师范学院中文系。在从教 25 年后,他转而从政,曾任宜昌市政府副市长。自 20 世纪 70 年代以来,他相继在《人民日报》《杂文报》《杂文选刊》等近百家省级以上报刊上发表了 900 余篇杂文随笔。此外,他还在《工人日报》等多家报刊开设了个人杂文专栏。他的作品广受认可,有 100 余篇被选入全国各地出版的《中国新文学大系·杂文卷》《中国当代杂文 200 家》《感动中学生杂文 100 篇》等 100 多部专集和选集。

符号已出版了《敢自嘲者真名士》《约瑟夫的阶级成分》《岁月如斯》等近 10 部杂文集。2024 年,他花费四年时间完成的《故步集:符号评论与评论符号》得以内部出版,全书共计百万言,收录了历年符号先生的评论文章以及各界对符号杂文的评论。他的杂文《两个"半个"沈从文》荣获中国报纸副刊年赛铜奖;《外方内圆》等作品也获得了《四川文学》《杂文报》《求是》等 10 多个奖项的肯定。2012 年,他的杂文《"反对"与反"对"》荣获中国新闻奖三等奖,同时该作品还获得了中国报纸副刊年赛金奖和湖北新闻奖一等奖。

"庐陵事业起夷陵,眼界原从阅历增",这句诗是清人用以评价曾任夷陵县令的大文豪欧阳修,至今仍为人们所赞赏。作为中国杂文界一股独特的力量,符号那独树一帜的思想视野,得益于他长期从学、从政、从文的丰富人生经历。"既然灵魂曾在炼狱中炙烤,油锅里煎熬,历经 70 年风雨的洗礼,于是,浓浓的沧桑感、沉沉的厚重感、深深的年轮印记便深深镌刻于心灵之中,决定着我的写作偏好与方向。"这是作者极为真诚的自白。的确,正是因为岁月的风云变幻、波诡云谲,他亲身经历的大坎坷与小顺利,以及大顺利中的小坎坷,都成了他无比宝贵的财富,成了他笔下那些充满情感、思考与褒贬雄文的创作源泉。在《珍视这份阅历》一文中,他深情回顾了自己的 70 年人生,并自我鉴定道:"心尚好,仍可固守良知;脑还健,无需他人代思;眼尚明,'河东''河西'历历在目;听算聪,风声雨声时能入耳。"字里行间,透露出他的思想风骨,这实际上也是他那些"论事惊人胆满躯"文章不可或缺的背景。

"不妨风骨露嶙嶒",符号的杂文最注重"我手写我心",力求吐真言、抒真情,文章源自自我,自我源自内心,既不人云亦云,也不随波逐流,既不说假话空话,也不说套话大话。在荣获中国新闻奖的《"反对"与反"对"》一文中,他对当时中国社会存在的难以接受不同或相反意见等现象进行了深入剖析,并据此对"钱学森之问"作出了回应,呼吁中国应更具创新意识、求异思维和质疑精神,读来令人振聋发聩、发人深省。而《约瑟夫的阶级成分》一文,记叙的不过是瑞士圣加仑市郊一位经营着 95 公顷苹果园的农场主约瑟夫的故事。文章大部分篇幅用于叙事,仅在结尾处点明:这位既是标准的地主、地道的资本家,又是十足的农民、典型的工人,还是名副其实的科技工作者和商人的农场主,究竟该被划定为哪个阶级成分? 我们已有的理论在面对他时显得力不从心。集各种成分于一身的约瑟夫，"也许正代表着一种新人，一种超越了我们现有理论框架、难以用传统标准界定的新生产力的代表"。平实的叙事背后，透露出的是对重大理论问题的深刻质疑与思考。

符号先生为人豁达、坦荡、平和且幽默，行文则纵横捭阖、辞采飞扬、文笔鲜活、锋芒毕露。他常喜自嘲，倡言"敢自嘲者真名士"，自称"敲小文忘乎所以，品佳作不时拍案"。"湖湘人士，倔性难改。"著名诗人江婴赠他的诗"自嘲不免旁观笑，我自风流岂管他"，恰如其分地描绘了他的性格。

符号先生诚然是一位"嬉笑怒骂皆文章"的耿直名士，但他更是一位"到处逢人说项斯"的宽厚长者。在提拔才俊、奖掖后进方面，他可谓煞费苦心、不遗余力。本地那些初露锋芒的文艺"小荷"们，或多或少都得到了他的青睐，收在《故步集》中的那些书序、展序便是明证。而对宜昌文化先贤的追慕、对三峡文化的挖掘与弘扬，更是本书的一大亮点。他写"爱民诗人"屈原，表达了对这位中国诗歌鼻祖的崇敬之情；在《杨守敬墓前的沉思》中，他与这位鄂学之光、学术巨匠进行了一场深刻的文化对话；在《一种愧疚》里，他详细描述了宜昌籍著名化学家张子高、张滂家族的贡献，认为对历史上杰出人物的重视程度，往往折射出对当今人才的重视程度；而在《珍惜这份馈赠》中，他对宜昌的文化名片如数家珍：宜昌的文化因子，蕴藏在西晋文学家郭璞注《尔雅》的尔雅台内，东晋化学家葛洪炼丹的磨基山上，古朴巍峨的天然塔中，以及道佛合流的石门洞里。字里行间，透露出对宜昌文化的深刻理解与真挚热爱。

在三游洞命名 1200 周年之际，他受邀做客宜昌市图书馆三峡文化讲坛，以"思接千载，文垂百代"为主题进行讲座，畅谈"永远的三游洞承载了永远的文学，而永远的文学滋养了永远的三游洞"。"三游洞是宜昌人的必修课、童子功和潜共识。"他为姜祚正先生写赋，称其为"当今东方朔，民间纪晓岚，汉族阿凡提，诗界赵本山"，令人捧腹；而他为姜祚正艺术馆大门撰写的对联"诗书两绝技，华夏一奇人"，又言简意赅，十分贴切。

前几年，三峡文化碑廊在屈原故里乐平里落成。因故不能亲临现场的符号先生，动情地写下了书面致辞，历数了自己六十年来与乐平里数次擦肩而过的怅惘与最终亲眼所见的喜悦，并请我转赠刊有"屈原传说"的 1979 年《民间文学》杂志，足见其对屈原的崇敬与向往。"其人虽已没，千载有余情。"同为楚国后裔，屈原无疑是我们不灭的文心。

"不悟忧思，何以识鲁迅；不读鲁迅，何以识中国。"这是符号先生多次引用的名言，他还对作家丁玲在三游洞的题词"乐而忘返，乐而不能忘忧"大为赞赏，这大致可以探寻出符号先生杂文创作的思想渊源和特色所在。

图 1-22   符号

图 1-23   《约瑟夫的阶级成分》

符号先生的杂文,既心系民生,又鼓吹改革,既直击时弊,又勇于自嘲。但若要用一个字来概括其杂文的基本底色,"思"字最为贴切。作品中无处不在、俯拾即是的思想光辉,构成了其杂文大厦的"四梁八柱",也赋予了其杂文精神飞翔的姿态:他在静观中庄重思考,在思绪的海洋里弄潮撷浪,在断想中留下片言只语,他在杂文作品中呈现的全部都是思考、思索、思虑和思想的痕迹。在思考中,他既有涌上心头的万家忧乐,也展现了他为人为文的个性、尊严和价值。《难能的"离朱"》《约瑟夫的阶级成分》《敢自嘲者真名士》《北影门前的景观》《想起李玉亭》乃至《无物之阵》,都是其深入思考的结晶,而且思中有情,思中有悟,思中有乐。

除了思想的丰盈,符号先生的杂文还具有视野开阔、视角独特的特点,充满了鲜明的时代精神和个人观点,甚至处处洋溢着批判意识和质疑精神。以此观之,其杂文继承了以鲁迅为代表的中国杂文的精髓。

四、张永久的长篇非虚构散文《黄金水道:星罗棋布的川江往事》

进入 21 世纪,宜昌的散文作家们对长江及其宜昌码头持续关注,其中备受瞩目的是作家张永久的长篇非虚构散文著作《黄金水道:星罗棋布的川江往事》。该书于2016 年 12 月由长江文艺出版社出版发行,共计 21 万字。它以宜昌城和举世闻名的长江三峡水域为背景,从 1876 年宜昌城开埠前后写起,讲述了川江航道极具传奇色彩的开辟历程,深刻剖析了这片土地从蒙昧落后走向近代文明的艰难过程。全书共分为三卷:卷一为"冒险家的乐园",包含"城门开""喧哗与骚动""冒险家立德乐""蓝烟囱航线""沉寂的川江"等五节;卷二为"出三峡记",包括"川汉铁路的伤心之歌""办新政的四川人""蒲兰田传奇""插曲:外部与内部""川江航道纪事"等五节;卷三为"半江瑟瑟半江红",涵盖"乌鸡变凤凰的故事""从惨淡到辉煌""宜昌大撤退""破灭的船王梦"等四节。

张永久,1954年出生于湖北宜都,1973年下乡插队成为知青,1975年被招工到湖北省化肥厂工作。1985年,他调入宜昌市文联担任编辑,后考入武汉大学中文系作家班,获得文学学士学位,毕业后回到宜昌市文联,担任《三峡文学》编辑部副主任。1994年,他调入《三峡法制报》(由宜昌市政法委主办)担任主编。1999年,他调回宜昌市文联,历任《三峡文学》副主编等职务。现任宜昌市作家协会名誉主席、宜昌市职工文学读书会会长。他早期创作诗歌,曾在省内外报刊发表诗歌300余首。20世纪80年代后期开始涉足小说创作,发表小说作品50余万字,结集出版的有诗集《生命之河》(长江文艺出版社,1984年)、中短篇小说集《逃亡记》(中国文学出版社,1986年)等。近年来,他沉迷于历史研究,尤其对晚清、北洋军阀和太平天国等专题兴趣浓厚,撰写了数百万字的历史随笔、传记等作品,散见于国内外多种报刊。此外,他还著有《袁世凯家族》《刘湘家族》《粉色官场》《民国三大文妖》《革命到底是干吗?》《摩登已成往事》《消失的西康》等10余部作品。

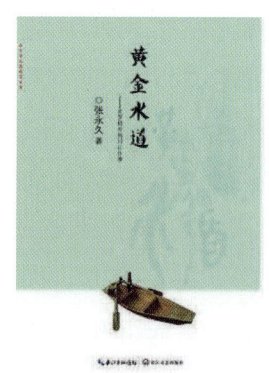

图1-24　张永久　　　　图1-25　《黄金水道:星罗棋布的川江往事》

《黄金水道:星罗棋布的川江往事》将百年川江置于清末民国初社会转型的大背景之下,较为全面系统地叙述了外国资本冒险渗透和民族自办川江航运的基本历程,肯定了其在客观上打通了中国西南与东部的经济命脉,使得青藏、云贵、巴蜀的物产得以通过这条黄金水道进入长江下游经济发达地区,并远销海外;同时,长江中下游的物产也得以进入大西南的广阔市场。这其中既包含了列强侵略的野心,也客观上带来了现代科技的洋务运动;既有民族精神的抗争,也有封建势力的顽固抵抗。例如,书中描述了英国"急先锋"立德乐的冒险精神,中国民族企业家卢作孚凭借一艘小火轮起家的悲情传奇，以及川江航运过程中中外官民间的反复斗争、谈判，还有社会动荡和瑞生号沉船事件等。书中展现的是一道道历史的伤痕，也是一个个社会转型的印记。

《黄金水道：星罗棋布的川江往事》还从川江流域的经济形态、劳动方式以及与生产、生活紧密相关的风俗民情等多个方面，对川江百年来受航运影响所形成的文化现象进行了初步探讨。书中揭示出，自 1915 年川江开辟航道以来，经历了近百年的历史风雨，其变迁不仅仅是涡轮代替木桨的"蓝烟囱航线"，更是整个川江流域经济社会与文化的深刻变革。无论是江上的桨声帆影、船工号子，还是江岸上的纤夫之路、码头古镇、茶馆旅店，尤其是位于川江门户的宜昌市井，都在轮船机器的轰鸣声中经历了剧烈的文化冲撞与融合。

《黄金水道：星罗棋布的川江往事》不仅是对川江历史的全面记述，也是对宜昌码头的一次全景描绘。新中国成立以来，宜昌码头发生了翻天覆地的变化，亟须更多的作家对此进行观照，并注入更多的当代叙事元素。

五、刘抗美的非虚构作品《中国有条黄柏河》

长期在九码头区域生活居住的女作家刘抗美，笔名冬如，是中国作家协会会员。她于 1985 年毕业于中央广播电视大学中文系，曾有过下乡插队的经历，担任过工人、推销员，并在职业高中执教，现已从原猴王集团退休。

刘抗美在小说和散文领域取得了丰硕的成果。她已出版的作品有散文集《女儿路》、报告文学《中国有条黄柏河》、中短篇小说集《红绒花》，以及长篇小说《三峡恋——梅花图》。她的作品多见于《人民文学》《北京文学》《朔方》《芳草》《西北军事文学》《山东文学》《东方少年》《长江丛刊》《中国报告文学》等杂志，涵盖小说、散文、报告文学等多个文体。其中，她的报告文学《中国有条黄柏河》尤其受到各方好评，先后荣获首届"绿洲源"杯湖北省报告文学优秀作品大奖一等奖、第六届徐迟报告文学奖入围奖，以及宜昌市第六届屈原文学创作奖。

长篇报告文学《中国有条黄柏河》历经三年精心创作，约 30 万字，已由长江文艺出版社

图 1-26　《中国有条黄柏河》

正式出版发行。该作品以质朴而感人的笔触，深情地报告了宜昌三县人民蓬勃的生命力和建设热情，以及新时期黄柏河人不断进取的信念，与时代主旋律相契合。从东风渠到天福庙，再到西北口，黄柏河的水利开发从未停歇，始终以一种昂扬的姿态在时代的浪潮中奋进。这其中凝聚着黄柏河人乃至全国水利人的激情、理想与智慧，展现了他们的果敢、担当与勇气。他们在工地上历练成长，"顾大家而舍小家"，将全部的青春和生命都奉献给了这条河流。

2017年6月26日上午，由宜昌市作家协会、宜昌市文艺评论家协会主办，黄柏河流域管理局、伍家岗区文联协办的长篇报告文学《中国有条黄柏河》作品研讨会在峡州宾馆隆重召开。出席研讨会的嘉宾包括时任中国报告文学学会常务副会长李炳银，《北京文学》主编杨晓升，湖北省作家协会副主席高晓辉，湖北省作家协会副主席、武汉大学教授及评论家樊星，《文艺报》责任编辑刘颋闻，山东报告文学研究所所长张立国，武汉作家协会副主席兼秘书长、评论家李鲁平等40余位文学界人士。与会者一致认为，该书通过大量鲜活的现场故事，真实还原了王昌鹏、叶枝、刘均等水利工作者不畏艰辛、激情拼搏的感人场景，多处细节描写赋予了工程建设以情感与灵性。作者以满怀深情与责任感的笔触，传递了对河流的热爱与忧虑，使作品具有感人至深的力量。书中后半部分关于生态保护的深刻思考，更是对全书主题的升华。

第四节　诗词联赋

以历史的眼光来看，宜昌城位于三峡之长的"峡尽天开"之处，从虎牙、荆门二山所夹峙的江段起始，至南津关峡口终结。这一段长江不仅是宜昌人民的福地，也是文脉之所在，历来为人们所津津乐道。此段江域亦是历史上大变动时代大事件频繁发生之地。其特殊性主要体现在两端：出峡之时，三峡旅人在告别了惊心动魄、猛浪若奔的艰难旅程后，进入了一个平缓的水域，那种死里逃生的松弛感油然而生，使得能诗会文者不禁诗兴大发，抒发此时此刻的感受；而入峡之处，则最为旅人所留恋，面对前路未知的艰难与困迫，他们必会在入峡前做好万全准备，以防不测。此外，此段江域码头众多，人口密集，是物流的集散之地。

历史的发展见证了宜昌作为码头城市的变迁，从小码头到大码头，从单一码头到集群码头，从物流码头到旅客码头，再到当代的集装箱码头，每一次跃迁都标志着宜昌城的腾飞。而从传统诗歌的角度来看，此段地域亦是三峡诗歌的覆盖区。长江三峡是激发诗思的触媒，是诗情的源泉，素来以诗峡闻名于世，流淌着千年的诗国文脉和丰富的诗脉。在《全唐诗》中，描写长江三峡的诗作占据了相当重要的分量，其中大多数与宜昌相关，所涉及的诗人更是灿若星辰。有专家统计，在"古代百家三峡诗人"中，唐代诗人占据了 38 家，远超宋元明清各代。这些诗人堪称唐朝诗人的精英，如杨炯、刘希夷、沈佺期、陈子昂、张九龄、孟浩然、王维、常建、李白、杜甫、戴叔伦、孟郊、李涉、薛涛、白居易、刘禹锡、元稹、李商隐、陆龟蒙等，他们共同为三峡注入了不竭的诗歌基因。这还不包括那些虽未亲至三峡，却凭借想象创作出三峡诗的诗人，如李贺、岑参等一大批创作了《巫山高》和《竹枝词》等作品的诗人。

历代三峡诗歌将山川情怀、历史意识与人生感悟融为一体，展现了深邃博大、磅礴悠远的人生哲理。陆游在《楚城》中写道："江上荒城猿鸟悲，隔江便是屈原祠。一千五百年间事，只有滩声似旧时。"王十朋则在《游卧龙山呈行可元章》中感慨："我辈逢山眼即青，卧龙顶上喜同登。图留沙碛怀诸葛，诗诵江濆忆少陵。巫峡云飞天一握，瞿唐鱼化浪三层。蓝舆又向人间去，回首林泉愧老僧。"在三峡诗歌地域风格的稳态系统中，还存在着另一种与之相和谐的基调，共同构成了三峡诗歌地域风格的复合体系。这便是三峡竹枝词所展现出的"清秀流丽，含思宛转"的风格。在文人竹枝词的创作与传播过程中，刘禹锡发挥了举足轻重的作用。他的《竹枝词二首·其一》尤为著名："杨柳青青江水平，闻郎江上唱歌声。东边日出西边雨，道是无晴却有晴。"诗句巧妙地运用了"晴"与"情"的谐音，以自然界的阴晴暗喻人的情感，以气象的阴晴暗喻情爱的若隐若现。《竹庄诗话》（卷二十）引黄山谷之言："刘梦得《竹枝》九章，词意高妙，元和间诚可以独步。道风俗而不俚，追古昔而不愧，比之杜子美《夔州歌》所谓同工而异曲也。昔子瞻闻余咏第一篇，叹曰：此奔轶绝尘，不可追也。"

接下来，让我们一同盘点那些与长江三峡、宜昌城以及宜昌码头相关的诗歌掌故。

一、李白一生中四次打卡宜昌长江段

三峡宜昌，凭借其地理之优势，得江山之助力，自屈原时代起便是孕育诗歌，尤其是浪漫主义诗歌的沃土。诗祖屈原在三峡抒怀，吟道："独立不迁，岂不可喜兮？深固难徙，廓其无求兮。"赋祖宋玉亦在此地写下山水美文，塑造了神女的倩影。诗圣杜甫曾在此留下"万里悲秋常作客，百年多病独登台"的壮丽诗篇。诗豪刘禹锡创制了竹枝词，而诗魔白居易则在宜昌开创了三游洞，留下了千年的诗歌奇观。诗仙李白不仅在三峡高歌"朝辞白帝彩云间，千里江陵一日还"，更因四次乘船经过宜昌而成为诗坛上的千古美谈。

李白初次到访宜昌，是在开元十三年，即公元725年。那时，李白离开家乡，"仗剑去国，辞亲远游"，怀揣着对新世界的美好憧憬和对未来的无限希望，乘船顺流而下，途经清溪、渝州，穿越三峡，向宜昌进发。刚踏上旅程，他便创作了著名的《峨眉山月歌》："峨眉山月半轮秋，影入平羌江水流。夜发清溪向三峡，思君不见下渝州。"在这首仅二十八字的绝句中，峨眉山、平羌、清溪、三峡和渝州五个地名巧妙串联，一边是对故乡的深深眷恋，另一边是对新旅程的无限向往；一边是熟悉的旧境，另一边是未知的目的地；一边是满腔的留恋，另一边是满怀的希望。可以说，这首诗完美展现了李白离开蜀地、穿越三峡初期的复杂心境。

在三峡盘桓多日后，李白最终驶出峡谷，来到了峡口豁然开朗的宜昌境内。在他眼中，宜昌的荆门山巍然耸立，坐在船上，长江之畔的荆门群山激发了李白无尽的创作灵感，他当即挥毫写就《秋下荆门》："霜落荆门江树空，布帆无恙挂秋风。此行不为鲈鱼鲙，自爱名山入剡中。"荆门山，现今位于长江南岸的宜都市与点军区交界处，隔江与虎牙山遥相呼应，战国时期便是楚国的西方门户，乘船东行越过荆门，便意味着告别了巴山蜀水的环绕。

从诗中不难发现，首次离开三峡的李白，怀揣着对未来的憧憬，克服了对峨眉山月的留恋，热切地追寻着心中的理想未来。这无疑是李白一生中最清新脱俗、心境澄明的时期。

此行中，青年李白的创作灵感如泉涌般不可遏制，创作了被宜昌市民广为传诵的《渡荆门送别》："渡远荆门外，来从楚国游。山随平野尽，江入大荒流。月下飞天镜，云生结海楼。仍怜故乡水，万里送行舟。"

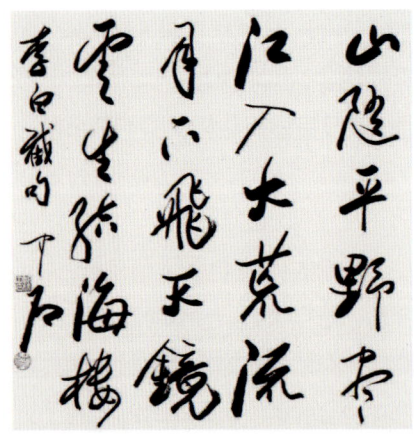

图1-27　欧阳中石书李白诗句

这是一首意境开阔的诗篇。在那个农业社会，天才诗人李白的内心仿佛拥有一架能够翱翔天际的无人机，帮助他捕捉到最佳的叙述视角。凭借这首诗，李白当之无愧地成了宜昌诗歌的标志性人物。试想，"山随平野尽，江入大荒流"，不正是后来"峡尽天开朝日出，山平水阔大城浮"所描绘景象的生动写照吗？而且李白的诗句更加凝练，更具诗意。

首次出峡三年后，李白成婚，并在湖北安陆定居。因安陆地方官员的逼迫，开元十八年

（公元 730 年）夏季，李白离家出走，其间大约在南阳小憩过一段时间，随后自南阳出发，初次踏入长安。开元二十一年，即公元 733 年，李白满怀失意之情离开长安，返回四川故里，随后创作了又一传世佳作《蜀道难》，抒发了人生路上的重重艰难险阻与不得志的感慨。

这里引出一个合乎逻辑的思考：李白在长安失意后，为何选择返回四川而非安陆？无论是出于对故乡的深切思念，还是因无颜面对安陆的妻子，李白归蜀的决定都是合情合理的。

李白第二次经过宜昌，是在他归蜀两年后的开元二十三年（公元 735 年），彼时他再次横渡峡江，留下了《宿巫山下》《古风其五十八》《感兴其一》《感遇其四》以及《荆门浮舟望蜀江》等诗作，传颂至今。

正是这次出峡之旅，李白真正踏上了位于巫山县北的阳台山。他流传下来的《上阳台帖》，亦称《上阳台赋》，成了他登临阳台山的确凿证据。此帖现藏于北京故宫博物院，帖上写道："山高水长，物象千万。非有老笔，清壮何穷！十八日，上阳台书，太白。"共计五行二十五字，以行草书就。书画鉴定大家启功先生鉴定此帖为真迹，他指出："帖字展现了唐代中期的风格，上有太白署名，字迹非钩摹所得，瘦金体题跋可信。基于这四项条件，我们确信它是李白的真迹。"

同样可以确定的是，李白此次创作的《荆门浮舟望蜀江》与宜昌紧密相关，尤其是最后一句"江陵识遥火，应到渚宫城"，这里的江陵古城灯火阑珊，楚王别宫近在眼前，表达了李白即将归家的心情，与他第二次出峡、即将与妻子团聚的心境相吻合。

开元十三年（公元 725 年）春，李白初次离开蜀地，沿三峡进入楚国。三十三年后，乾元元年（公元 758 年）春，李白从浔阳逆流而上，经过三峡前往夜郎的贬谪之地，此时的情景早已物是人非，李白的心情极为郁闷。这也是李白第三次途经宜昌。

为何会被流放呢？原因在于政治。安史之乱后，唐玄宗逃往蜀地，太子李亨在宁夏灵武即位，即唐肃宗。当时，肃宗的同父异母弟永王李璘以平定叛乱为旗号，从江陵出发向东进军。路经浔阳时，他听说李白在庐山隐居，便三次派遣使者邀请李白加入他的幕府。后来，李璘因谋反罪被诛杀，李白受到牵连。经过多方斡旋，他最终被流放夜郎。

李白在春天出发，直到秋天才经过江陵进入三峡，期间创作了别具一格的《上三峡》诗作："巫山夹青天，巴水流若兹。巴水忽可尽，青天无到时。三朝上黄牛，三暮行太迟。三朝又三暮，不觉鬓成丝。"诗题《上三峡》中的"上"字，奠定了整首诗沉郁压抑的情感基调。宜昌的黄牛岩，成为李白诗歌中难以抹去的意象。

"大道如青天，我独不得出"，在李白笔下，青天是自由心灵的象征。然而，在逆流而上穿越三峡的流放途中,三峡的青天显得如此狭窄,诗人的命运也遭遇了困境,一切都显得黯淡无光。在这次流放中,他选择与妻子宗氏同行、妻弟宗璟也一同乘船。他们沿途经过了万州、涪州,最终目的地是渝州。在涪州,李白的妻子被免罪,将与她弟弟返回老家,而李白则在告别他们后继续西行前往渝州,并南下夜郎。

李白流放的第二年,即乾元二年(公元759年),唐朝实行大赦,流放夜郎的李白得以重获自由。他迅速从渝州乘船出峡,返回家中与妻子团聚,这也完成了他与宜昌的第四次交集。

李白遇赦后出峡最著名的作品无疑是《早发白帝城》:"朝辞白帝彩云间,千里江陵一日还。两岸猿声啼不住,轻舟已过万重山。"

有人误以为这是李白初次出峡时的作品,但郭沫若在《李白与杜甫》一书中明确指出:"那明明是遇赦东下,过了三峡到了荆门时所作。"据此推断,李白的这首杰作很可能是在宜昌创作的。

诗人杨慎也认为,仅凭诗中的一个"还"字,即可断定此诗绝非李白初次出峡之作。因为"还"的基本含义是"归",而初次出峡的李白在情感上仍深深留恋着故乡,他的心中充满了对故乡的眷恋与不舍,这与"千里江陵一日还",即马上与亲人团聚的快意心情并不相符。

从24岁到58岁,跨越了34个春秋,李白四次渡过峡江,四次经过宜昌,每次都留下了流传千古的诗句。李白一生游历了大半个中国,攀登过峨眉山、泰山、华山、庐山、黄山等名山,也泛舟过长江、黄河、洞庭湖、鄱阳湖等水域,但三峡的山水始终是李白心中魂牵梦绕的审美对象。这是青春时期的李白对宜昌的诗意馈赠,也是宜昌这座既古老又充满新意的诗城所享有的独特幸运。

二、杜甫晚年出峡路经宜昌时

杜甫,是生于唐朝的我国最伟大的现实主义诗人之一,也是中国文学史上真正千载难逢的诗歌大师。杜甫一生创作了超过一千四百五十首诗,尽管很少有人能全部读完,但他的诗歌已经深深融入中国人的美学观念、人生情感和文化记忆之中,永远流淌在我们的血脉里。

"始知云雨峡,忽尽下牢边。"这是杜甫晚年出峡途中经过宜昌时,当地官员设宴为他饯行,他即席赋诗所留下的动人篇章。品读这首诗,仿佛瞬间拉近了我们与这位诗圣的心灵距离。原来,杜甫与三峡早已血脉相连;原来,这位伟大的诗人,曾经与我们如此亲近。如果说"子美集"(即杜甫的诗集)开辟了一个全新的诗歌世界,那么三峡无疑是杜甫诗歌中最为重要的一块高地。三峡时期是杜甫创作生涯中最为丰富、活跃、充满激情的黄金阶段,他也因此成为历史上三峡题材诗歌创作的杰出代表。

杜甫生于公元 712 年,逝世于公元 770 年,字子美,祖籍湖北襄阳,其曾祖时迁居至河南巩县,祖父乃唐初著名诗人杜审言。他自幼好学,7 岁便能吟诗,35 岁前致力于读书与漫游四方。天宝五年(公元 746 年),杜甫前往长安,却未能实现政治抱负,直至 43 岁才担任了参军一职。安史之乱爆发后,杜甫在流亡中不幸被叛军俘获,历经一年多才得以逃脱并投奔唐肃宗,被授予左拾遗之职。然而,不久后他便弃官入蜀,在成都筑起草堂定居。公元 765 年 5 月初,已过知天命之年的杜甫携家人离开成都,乘舟沿岷江南下。他们经过乐山稍作停留后,继续沿江东行,途经宜宾、渝州、忠州,最终在九月初抵达四川云阳。由于旅途劳顿,杜甫的肺病与风痹发作,导致双脚麻痹,不得不在云阳滞留养病。直至第二年春末,他才得以继续东行,迁居至夔州(今重庆奉节)。公元 768 年正月,杜甫离开三峡东下。他在三峡的岁月,历时三年。

虽然仅有短短三年的时间,但杜甫正是在三峡期间,创造了他一生中最为辉煌的文学奇迹。在三峡期间,杜甫共创作了 480 首诗,这占据了他诗歌总数的三分之一。其创作数量不仅远超在长安十三年的 290 余首,也比在成都六年的 422 首多出近 60首。杜甫的三峡诗作中,不乏规模宏大、内容丰富、诗意深远、艺术精湛的长篇巨制和大型组诗。学者裴斐认为,杜甫与夔州、三峡的关系是独一无二的,无论是谢灵运之于永嘉、柳宗元之于永州、苏轼之于海南,还是陆游之于成都,都无法与之相提并论。从另一角度来看,三峡时期是杜甫诗歌创作成就最为全面、风格最为完善的阶段。前人赞誉杜甫的诗集为大成之作,而三峡诗则堪称杜甫诗歌中的集大成者。

"五更鼓角声悲壮,三峡星河影动摇。"(《阁夜》)"功盖三分国,名成八阵图。"(《八阵图》)"庾信平生最萧瑟,暮年诗赋动江关。"(《咏怀古迹五首·其一》)"千载琵琶作胡语,分明怨恨曲中论。"(《咏怀古迹五首·其三》)"丛菊两开他日泪,孤舟一系故园心。"(《秋兴八首·其一》)"无边落木萧萧下,不尽长江滚滚来。"(《登高》)"文章千古事,得失寸心知。"(《偶题》)"星垂平野阔,月涌大江流。"(《旅夜书怀》)这些在三峡期间创作的杜诗名句,历经一千多年的风雨洗礼,至今读来,依然能激发我们内心的澎湃情感,让诗情在心中萌动。

杜甫在三峡居留了三年多的时间,到了公元 768 年正月,他出峡向东漂泊至荆湘地区,后因疾病在湘江畔客逝。正是在这次出峡的旅程中,宜昌作为西陵峡的出口,与这位伟大的诗人有了极为珍贵的交集。

杜甫出峡当年的春天便抵达了峡州(宜昌的古称)。宜昌的地方官员得知这一消息后,在下牢溪畔的津亭为杜甫一行设宴接风洗尘。宴会上,众人诗兴大发,提议作诗以纪念这次难得的相聚。杜甫抽中了"筵"韵,于是即席创作了《春夜峡州田待御长史

津亭留宴》一诗来记录此事："北斗三更席，西江万里船。杖藜登水榭，挥翰宿春天。白发烦多酒，明星惜此筵。始知云雨峡，忽尽下牢边。"诗中不仅指出了下牢关一带是三峡的出口，还生动描绘了当时宴会的热烈氛围。

在出峡的途中，杜甫还游览了邻近宜都市的虎牙滩，并写下了歌行体诗歌《虎牙行》，其中"洞庭扬波江汉回，虎牙铜柱皆倾侧"一句，生动地描绘了虎牙滩的险峻地形。

在《独坐》一诗中，杜甫以艺术的手法描绘了宜昌境内的黄牛峡、白狗峡的独特风貌，并抒发了自己的内心情感："白狗斜临北，黄牛更在东。峡云常照夜，江月会兼风。晒药安垂老，应门试小童。亦知行不逮，苦恨耳多聋。"这是被白发无情侵袭、步入老年的杜甫，也是饱经沧桑、历尽艰难的杜甫。然而，即便身处他乡、年岁已高，杜甫依然坚持创作，不敢荒废诗篇。在他人生的晚年，他将诗歌创作推向了自己人生的高峰，也推动了中国诗歌的发展达到了新的高度。

据史书记载，安史之乱后，杜甫与弟妹离散。他有四个弟弟，分别是颖、观、占、丰，以及一个妹妹。其中，弟弟杜观为躲避战乱，从陕西蓝田南迁至当阳。公元 767 年，时年 56 岁的杜甫居住在夔州。春末时节，胞弟杜观曾前往夔州探望兄长杜甫。不久后，杜观返回陕西蓝田娶妻，并再次寓居当阳。之后，杜观写信给杜甫，告知自己的近况并催促他出峡。于是，杜甫于公元 768 年夏出峡，前往当阳探望弟弟杜观，并在那里小住了一段时间。

而根据郭沫若所著《李白与杜甫》一书的记载："大历三年，杜甫 57 岁。正月初仍在夔州，中旬出峡，将西果园四十亩赠吴南卿。三月抵江陵。"他在江陵逗留数月后，"秋移居公安，暮冬离公安，舟近岳阳已迫岁暮"。郭沫若的这段记述清晰地描绘了杜甫当年的行踪。由此可以推测，杜甫是从江陵乘船溯漳河而上，来到杜观寓居的当阳的。

杜甫写给杜观的《舍弟观归蓝田迎新妇送示两篇》一诗，情感真挚："楚塞难为路，蓝田莫滞留。衣裳判白露，鞍马信清秋。满峡重江水，开帆八月舟。此时同一醉，应在仲宣楼。"这里的仲宣楼，即东汉末年著名文学家王粲在当阳写下《登楼赋》的地方。

三、留名《全唐诗》的宜昌女诗人创作传世的《空馆夜歌》

《全唐诗》共八百六十六卷，其中女性作品仅占十二卷，收录了一百二十多位女诗人的六百多首诗作。在这些杰出的女性诗人中，李冶、薛涛、鱼玄机和刘采春被后世誉为"唐代四大女诗人"，她们才华横溢，为唐诗增添了丰富的内涵与独特的魅力。然而，在唐朝的女诗人群体中，还有一位未留下姓名的"夷陵女郎"同样引人注目。

《全唐诗》中收录了夷陵女郎创作的《空馆夜歌》组诗，共计三首。其一："明月清风，良宵会同。星河易翻，欢娱不终。绿樽翠杓，为君斟酌。今夕不饮，何时欢乐？"其二：

"杨柳杨柳,袅袅随风急。西楼美人春梦长,绣帘斜卷千条入。"其三:"玉户金缸,愿陪君王。邯郸宫中,金石丝簧。卫女秦娥,左右成行。纨缟缤纷,翠眉红妆。王欢顾盼,为王歌舞。愿得君欢,常无灾苦。"

赏读这组古诗,不难发现它们以四言为主,第一首颇得《古诗十九首》的神韵,感叹时光易逝,快乐难寻,人生应珍惜当下,对酒当歌。第二首则以女性的细腻视角描绘出身边的自然美景与生活场景,诗意盎然,细节生动。第三首则描绘了一个宫中的盛大场面,美人翩翩起舞,君王欢心不已,女诗人似乎在表达,若能一生安稳,她愿意为君王奉献一切。

查阅《全唐诗》,在《空馆夜歌》之后有注:"文明中,竟陵刘讽投夷陵空馆。夜见一女郎,命青衣紫绥邀刘家六姨姨、十四舅母、南邻翘翘小娘子、溢奴同歌咏。歌竟,有黄衫人奉婆提王命召去,因不见。"这段文字叙述了一个传奇故事,而《太平广记》对此事的记载更为详尽:唐朝竟陵官吏刘讽投宿于夷陵空馆。夜晚休息时,忽然有一位女郎从西轩走来,仪态端庄、美丽动人,她轻歌曼舞,缓缓走到中轩,回头盼咐婢女说:"紫绥取西堂花垫来,再召呼刘家六姨,十四舅母,南邻翘翘小娘子,并将溢奴带来。"传语道:"此间好风月,足得游乐。弹琴咏诗,大是好事。虽有竟陵判司,此人已睡,明月下不足回避也。"

显然,这位夷陵女郎并不知道眼前的客人就是竟陵判司刘讽,她尽情邀请亲友女眷在晚上纵情联欢,饮酒作乐,一直持续到三更时分。大家弹琴击筑,并以夷陵女郎的这三首诗歌作为歌唱的旋律,直到有外人出现才散去。而仔细推测夷陵空馆的位置,它必然位于长江边码头不远处的地方。

四、三峡诗人繁知一与白居易结下诗缘

《全唐诗》第四六三卷载有"繁知一(秭归令)诗一首",题目为《书巫山神女祠》:"忠州刺史今才子,行到巫山必有诗。为报高唐神女道,速排云雨候清词。"

晚唐范摅的笔记《云溪友议》记载了这首诗背后的故事:"白居易除忠州刺史,自峡沿流赴郡。时秭归县繁知一闻居易将过巫山,先于神女祠粉壁大书此诗。居易睹之,怅然,邀知一至,曰:历山刘郎中禹锡,三年理白帝,欲作一诗于此,怯而不为。罢郡经过,悉去诗板千余首,但留沈佺期、王无竞、皇甫冉、李端四章而已。此四章古今绝唱,人造次不合为之,与知一同济,卒不赋诗。"

据《四库全书》记载,范摅为唐僖宗时期的人,他的《云溪友议》将这四首诗收录在了书中。从这则笔记中,我们发现,仅在巫山神女祠,白居易所见到的诗作就有千余首,这是多么宏大的三峡诗歌奇观啊!

　　而秭归的繁知一所写的这首诗以及范摅的这则笔记，也清晰地透露出以下事实：繁知一非常喜欢白居易的诗。他听说白居易打算乘船经过三峡，料想他必定会游览巫山神女峰下的神女祠。于是，繁知一提前赶到神女祠，在粉壁上题写了自己的诗，以此激将白居易也留下诗作。果不其然，白居易不久之后就来到了神女祠，无论远看还是近观，都读到了繁知一的诗，于是吩咐人去请这位素不相识的繁知一来见面。但白居易并不打算作诗，他给出的理由很充分：已有四位前贤留下了佳作，就连在蜀地为官三年的刘禹锡都因此搁笔，何况是初来乍到的我呢？这一点，与李白的"眼前有景道不得，崔颢题诗在上头"有着异曲同工之妙，可见白居易在诗歌创作上对自己要求十分严格。

　　如果这则关于繁知一的故事发生在白居易赴忠州刺史任上的话，那么在此之前不久，也就是元和十四年（公元 819 年）春天，白居易兄弟刚刚与元稹在夷陵偶遇，并携手同游了三游洞，洞名也是由白居易首次命名的。还原当年白居易与繁知一见面的场景，大诗人也许在同繁知一游览神女祠时，还提及过"三游洞"的难忘经历呢。

五、晚唐宜昌诗僧怀濬留下一段诗歌传奇

　　盛唐时期，大诗人李白曾创作了一首著名的五言律诗，名为《听蜀僧濬弹琴》："蜀僧抱绿绮，西下峨眉峰。为我一挥手，如听万壑松。客心洗流水，余响入霜钟。不觉碧山暮，秋云暗几重。"这位名叫濬的蜀地僧人，是弹琴的高手，挥手之间，便让李白沉醉其中，仿佛听到了万壑松涛之声。但需要注意的是，秭归的诗僧怀濬与这位弹琴的蜀僧并非同一人，他生活在距离盛唐一百多年的晚唐时期。怀濬正是在唐昭宗乾宁年间（公元 894—898 年），在秭归一带生活、活动，并凭借其遗存的《上归州刺史代通状二首》而成功入选《全唐诗》，在中国诗歌史上留下了自己的名字。

　　经查证，在《全唐诗》中，怀濬的诗《上归州刺史代通状二首》位于第 825 卷的第 29 首。全诗通俗易懂，带有几分口语化的特点："家在闽山西复西，其中岁岁有莺啼。如今不在莺啼处，莺在旧时啼处啼。家在闽山东复东，其中岁岁有花红。而今不在花红处，花在旧时红处红。"因此，他在《全唐诗》中占有一席之地。关于怀濬生前的其他信息，目前均已无法考证，但他主要的活动地和诗歌创作地都在秭归一带，是名副其实的秭归诗僧，这一结论得到了《全唐诗》的认可，也被后世许多著作所提及。

　　最早记录怀濬生活和诗歌故事的，是生于唐末（公元 901 年）的宋代学者孙光宪。他写于江陵的笔记小说集《北梦琐言》，记述了唐、五代间的政治遗闻、士大夫言行和文学家轶事。书中提到，秭归郡有位擅长草书的僧人怀濬，不知其具体籍贯，于唐昭宗乾宁初年来到秭归。他能预测未来之事，且每次预测都如同神灵一般准确。他热爱草书，

对于儒、佛、道等思想学说，以及诗歌、笔记、小说等文字，都广泛涉猎且能驾驭运用。别人与他交谈时，他只是哼哼哈哈地回应。因此，乡里人都把他当作神人圣人看待。

　　会草书、能预知未来、博览群书，这是孙光宪为后人描绘的怀濬的形象。由于孙光宪与怀濬年代相隔不远，且江陵和秭归处于同一文化地域，因此他的记载应该具有较高的可信度。

　　再回到这两首诗上来，与唐代其他诗僧如皎然、寒山子、齐己、贯休等相比，怀濬的名气确实不算大。但正是这两首不经意间创作的诗，不仅留下了一段有趣的诗歌公案，也为后世留下了耐人寻味的诗歌美学："如今不在莺啼处，莺在旧时啼处啼。"这句话看似什么都没说，但实际上却道出了生活的真谛：春夏秋冬，周而复始，自然的法则千百年来从未改变。

　　怀濬的诗在《宜昌府志》中也有收录。前些年出版的《宜昌人物》专著，收录了数千年来影响宜昌的 277 位古代人物、近代人物和传说人物，其中就包括了秭归诗僧怀濬。

六、明清时期，天然塔与宜昌码头的旧体诗叙事

　　"玉柱耸江干，巍镇荆门十二；文峰凌汉表，雄当蜀道三千。"这副对联刻于宜昌著名的文化地标、国家重点文物保护单位——天然塔的大门柱上，一耸一凌，一巍镇一雄当，生动地描绘出了天然塔的气势与风貌。天然塔得名于"以人为之力，而行天然之事"的理念，相传为东晋著名文学家郭璞侨居夷陵时所建，后虽历经多次毁坏与重建，但清乾隆五十五年（公元 1790 年），东湖县士绅徐经业等人捐资重建的这座塔，历经三年终于建成，并幸运地保留至今。两百多年来，天然塔承载着"培地脉、壮文峰、制客山、镇水口"的重任，见证了人间的沧桑巨变，看尽了涛走云飞、花开花落的景象，成为宜昌的文脉象征和伍家岗区最具历史底蕴的地理坐标。无论是江中行舟还是陆路驱车，只要一看到天然塔，归乡的游子便会心生安宁，远道而来的游客则满怀憧憬。

　　作为伍家岗区的文化地标，天然塔流传下来了不少古人的诗文佳作。其中，有关天然塔的诗篇，最有影响力的当属清人罗应箕的《登天然塔望江》。诗中写道："大江一泻走东海，百折千回穷真宰。直驱彝陵四百滩，岷山之源始一汇。荆门十二何崔巍，龙蟠蛟逸西向来。山势水势不相下，终古澎湃起风雷。如此江山清且闲，形胜漫夸百二关。估客帆樯飞骇浪，却输渔翁一钓竿。孤塔突兀雄相向，乘兴登临干霄上。眼阔由来置身高，千山万山非一状。郁塞我有万古情，江涛汹汹何时平。男儿心思无今古，俯仰虚怜短鬓生。当年几辈务割据，战血都拥寒潮去。余霞断霭晚峰青，英雄竖子今何处。拍手天半发狂歌，白日欲堕奈愁何。便思栖息峨眉顶，远溯江源踏洪波。暮听疏

钟隔岸声,空江不见有舟行。蜀道三千苍茫外,金波粼粼孤月明。"虽然此诗是写登天然塔眺望江水的所见所感,但其中"孤塔突兀雄相向,乘兴登临干霄上。眼阔由来置身高,千山万山非一状"等诗句,却将天然塔的雄伟之势展现得淋漓尽致,令人豁然开朗。读罢此诗,谁不想乘兴一游,亲身体验那份登高望远的豪情呢?

宜昌因长江之便而舟行天下,又处于三峡的锁钥之地,是出入川江的重要通道。因此,宜昌的古诗文中,关于舟行宜昌、泊船宜昌的作品占据了很大一部分。唐宋时期的李白、杜甫、陈子昂、孟浩然、陆游、范成大以及三苏等人自不必说,到了明清两代,水上交通更加发达,出入峡江的官员和旅人增多,因此留下了许多这方面的诗作。

如清人毛澄的《泊宜昌》:"江上荒城长绿苔,二千年事去难回。风前楚火兼星乱,云外巴船带月来。乡信更无寒雁寄,吟声空和暮猿哀。洛阳才子头今白,不到长沙意已灰。"清人张问陶的《出峡泊宜昌府(四首选一)》:"万山回首太嶙峋,此日余生问最能。送尽奇峰双眼豁,江天空阔看彝陵。"清人李映棻的《泊宜昌》:"上水船哭下水笑,推篷喜见黄陵庙。峡云回首岗层层,千里惊魂招不到。峡山峡水太奇绝,造物于兹技亦竭。峰峦放远江放宽,似把文章变恢渊。嗷嗷猿声远可听,留人半角山犹青。至喜亭边一尊酒,殷勤再拜别峡灵。峡若有灵还笑我,白云隐隐岩间锁。抛却故乡十万山,天涯襟被计殊左。我醉无言聊举笔,题诗懒付红丝瑟。一帆风雨归去来,愿与江山期异日。"

还有清人沈德潜的《题巴船出峡图》:"千丈危崖裂,巴船石罅行。忽从天上落,惊定贺重生。"以及方象瑛的《夜抵夷陵州》:"舟车半载道途间,喜泛轻桡万里还。日暮寒云流断峡,夜深斜月冷空山。滩声乍转黄牛驿,帆影遥分白虎关。望里峰平江水阔,夷陵今夕喜开颜。"这些诗作,有的创作于舟中,有的创作于登岸之后。出峡者写尽了峡程的艰险,同时也表达了出峡后的喜悦之情;入峡者则描述了上水船的艰难,期待着自己能够一帆风顺地归去来。

其中,一位名叫和推知的诗人所作的《舟泊宜昌风雨大作》写得颇具现场感,诗曰:"楚塞城东噪晚鸦,小航泊处尽兼葭。忽惊夜永鱼龙斗,转觉魂销道路赊。寒气侵衣频索酒,涛声春岸不闻笳。从今始识江湖险,身在江湖莫怨嗟。"作者或许是在风雨交加之际泊舟宜昌,又或许是在泊舟宜昌之后遭遇了风雨大作。诗中描绘了风雨兼程过峡的艰辛与凶险,并发出了"从今始识江湖险,身在江湖莫怨嗟"的人生感慨,让几百年后的人读来,仍然能够引发深思。

七、奇趣诗名家姜祚正的码头缘

三峡七百里,天下壮美尽揽其中,此乃历经亿万斯年的造化神工所铸就的人间极景;而宜昌籍奇趣指书名家姜祚正,已阅世九十余载,他玩赏奇石、结交逸友、撰写大赋、运指成书、吟诵趣诗,乃至荣获"诗怪字魔""中华一绝"的美誉,可谓步步生花,雅趣连连,实为三峡宜昌的一张璀璨文化名片。其奇诗指书的名声,最初便是在三峡码头上扬名立万的。

姜祚正于1934年出生于宜昌市夷陵区龙泉镇青龙村。7岁时,他便师从晚清秀才傅万卿,在私塾苦读8年,熟读四书五经,打下了坚实的国学基础。此后,他与书为伴,博览群书,广泛阅读经典名著,对中国古籍文史典故了如指掌。从上古传说到历代史实,从《尚书》《易经》到诸子百家,从文人轶事到诗词掌故,他无不精通。至今,他仍能熟背多部名赋、名序、名记全文。姜祚正先生曾任三峡卷烟厂厂长、宜昌市烟草局副局长,同时也是宜昌市书法家协会创会主席、三峡奇石协会首任会长。退休后,他移居深圳,现为宜昌市楹联协会终身顾问、深圳长青诗社荣誉社长。其家乡龙泉特为其建有姜祚正艺术馆,他被誉为"诗书两绝技,华夏一奇人"。

姜祚正先生才思敏捷,出口成诗,一日可创作千首;挥指写字,指停诗成。他所撰写的诗、词、联、铭、赋等作品,以指书形式呈现,在景区、小区等地刻石、刻木多达483处,其中包括汉赋十篇。他新创的奇趣诗体近50种,其中田字体33字,可用43种读法读出6208首诗,每字均可成诗188首。他曾为杨振宁、余秋雨、贾平凹、纪宝成、钱其琛、回良玉、顾秀莲、郝柏村以及村山富市、李光耀、马哈蒂尔、洪秀柱等众多知名人士创作趣诗和指书。

从20世纪80年代起,应宜昌及秭归等地旅游公司的邀请,姜祚正在三峡各大码头和游船上为来往的游客和贵宾现场创作奇趣诗,尤其是嵌名诗,并以指书的形式现场赠送,留下了许多关于奇趣诗的佳话。1996年11月,日本放送协会前来拍摄长江三峡,姜祚正应邀随船作诗并表演指书。那次受邀上船的还有文化学者余秋雨和"长江大侠"吕紫剑。他此次共作诗50余首,这些诗作在日本电视台进行了直播,此后便有一些日本人慕名而来。有一次,一位名叫盐味开防的喜剧演员请姜祚正为他创作了一首嵌名诗:"盐君别号氯化钠,味道不酸也不麻。开门七事数老四,防偷不怕好吃娃。"他读后觉得非常符合自己的身份,笑得合不拢嘴。在支付润笔费后,他还兴高采烈地为大家表演了几个节目。

20世纪90年代,姜祚正应邀在一艘豪华游轮上作诗并写指书。为了彰显特色,他打出了这样的广告语:"作诗不用稿,写字不用笔;时间两分半,诗字都到齐。"几个月后,从重庆上来一位擅长画人物的画家张先生。他的人物画画得非常专业,可惜销路不佳。他看到诗作很受欢迎,而自己又不会作诗,且创作速度较慢,于是他在姜祚正的广告语旁边贴了一张自己的广告:"本人作诗,以品质为先。不求速成,慢工出细活。

多等两分钟,换得好诗篇。"这张广告贴出后,姜祚正与张先生商量,认为这样会让游客看笑话。张先生却说:"我没点名,你别对号入座。"经过三次商量,张先生仍然坚持说:"你愿意写什么就写什么吧!"得到他的允许后,姜祚正也写了几句打油诗贴了出来:"作诗高手两分半,平庸之辈两年半。两年半的不如两分半,不信当面比比看,输了请客吃午饭。"打油诗一出,引来众多围观者。有人念,有人笑,有人要求当裁判,还有人提出要共进午餐。这时,张先生才主动与姜祚正商量,决定都撕下广告。之后,他到外地卖画时,也开始兼卖诗。遇到写不了的诗,他就发个短信给姜祚正,由姜祚正来代笔,他们因此成了"梁山好汉"般的兄弟。

2001年7月,170多名日本人包下豪华游轮"三国号"游览三峡,邀请姜公(姜祚正)去作诗并写指书。他们中的大多数索字者彬彬有礼,但素质参差不齐。一天上午,创作台前来了两位日本老人。他们的中文讲得不错。交谈中得知,他们二战时曾在中国当兵打仗。他们请姜公写一首杜牧的《题乌江亭》。杜牧的这首七绝是:"胜败兵家事不期,包羞忍耻是男儿。江东子弟多才俊,卷土重来未可知。"面对侵华老兵,要"卷土重来"?一看台历,那天竟是七月七日!狼子野心,昭然若揭!于是姜祚正对他们也就不客气了。两位老人解释,他们只是喜欢杜牧的诗,没有其他意思,并愿意加三倍润笔费。姜公当然不会答应。旋即思考:何不以其人之道,还治其人之身?于是姜公提出:"我写一首字谜诗,你们来破译。谜底破了,分文不收;破不了,照价付款。"他俩欣然同意。两小时后,字谜诗写成。索诗者如约而至。他们口中念念有词,边念边猜字的谜底:"车顶加了盖,蝈蝈虫不在。有头不是王,仪字人在外。昆虫水里泅,巾长不是带。木棍捅落日,粟店无米卖。"

这两位老人念来念去,始终无法猜出谜底。于是答应先付款,回去慢慢猜,并留下了他们在东京的住址。付款后,他们还假装斯文,连连鞠躬,说了几声"ありがとう、ありがとう!"(日语,谢谢!谢谢!)他们哪里知道,这八句诗,每句打一字,合起来便是"军国主义,混蛋东西"!2012年5月,姜公赴日本旅行,很想再去问问他们是否猜出了谜底。遗憾的是没找到他们的住址,于是便写下了《东京寻人不遇》的一首五律:"百年恩怨事,尔未释胸怀。因索乌江句,认输打赌台。当时为斗智,其后却伤财。我作东瀛旅,原非卷土来。"

在码头船上的作诗期间,一家秭归旅游公司的演出节目中,"抢凳子"是与客人互动的环节。谁最终抢到凳子,就能获得奖品。奖品就是姜公根据客人的姓名现场作诗并写成的书法作品。1995年6月7日,抢到凳子的客人名叫龙伟。姜公随即以"龙伟赏歌"四字为嵌头写了一首诗送给他:"龙章凤姿足千秋,伟人三峡来探幽。赏景夜泊归州渡,歌如潮涌月如钩。"龙伟上台领诗时,感慨诗不用打稿,字不用笔书之神奇。

"不过,'伟人'一词,我不敢当。要说'伟人',今天真有一位。"他摊开手掌,指向前排的一位长者,"这就是诺贝尔物理学奖得主、著名科学家杨振宁博士!"这时杨振宁先生站了起来向大家致意,场内响起了热烈的掌声。原来,龙伟是四川大学教授,是陪杨振宁去武汉讲学的。

演出结束后,杨振宁先生和他的夫人杜致礼由龙伟带到姜公的创作台旁,向姜公讨要一件"墨宝"。姜公把"振宁致礼"四字斜藏在诗中,写成指书相赠:"振臂高呼自有因,民宁国富人归心。招贤致仕纳故土,知书识礼抵万金。"写完后,杨先生很高兴地把姜公请到船上,到他所住的房间去喝茶、聊天。结束后,姜公又给杨先生的随行同事写了三张字。

2005年,杨先生以八十二岁高龄,续娶了二十八岁的翁帆小姐,社会上对此见仁见智。这时,姜公送给这对新人的礼物,就是一首嵌进了"振宁翁帆,又添佳话"的诗句:振冠易俗又当先,宁续新弦添喜联。翁葆童心佳丽爱,帆前把酒话奇缘。

图1-28　姜祚正

这些在码头和游船上所结下的诗缘,使姜公名声远播。他还在深圳掀起了一股奇趣诗的热潮。2024年,他应邀与国民党前主席洪秀柱会面,并现场赠送了两首为其量身定做的奇趣诗,成为全国各大媒体竞相报道的热点。

第五节　民间文学

九码头民间文学同三峡民间文学一样,是该区域长期生活的人民生活、思想和感情的自我表露,是码头百姓关于历史、科学、宗教、劳动及其他人生知识的总结,也是其审美观念与艺术情趣的集中表现。码头得水利之便人来客往,各种信息、资源相互融

汇,这让码头有了吸收外来优势资源、优秀文化的先天条件,学习、吸纳也就成了码头民间文学惯有的风气,许多好的东西能很便利、很及时地为其所用。这种吸纳意识使其更具有开放性和包容性。宜昌码头特别是九码头,既可供渡轮泊岸、供乘客及货物上落,也可以此吸引游人,成为约会集合的地标。因之,九码头区域的民间文学十分活跃。

一、傅连笑的街头说唱文学

由曹水兵主编、武汉出版社 2016 年出版的《宜昌人物》专门为宜昌码头艺人傅连笑立传。

傅连笑(1900—1958 年),本名达科,连笑为艺名,宜昌城区人,因戴一副高度近视眼镜,故得绰号"傅瞎子"。他少时曾在宜昌"新丰厚"匹头号当学徒,后到天津学艺,学演文明戏,后改学相声,从此与笑的艺术结下不解之缘。他先后在北京天桥、武昌黄鹤楼、汉口大智门、沙市便河、宜昌老公园等地献艺。在宜昌的码头、街边、茶园、酒馆等地,到处都是他活动的舞台,给当地居民和南来北往的乘客留下了深刻印象。他讲的单口相声和说的数来宝、金钱板,多取材于民间生活琐事和传闻,因而妇孺皆知,有广泛的群众基础。他自己创编的《皮匠做官》《歪讲三字经》《戏迷开药方》《对对子》《猜谜子》等节目,无不令人捧腹。他的表演风格独特,说唱时抑扬顿挫,表演动作诙谐幽默。表演时,他一般身着长衫,踱着方步走向表演现场,手抓白灰,从指缝边漏边画,地面上很快就出现白色的空心字"为民取乐,乐在其中""傅连笑滑稽公司"等,然后在四周地上画个方圆,显示这是他的表演区。观众只要见到他鼻梁上那副眼镜和嘴上两撮小胡子,便忍俊不禁。他再一抖包袱,现场立即笑声不断。迫于生计,他一般是一边卖梨膏糖,一边表演,有人说他是"三分卖糖,七分卖唱"。抗日战争时期,他曾流浪到重庆等地献艺。宜昌解放后,他加入宜昌市曲艺队,经常活跃在码头,为码头工人、旅客和市民表演自己创作的节目,赢得大家的喜欢。1958 年,傅连笑去世。

二、宜昌港务局田海燕的民间文学创作

宜昌港务局是一个藏龙卧虎之地,单以文学而论,几十年来走出了多位中国作协会员,而且创作成绩有目共睹。1958 年,工人诗人黄声笑加入中国作协,成为宜昌市第一位中国作协会员;1960 年,解放初曾在宜昌港担任副港长的田海燕第二个加入中国作协;1980 年,创作长篇小说巨著《长江三部曲》的鄢国培成为该局走出的第三位中国作协会员;2024 年,在宜昌港务局退休的作家韩玉洪成为中国作协会员。在这几位中国作协会员中,田海燕的创作不为人所知,但当年他却是有影响力的民间文学和

儿童文学作家。

图1-29 田海燕与张林东的结婚照，1942年（吴印咸 摄）

图1-30 民生宜昌公司大门（右边是贺礼保（港务局港长），中间是田钟灵（副港长），左边刘建军（副港长））

田海燕，1913年生，四川泸县人。早年就读于中国医学院。抗日战争爆发后，经邹韬奋介绍与西安中共办事处取得联系，1938年春赴延安投身抗日事业，曾担任新华社记者、《解放日报》特派记者、《解放日报》绥德办事处主任。1943年，在中国共产党南方局领导下从事大后方统战工作。中华人民共和国成立后，历任广东省第一届人民代表、宜昌港副港长、交通部长江航运规划组组长、武汉市第五届政协委员等职，1989年因病离世。其夫人张林冬，1923年生，祖籍浙江宁波，父亲为国民党高级将领，家境优渥，但张林冬为了抗日于1938年逃离家庭，奔赴延安。她是中国女子大学（后改名为延安大学）的第一批女学员，1941年与田海燕在延安结婚，后共同在重庆、香港等地从事地下工作。2020年因病离世。

据其子、湖北大学教授田子渝回忆，1937年7月，卢沟桥的炮火声震碎了中国无数爱国青年的心。原本在上海学医的才子田海燕决定放弃专业，投身抗日事业。他去拜访了自己平素敬仰的著名政论家、出版家邹韬奋先生，询问救国之路，得到的建议是："参加抗战的最好地方是延安。"1938年，带着邹韬奋的介绍信，田海燕一路辗转，抵达延安。在延安期间，田海燕笔耕不辍，被大家誉为"中国的爱伦堡"。

当田海燕奔赴延安以笔战斗时，年仅15岁的富家小姐张林冬也做出了一个改变自己人生的决定：瞒着家人去延安。张林冬的这个决定，让田子渝每每想起便无比感佩："母亲出生在宁波奉化县的一个大家族，她的父亲是国民党高官，每天家里都能吃到肉，生活特别富足。但是她在15岁的年纪便有勇气偷偷离家，身无分文跋涉几百公里去延安，路上还差点病死了。母亲说，为了不让家人发现，她出发时就只带了一个小书包，假装是去上学，你想想，这是何等的信念？"

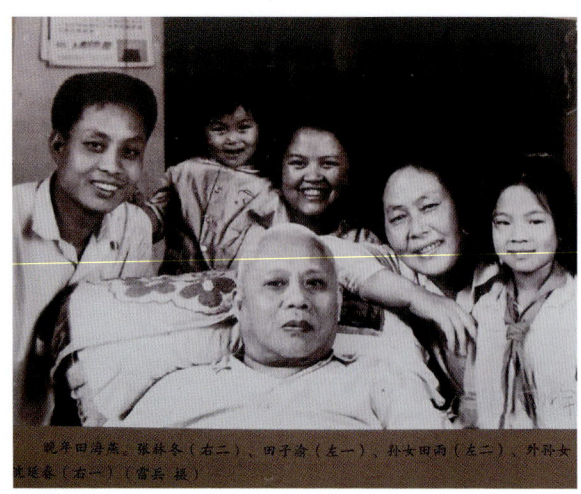

晚年田海燕、张林冬（右二）、田子渝（左一）、孙女田雨（左二）、外孙女雀廷奎（右一）（雷兵 摄）

图 1-31　晚年田海燕

1941 年,志趣相投的田海燕与张林冬在延安结婚,著名作家丁玲见证了他们的婚礼。1943 年起,田海燕、张林冬夫妇在重庆从事地下工作。田子渝曾在母亲那里听过一个惊心动魄的故事:"1947 年,我还不到 1 岁,母亲带我在一个小餐馆吃饭,国民党特务就一直跟着我们,那时我的父母都已经上了国民党的黑名单,随时准备抓捕。母亲当时很冷静,她对重庆的复杂地形很了解,就趁特务不注意,抱着我从餐馆另外一个门冲了出去,坐着滑竿逃走,特务根本来不及反应。我常说,如果当时母亲没有逃脱,我就成了另一个'小萝卜头',可能要在监狱里长大了。"

记者、革命者、地下工作者,这是田海燕新中国成立前的身份,新中国成立后,他成为建设者,并在与水打交道方面担任重要领导职务。但从 1938 年开始,田海燕就开始发表作品,先后著有民间故事集《狼军师》《地下白银》《农民和农王太子》《卖蒜老头》《三峡传说》《金玉凤凰》和游记《红军路上百花开》等,还编有《红色歌谣集》等。2015 年,田子渝编辑出版了父亲的文集,名为《梦魂犹恋百花香:田海燕诗文集》,由长江出版社出版。文集收录了父亲田海燕在宜昌港务局工作期间的资料。

据田子渝教授介绍,在宜昌期间,田海燕的民间文学成就主要是搜集三峡民间故事并出版《三峡民间故事》,这也是中国第一部公开出版的三峡民间故事集。这是一本流传在三峡地区的民间故事选集,有的是描述开凿三峡河道、征服三峡天险的神话,表现古代三峡人民对美好生活的强烈愿望;有的是表现古代三峡青年男女对爱情的无比忠贞;有的是歌颂人民的友情,有的则是讽刺骄傲自大。这些故事共十七篇,有着鲜明的地域色彩,包括《神女峰》《杜鹃》《箱子里的黑熊》《双义泉》《白龙池》《寻宝聘妻》《十兄弟》《铺盖石》《"猫洗脸"》《打破吃人的规矩》《神水》《口技》《驴大王》《乌鸦为什么哇哇叫》等,特别是《神女峰》一篇,影响很大,后来各种版本的神女峰故事,多半取材于此。

图1-32　田海燕部分著作

三、宜昌码头说唱文学的代表文耀棠

一口地道的宜昌方言,谈笑间嬉笑怒骂皆成文章,兴致来时调儿一转便成曲儿,山膀一拉,所立之处旋即成为舞台……分明是抓乖弄俏,却能于无声处听惊喜,这就是"宜昌评书"非遗项目的市级代表性传承人文耀棠表演的宜昌评书。

生于1945年的文耀棠是土生土长的宜昌人。他与曲艺结缘,源于自小的耳濡目染。20世纪50年代,文耀棠就生活在宜昌城区陶珠路美华里,当时的陶珠路十分热闹,是宜昌的商贸、文化中心,说书、唱快板、玩杂耍的大都集中于此。可以说,出门就是百年老街陶珠路,多走几步就是"宜昌第一街"解放路,距南来北往的大南门渡口和满街欧式建筑的二马路也就一箭之遥。自然,他对宜昌的码头文化和街头巷尾常见的传统文化艺术耳濡目染,对宜昌的吆喝和市井生活十分熟悉。

在各种民间文艺的熏陶下,文耀棠对仅凭"一人一桌一椅一扇一抚尺"就能纵论四海的说书产生了浓厚的兴趣。文耀棠在聚精会神地听说书的过程中,长了见识,也了解到了很多他原本无从知晓的生活常识和知识,这为他以后从事评书创作、表演打下了良好的基础。1959年,在友人的推荐下,会拉二胡还会吹笛子的文耀棠考取了宜昌地区歌舞团(宜昌市歌舞剧团的前身)。后来地、市文工团合并,文耀棠来到长阳文工团。从此,文耀棠深入体验土家生活,积极创作、演出,真正与评书结下了一生的缘分。当时,三句半是流行于民间的大众文化,它贴近生活,以诙谐、幽默见长。在长阳下乡演出时,文耀棠常抽出休息时间收集好人好事并及时编成三句半,在正戏演出之前表演,其喜闻乐见的形式深受当地农民观众喜爱,这让激情满满的文耀棠受到了莫大的鼓舞。

20世纪60年代初,湖北评书艺术家何祚欢到长阳演出,文耀棠从中受到启发,开始编创曲艺节目,从此乐此不疲。"好的曲艺表演,必须要勤学苦练。"文耀棠说。他还说过,曲艺是中国传统表演技艺,是一门综合性艺术,不仅包袱要抖得巧,表演时的神情、语气和肢体语言也要到位。如说评书,为把故事讲好,还得为不同的角色设置不同的语态,以便观众能够清楚区分。为此,那时候他经常在家对着镜子练习评书的口型和手势,模仿名家讲《双枪老太婆》《江姐上船》等经典桥段。

1978年,文耀棠回到宜昌,虽然工作岗位有了调整,但他对曲艺的那份执着追求却从未改变。利用业余时间,他结合自身工作和时代发展特点,创作出了一批优秀的文艺作品。20世纪90年代,他创作的反映干部廉政内容的《区长坐的小车》被《曲艺》杂志选用发表;评书《王大妈》《经理住院》等作品获得省市曲艺类节目创作奖。因为创作需要大量的积累才能融会贯通,文耀棠常细心搜集整理宜昌方言、文化、民俗等资料,为创作积累素材,并使作品富于地域特色。这些年,他创作出版了以宜昌评书为主体内容的《说唱宜昌》和以宜昌五句子为主体内容的《说唱宜昌五句子》,为宜昌留下了宝贵的精神财富。"宜昌五句子"民歌,在中国民歌当中,以其格调的特别、结构的独特和内容的丰富,而成为鄂西峡江流域民歌中最为群众喜爱的样式。五句子歌以七言五句为基本格式,五句为一歌。第五句最有艺术魅力,它往往是意境升华和情趣所在之处,故有"五句山歌五句单,四句容易五句难"的说法。五句子内容多以情歌、生活歌等来抒发劳动人民自己的情感,贴近生活,人情味极浓厚。如今70多岁的文耀棠,在生活和工作中,边学习边创作,共得五句子100多首,并在民间搜集80多首,这200多首五句子成为《说唱宜昌五句子》一书的精华部分。

在文耀棠看来,宜昌评书就要用宜昌方言来说。他用宜昌方言表演的评书,广受欢迎。他曾受邀在市广播电台演讲《三峡民间故事》,在电视台播讲宜昌评书《说方言》《宜昌保卫战》等。他扎实的基本功、抑扬顿挫的语气、富于张力的表演、出其不意甩出的包袱,让观(听)众印象深刻、喜爱不已。他本身就是城区人,一口纯正的城区话很受欢迎,而且他对城区近百年来的历史风云、社会沧桑和风土人情了解颇深,对宜昌城区的打油诗、三句半、绕口令、谚语、俗语、谜语、歇后语、民歌、民谣、儿歌、笑话等民间口头文学形式都十分熟悉,所以开口即文章,上台皆精品。其贴近生活,以诙谐、幽默见长的宜昌评书很快就成为宜昌一绝,并受到广大民众的认可与欢迎。

图 1-33　文耀棠先生在讲九码头故事　　　　图 1-34　《说唱宜昌五句子》

　　从 2023 年开始，已近八十高龄的文耀棠开始撰写有关九码头的系列文章，并将其录制成短视频，内容涉及九码头的老建筑、老地标、老故事和老人物，其原汁原味的讲解和深入浅出的语言，一下子抓住了无数"老宜昌人"的心，引发了他们的乡愁，甫一发布即被刷屏。其强大的口头文学创作和表达能力，被广大市民和游客所认可、点赞。

　　这些文章包括《宜昌的九码头》《九码头有条胜利一路》《九码头有人民旅社》《九码头有个红港居委会》《九码头拉起坡拉边绳的》《九码头"挑散扁担的"》《九码头的渔划子》《九码头船上有人扎洗把》《九码头修自行车的》《九码头的下酒菜与下饭菜》《九码头江边钓鱼的》《九码头港务局的理发室》等，码头气息浓郁，民俗风味浓烈，峡江生活元素浓厚，是极为纯正的宜昌码头文学民间样本。

　　比如《宜昌的九码头》一文："宜昌九码头，在伍家岗区的中上段，地处长江北岸。宜昌九码头，在宜昌城区，依长江边码头顺序编号而定。宜昌城区，顺长江西陵峡口而下：镇川门、大南门、新码头、二码头、大公桥、河坡、胜利四路、盐局转运街、胜利二路、胜利一路、港务局栅子门。从胜利二路、胜利一路江边，到宜昌港务局院子口栅子门。这就是老宜昌人习惯性叫的九码头。既然叫九码头，码头就有码头的特点，在码头的江边上，有泵船、有驳船，大货船、大木船，小划子、小渔船、小火轮、小拖轮，还有达成跳板的叫'草鞋板'。上从重庆涪陵、万县（现万州）、奉节、巫山、巴东，下从上海、芜湖、南京、九江、武汉、沙市，往来到宜昌的货物、客人，川流不息、长年不断，事无巨细，热闹非凡。从九码头江边上岸，走过一段河坡，爬上几十步光溜溜的青石板阶坎子，到了对面胜利一路的街沿头。站在坐河朝坡的胜利一路街头，右边是做买卖的一排小棚子，挤挤扎扎的木板房直伸到宜昌港务局的栅子门。左边是一排排木制吊脚楼，延伸到宜昌城的上头。这，就是'宜昌九码头'。"娓娓道来，让人一看就明白，一听就懂，口头文学

的优势尽显。

再如《九码头有条胜利一路》一文："从宜昌九码头一上坡，正对面的是胜利一路，繁华的街道两旁：客商往来，擦肩碰脚，做买卖的、卖衣的、卖裤的、卖袜的、卖鞋的，卖穿的、卖盖的，卖帽子、卖手套的，锅碗盘碟，竹篾杂货。江峡餐馆，是卖饭卖菜、炸油货、蒸肉包子的。红光照相馆是照相的，胜利百货商店、机械修配厂是街道民办的。百把米长的胜利一路，满街的吆喝声、叫卖声，韵味悠长，交织在一起。尤其是上下水的轮船一靠九码头，接送亲朋好友的亲热招呼声，做买卖的热情喊叫声，在街上、在码头，回旋声声，川流不息，热闹非凡，这就是宜昌九码头上的胜利一路。"文字用大量的排比，绘声绘色，极富现场感。

关于九码头，还有不得不提的"散扁担"。自然，文耀棠的评书早就关注到了，他在《九码头"挑散扁担的"》一文中介绍说："在九码头，大批量的笨重货物由装卸搬运工人承担（搬运工作）。那么，上下往来的客商，随身带的货物或者小件东西自己拿不动，怎么办呢？在宜昌九码头，解决这一问题的人，叫'挑散扁担的'。那时，九码头是长江边上上下下停靠轮船的码头，旅客多，生意多，挑散扁担的自然就多。挑散扁担的一般是成年男人，也有中年妇女，都是家庭生活困难才出来干这种体力活的。挑散扁担的工具就是一根扁担，两根绳子拴在扁担上。九码头，船多货多人多，每当轮船的汽笛一响，这些挑散扁担的就随着人流下河上船，来到趸船上。轮船一靠岸，他们就巴着轮船的边边铁链子栏杆，高喊着：'有没有要挑货的？有没有货物要挑上坡的？'这时轮船上面的旅客就伸出头来回答：'我这儿有，三楼。我这儿来一个，四楼……'挑散扁担的就拿着挽着绳子的扁担到客轮上，到叫喊的旅客船舱面前，双方掂量货物轻重大小，'一块钱！八角钱！……'对劳务费用讨价还价确定后，把他们需要提上岸的物品，用绳子系好，或者是扛在肩上，下客轮，过趸船，走过一长排叫'草鞋板'的小木船搭成的长跳板，再一步一步地爬上青石板的'礓叉子'，上了九码头坡上，在街口边歇下来，等旅客交付完劳务费用，这一趟生意就算做完了。"正因为亲眼见过，这篇文章把"挑散扁担的"写得活灵活现，有动作，有对话，有画面，读之如身临其境。

长期在九码头生活的老作家向东是地道的"九码头通"，他认为，宜昌九码头的人间烟火味最抚百姓心，最勾市井魂。"有人说，旧照片像风干的青滩糟鱼，像五峰长阳冷烟熏香的腊蹄，越透越有味道，老民间烟火故事是浓缩人世百态的陈年老酒，越喝越上劲，越品越醇香。"为此，向东创作了以九码头饮食记忆为主题的系列散文，为九码头民间文学增添了内容上的丰富性，那是一个不可替代、滋味万千的"舌尖上的九码头"，也是一个富有地域色彩的饮食江湖。

向东的这些饮食散文，如《夜宵"三担子"》《老宜昌"三大圆"》《盐茶卤凤凰蛋》《九码头夹子糕的故事》《河坡"三烧烤"》均用地道的峡江味语言写就，读来不但有趣，也容易唤起乡愁。试以《河坡"三烧烤"》为例：

"老宜昌夜幕降临，沿河边却叫卖声声，热闹非凡。那揪心的'洋糖发糕'叫卖声，多出自辍学在家的穷苦半大孩子。他们白天从永耀电灯公司河边刨捡半筐煤炭花，晚上在河边江踏子上支一小土炉，燃起煤花，边扇边吹炉火，在炉上架一铁丝网，摆上从'净香宫'贩来的冷发糕。待发糕烤热、烤焦，往发糕炸口处撒一小撮白粉糖，他们边烤边喊：'发糕 —— 发糕 —— 洋糖发糕！越烤越泡，越发越高！'稍有点爱心的人，听到这叫卖声，看到这一张张稚脸，都忍不住要买几块，然后转身离去。

烧烤苞谷，这是季节性的小吃，多在长江涨水季节出现。田地里遭了水，人们把抢收的苞谷，在火炉上带叶烧烤，烤得焦黄焦黄，不时炸开几处苞米花，趁热掰吃，进口糯甜糯甜，喷喷香。

烤白果，这是一项技术活，多由一些中老年小贩操作。他们把收来的白果，装在像鼠笼一样的铁丝编的筐子里，搁在小火炉上不停地摇烤，一直烤得白果焦黄。究竟黄到什么程度为宜？据说捡一颗搁凳上，手一拍即炸，而且滚出一颗滚烫冒热气、澄黄透碧的果仁为佳。烤白果进口香甜、粉糯，回味绵长，有股淡淡的奶香。白果虽然好吃，但听老人讲吃多了会闷头。"

烤发糕，烤苞谷，烤白果，这些逝去的饮食记忆，一经向东的笔写出，即又唤起许多读者内心深处的那份乡愁，读来津津有味。

第六节　作为码头的宜昌文学记忆

1938 年武汉沦陷前，很多文人如叶圣陶、老舍等经过宜昌中转入川，他们是中国抗战史上著名的"宜昌大撤退"中的一部分人员，也给抗战文化史添上了重重一笔。这些作家中，有到宜昌后因为买不到船票滞留多日的叶圣陶，还有怀着身孕在宜昌码头摔了一跤的萧红。

一、抗战期间，老舍在宜昌码头等了一周才买到去重庆的票

老舍(1899年2月3日—1966年8月24日)，原名舒庆春，字舍予，中国现代小说家、作家、语言大师、人民艺术家、北京人艺编剧，新中国第一位获得"人民艺术家"称号的作家。代表作有小说《骆驼祥子》《四世同堂》，话剧《茶馆》《龙须沟》等。

抗战期间，老舍于1937年11月抵达武汉，与郭沫若、茅盾等作家一同工作。在随后于武汉成立的中华全国文艺界抗敌协会中，他担任常务理事兼总务主任。1938年6月，武汉保卫战打响，大量人员与物资需紧急迁往四川。1938年7月，当文协迁往重庆时，老舍一行抵达宜昌，并在那里滞留了一周。他得知宜昌抗战剧团克服重重困难，坚持深入宜昌城乡进行抗战宣传的事迹后，深受感动，亲笔为该团题词："我们只知为抗战建国尽心尽力，教那没良心的去计较私利吧！"

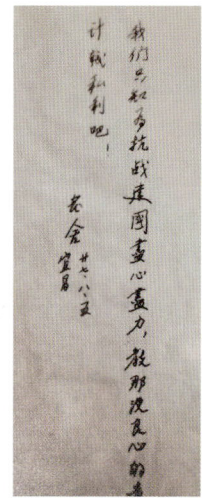

图 1-35　抗战中的老舍

老舍曾撰文《船上——自汉口到宜昌》，刊载于1938年10月16日《宇宙风》第77期。文中记述了1938年7月30日他从汉口乘船至宜昌的见闻与感悟。后来在其自传中，这段刻骨铭心的经历再次被提及——

"因为我是文协的总务主任，我想非到万不得已不离开汉口。我们还时常在友人家里开晚会，十回倒有八回遇上空袭，我们煮一壶茶，灭去灯光，在黑暗中一直谈到空袭解除。邵先生劝我们快走，他的理由是：'到了最紧急的时候，你们恐怕就弄不到船位，想走也走不脱了！'

这样，在七月三十日，我，何容，老向，与萧伯青(文协的干事)，便带着文协的印鉴与零碎东西，辞别了武汉。只有友人白君和冯先生派来的副官，来送行。

船是一家中国的公司的,可插着意大利旗子。这是条设备齐全,而一切设备都不负责任的船。舱门有门轴,而关不上门;电扇不会转;衣钩掉了半截;什么东西都有,而全无用处。开水是在大木桶里。我亲眼看见一位江北娘姨把洗脚水用完,又倒在开水桶里!我开始拉痢。

一位军人,带着紧要公文,要在城陵矶下船。船上不答应在那里停泊。他耽误了军机,就碰死在绕锚绳的铁柱上!

船只到宜昌。我们下了旅馆。我继续拉痢。天天有空袭。在这里,等船的人很多,所以很热闹 —— 是热闹,不是紧张。中国人仿佛不会紧张。这也许就是日本人侵华失败的原因之一吧? 日本人不懂得中国人的'从容不迫'的道埋。

我们求一位黄老翁给我们买票。他是一位极诚实坦白的人,在民生公司作事多年。他极愿帮我们的忙,可是连他也不住的抓脑袋。人多船少,他没法子临时给我们赶造出一只船来。等了一个星期,他算是给我们买到了铺位 —— 在甲板上。我们不挑剔地方,只要不叫我们浮着水走就好。

仿佛全宜昌的人都上了船似的。不要说甲板上,连烟囱下面还有几十个难童呢。开饭,昼夜的开饭。茶役端着饭穿梭似的走,把脚上的泥垢全印在我们的被上枕上。我必须到厕所去,但是在夜间三点钟,厕所外边还站着一排候补员呢!三峡有多么值得看哪。可是,看不见。人太多了,若是都拥到船头上去观景,船必会插在江里,永远不再抬头。我只能侧目看下面,看到人头 —— 头发很黑 —— 在水里打旋儿。

八月十四,我们到了重庆。上了岸,我们一直奔了青年会去。”

二、叶圣陶三度与宜昌码头交集,留下七首诗歌

叶圣陶原名叶绍钧,字秉臣、圣陶,1894 年 10 月 28 日生于江苏苏州,是现代著名的作家、教育家、文学出版家和社会活动家。在他一生中,有三次与宜昌码头交集。第一次是 1937 年底到 1938 年初的西迁途中,他先坐船从武汉到宜昌,在宜昌停留了一周后,又从宜昌坐船到重庆;第二次是抗战胜利后的 1946 年元月,叶圣陶一家七人冒险坐小木船由重庆出峡,此次于元月 11 日出川入湖北峡段,1 月 14 日到达宜昌城区,又因船只问题停留六日之久,1 月 20 日方离开宜昌继续余下的行程。第三次则是1961 年 5 月,在四川游玩后,为观三峡风景,坐船出峡,于 10 日到达宜昌,叶圣陶饱含深情,写了《出峡》一诗以记。

1937 年,对每一个中国人来说,都是个特殊的年份。7 月 7 日,卢沟桥事变;8 月13 日,“八·一三”事变,淞沪会战开始⋯⋯叶圣陶任职的开明书店就在上海,由于日

本侵略者的轰炸,书店的编译所、图书馆、印刷厂以及书纸仓库等,超过 80% 的资产付之一炬。面对纷飞的战火和巨大损失,叶圣陶和同事们依然坚持着自己的事业,他们准备在武汉的汉口再次筹建编辑部,把开明书店开到后方去。

这边还在计划书店事宜,另一边,叶圣陶的家乡苏州也开始告急。他笔下那间"四时不断地有花叶可玩",栽满了广玉兰、红梅、石榴、槐树、葡萄的小院,也不再安全。这样的形势下,9 月 21 日,叶圣陶带着一家老小离开苏州,踏上了西迁的路途。

叶圣陶在汉口建开明书店的计划并不顺利。当时,准备运到武汉的印刷机械、书籍纸张,在镇江白莲泾附近就被日军劫走。到了 12 月,南京被围,武汉更是人心浮动,众多工商业者纷纷撤离。同事们劝叶圣陶回上海,他却决定带家人去重庆。

在武汉与家人登上民生公司的"民族轮"四天后,1937 年 12 月 30 日,叶圣陶一家人安抵宜昌。在宜昌因一时没买到车票,叶圣陶和家人住进民生公司由江轮改作的旅店内。彼时,滞留在宜昌候船的人已达三万,而且还在与日俱增。叶圣陶一家在民生宜昌分公司经理李肇基帮助下,购得"民主轮"船票七张,这才一块石头落了地。据叶圣陶之子叶至善回忆,为了感谢李肇基先生,父亲"秀才人情纸半张",做了首七绝:"蜀道之难今昔异,今难轮少票难求。备闻诸客艰辛语,一诺恩尤感李侯。"去街上找到一家纸笔店,他选了一张上好的诗笺,就在店堂里借笔墨印泥,把这首诗抄上,盖上随身带的小印。又买了副信纸信封,写了封感谢信,到约定的日子,叶圣陶派叶至善去民生公司送给李经理。"李经理看了,郑重其事地搁在一边,说多谢我父亲,又说那天有事不能到码头来相送了,祝我们家一路平安。随手开了个便条,叫我去售票处买票。"叶至善回忆道。

1938 年 1 月 5 日下午,叶圣陶一家从宜昌码头上了民主轮,六日清晨开船。民主轮比民族轮大多了。他们家乘的是八张上下铺的三等舱,共十六个铺位。

叶圣陶在宜昌期间,有感而发,写了《宜昌杂诗》三首:

一

宜昌日日啖川橘,聊作椒盘献岁新。
战讯忽传收杭富,悲欣交并愿他真。

二

对岸山如金字塔,泊江轮作旅人家。
故宫古物兵工械,并逐迁流顿水涯。

三

下游到客日盈千,逆旅麋居待入川。
种种方言如鼎沸,俱言上水苦无船。

这三首诗写尽了当时西迁途中的真实场景,真可谓是艰难时世。叶圣陶对这三首诗作了简注。注中说:"川橘大于福橘,甘美亦过之,一毛钱可买十三四枚。另一种名'广柑',价亦相同,味不减花旗橘子。""招商、民生之旧轮泊于江中,改为水上旅馆以应旅客之需。故宫古物之木箱若干,在汉口曾遇见之,今在宜昌又碰头矣。"

民主轮 9 日午后抵达重庆,靠弹子石码头。在从宜昌到重庆的船上,叶圣陶依然诗兴大发,写了《江行杂诗》三首:

一

犹嫌郦注落言诠,三峡岂容文字传?

一事此行微憾惜,冬晴未睹万重泉。

二

尽日看山如读画,宋元工笔绝精奇。

纤毫点染具深味,何数倪迂小品为。

三

故乡且付梦魂间,不扫妖氛誓不还。

俱与同舟作豪语,全家来看蜀中山。

1945 年 8 月 15 日,日本宣布无条件投降。叶圣陶决定全家于 12 月 28 日启程"东归"。"叶圣陶'东归'乘的是木船。他说'飞机、轮船、汽车都没有我们的份,心头又急于东归,只好放大胆子冒一冒翻船和遭劫的危险'。一家三代七个人都挤在一条木船上(上有八十岁的老母,下有两岁的长孙三午)。1938 年 1 月 6 日,叶圣陶从宜昌乘民主轮入川,1946 年 1 月 11 日才出'川境','居川'共八年零五天。"

据叶圣陶日记,他们是 1946 年 1 月 14 日中午到达宜昌城的,其时是腊月十二,他们在船上吃完饭后即登岸。"访新生书店,承借房间,留宿另一船之人。于是我船可以恢复旧秩序,稍见舒畅。打听下驶办法,知可由小轮拖带,三四天抵汉口,但其费甚昂,云须一百五十万元拖一艘。""宜昌市屋,十去七八,系为日兵拆去,充作燃料,故皆留屋顶墙壁。碎瓦颓垣之处亦颇不少,不知何由而毁。现皆新筑木板小屋,居家或开小铺子。得见当天之《武汉日报宜昌版》,始知国共避免冲突,恢复交通,已成立协

图 1-36　乐山被炸后的"全家福"

乐山被炸后的"全家福"(从左往右:夏满子、叶圣陶、叶圣陶之母、叶至善、胡墨林、叶至诚)。

议。政治协商会议已开会,报载昨日之会为第三次,此是可慰之事。""返舟,吃鱼杂豆腐下酒。老李昨在南沱买一大鱼,高与三午相仿。吃晚饭即吃此鱼。就睡时,心绪甚适,因宜昌已到,舟中旧秩序已恢复。夜眠亦酣适。"这可以说是叶圣陶时隔八年后,第二次与宜昌码头产生交集。

1961年四五月间,叶圣陶作休息旅行,先从西安坐火车入川,后经成渝线到重庆,乘坐轮船出川,为的是重温三峡美景。江水初涨,轮行甚速,航道中的险滩暗礁大半都被清除,一路上,叶圣陶与同行者聊当年乘木船东归的情景。5月10日,船将出西陵峡而下雨,峡中风甚大,出峡后依旧如此。午后两时半,船抵宜昌,因上下船的人很多,叶圣陶想起前两次在宜昌的经历,躺在床上,写了《出峡》一诗,诗曰:"俯仰周旋殊不遑,峰姿江势变难量。树荣叠嶂连云碧,麦熟层坡铺绣黄。人力既施滩失险,浮标遍设客安航。往时两度经三峡,意兴都无此度长。"

三、艺术大师吴作人在抗战期间三过三峡

吴作人(1908年10月3日—1997年4月9日),出生于江苏苏州,祖籍安徽泾县。中国当代画家、美术教育家,曾任中央美院院长。出版有《吴作人画集》《吴作人速写集》《吴作人的艺术》等著作。抗战期间,他因西迁和写生,曾先后三过三峡、途经宜昌,在宜昌码头留下串串脚印。2024年,吴作人外孙女吴宁亲临宜昌,寻找吴作人先生在宜昌留下的生活足迹。

据吴宁回忆,1935年,吴作人回国,任南京中央大学艺术系讲师,1937年9月随中央大学内迁到重庆。中央大学内迁不久,上海、南京相继沦陷,形势危急!

1938年4月,台儿庄大捷的消息传来,在极度艰难之时举国振奋,吴作人无法待在教室和工作室里,他要走出去,用自己的画笔记录下军民抗战的情景。旋即他就与孙宗慰、陈晓南、沙季同、林家旅等几位中央大学艺术系的青年教师商定,组织"中央大学战地写生团",直接去指挥台儿庄战役的李宗仁第五战区前线写生。

这一想法立即得到中央大学校长罗家伦和徐悲鸿的支持,学校在财政极其紧张的情况下为写生团预支了一笔经费,任命吴作人担任战地写生团团长,负责一应事务。写生团里吴作人年纪最长,还不到30岁,写生团就是一帮"青教"(青年教师)。

5月28日,吴作人与孙宗慰等人由重庆出发,乘船过三峡至汉口,与已在武汉的陈晓南、沙季同、林家旅会合。

抵达武汉后,吴作人立即到武昌昙华林政治部三厅文艺处找到田汉,希望尽快拿到政治部开具的直赴前线的许可批文。

然而批文迟迟没有下来,写生团不得不滞留武汉。6月6日"中华全国美术界抗

敌协会"在武昌成立,吴作人作为理事参加大会及"抗敌美术展览会",也和其他画家一样,走上街头参加抗敌宣传活动。

此时三厅群贤毕至,昔日南国社的老师同学又会聚一堂。

从政治部陈诚这个渠道走不通,吴作人持徐悲鸿的介绍信来到了国军参谋总部,得到参谋总长白崇禧的接见,白崇禧批准了写生团的计划,还资助200元作为活动经费。

图 1-37　吴作人　　　　　　　　　图 1-38　群贤聚于三厅

6月14日,写生团批文到了;16日,吴作人、孙宗慰、陈晓南、林家旅、沙季同五人从汉口出发,赴第五战区。

战地写生团乘火车至河南信阳,再乘汽车到达潢川第五战区司令部,得到李宗仁的亲自接待。

6月19日,写生团获得李宗仁签署的军用证明书,准予赴第五战区和第一战区。李宗仁特派一名军官作为引导员,带领写生团在商丘以西、潢川以北的战区考察记录。

他们来到医院、难民收容所……来到前方阵地,他们下战壕,亲身体会一触即发的战争前沿的紧张氛围。吴作人抓住一切机会记下目之所见,把自己所学全部用在生死存亡瞬间的体验和记录之中。

吴作人正是根据此行的一幅速写,创作了油画《赴战之前夕》(原作已佚)。

战争形势的急剧变化不允许写生团久留,几天之后,他们返回潢川。李宗仁非常欣赏这群国家最高学府青年教师的勇敢,再次接待了写生团,并将自己在台儿庄车站所摄的照片相赠作为留念。

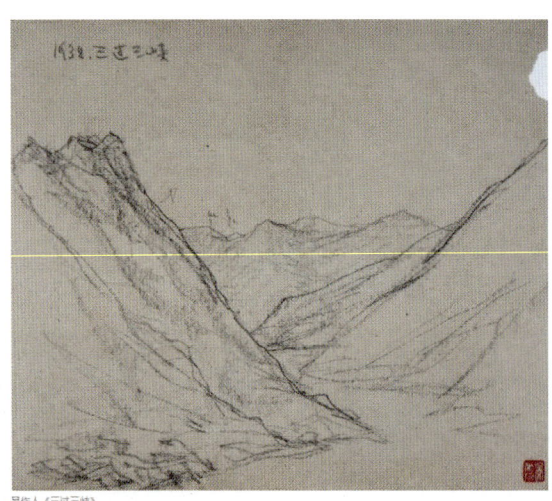

吴作人《三过三峡》

图 1-39　吴作人《三过三峡》

　　回到武汉，由于战事吃紧，船票难购，吴作人再度滞留汉口，直到 10 月初，终于获得一张回重庆的船票，至宜昌换乘入川小船，加上前一年从南京撤退入川，此次已是三过三峡。

　　最终吴作人平安抵达重庆，回到家中，夫妻在四个多月的分别后团圆。

四、胡风从武汉坐船西迁，途经宜昌，称"宜昌和中国各地的中小城市都是一个灵魂"

　　胡风(1902 年 11 月 1 日—1985 年 6 月 8 日)，原名张光人，湖北蕲春人，现代文艺理论家、诗人、文学翻译家。1920 年起就读于武昌和南京的中学。1929 年赴日本东京，进入庆应大学英文科学习。1933 年被驱逐出境。1934 年与青年作家梅志结婚。1949 年起任中国文联委员、中国作家协会理事、第一届全国人大代表，其间创作了抒情长诗《时间开始了》特写集《和新人物在一起》杂文短记《从源头到洪流》等作品。1953—1954 年，任《人民文学》编委、中国作家协会主席团成员。

　　抗战期间，胡风饱受颠沛流离之苦，几经辗转，从家乡蕲春出发，经武汉坐船到宜昌、宜都，最后到达重庆。1985 年，胡风在抗战回忆录中，回忆 1938 年 9 月离开武汉，乘船来到宜昌的情景——

　　"1938 年 9 月 28 日匆匆离开了武汉，但我总感到很快就会回来的。还会在这生活了近一年的武汉匆匆地由住处奔下蛇山，跳上轮渡到汉口，去印刷厂，去出版厂，去找许多作家朋友，为了抗敌文协的工作，为了《七月》的出版，焦急地在马路上奔跑着，常常是满头大汗地跑着。这些火热的生活，并没有结束，我们还要回来的，还要继续为大武汉,为全国人民工作。

　　现在我却安静地坐在小江轮上,驰向人们认为是安全的宜都。

　　……

　　七十多岁的、由家乡逃出来的老父亲和我一起坐在底舱里。我十多年没回家,这次算是回家乡了,他老人家正高兴着我在武汉离他近了,谁知现在连他也要逃离家乡了。这是我以一个中国人的良心来劝他逃难的,我不愿我的一家遭杀戮遭欺凌做亡国奴,他们也就听从了我的意见弃家出走了。继母、大侄媳和几个侄辈已先去了宜都 M 那里。现在是我护送父亲走。

　　……

图 1-40　抗战时期的胡风

图 1-41　抗战刊物《七月》

　　在船上无事便看书。……又看了一百多页 André Malraux 的《征服者》,到现在为止,还是用对话来展开,觉得沉闷。晚八时船停船,离宜昌约有二十里。

　　在小轮上坐了五天,3 日上午八时左右抵达宜昌,叫小船靠岸,岸上嘈杂不堪。找了一个小客栈的污旧的房间住下,安置好了父亲,就到街上去转了一圈。宜昌和中国各地的中小城市都是一个灵魂。夜晚,在路上遇见了在抗敌文协开会时认识的《武汉日报》编辑段公爽,一路到报馆去坐了一会,又到另一旅馆去会见了《新民报》的记者陈理源,谈了一通闲天。

　　晨二时即起来上小轮,挤得简直没有插足之地。五时半船开,不到八时就到了宜都。上小轮后,碰着了金宗武派到宜昌来接的工友,宜昌未能接着,他也搭今天的小轮回宜都。十时左右到宗武家。吃了两碗稀,身上感到不舒服,让 M 先陪父亲到预先租下的房子去了。"

五、著名女作家萧红在宜昌码头乘船入川

萧红(1911年6月1日—1942年1月22日),出生于黑龙江省呼兰县(现黑龙江省哈尔滨市呼兰区),祖籍山东省聊城市莘县董杜庄镇梁丕营村,是中国近现代女作家、"民国四大才女"之一,被誉为"20世纪30年代的文学洛神"。

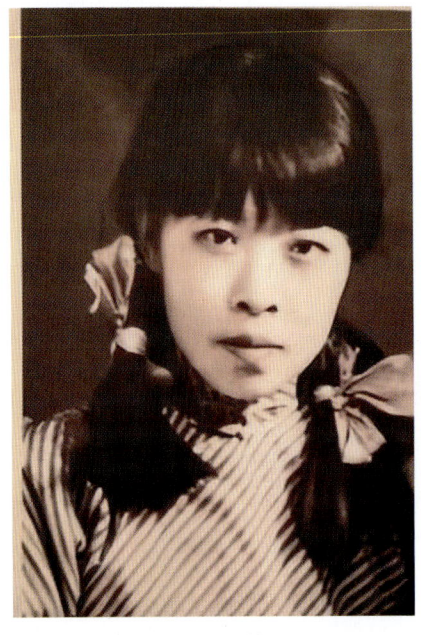

图1-42　萧红

萧红幼年丧母。1932年,她结识萧军。1933年,她以悄吟为笔名发表第一篇小说《弃儿》。1935年,在鲁迅的支持下,她发表成名作《生死场》。她1936年东渡日本,创作散文《孤独的生活》、长篇组诗《砂粒》等。她与端木蕻良1940年同抵香港,之后她发表长篇小说《马伯乐》《呼兰河传》等。1942年1月22日,她因病逝于香港,年仅31岁。

《生死场》写于1934年,是抗日战争爆发前夕的东北的故事。那时候的中华大地已然笼罩着一片低迷阴鸷的气氛,东三省更是如此。小说的前半段描述了东北的几个人物,这些人中没有一个人生活幸福,也很少让人觉得可爱。萧红笔下抗战前的东北以及东北的人物,大多在反映东北社会的丑陋和劣根性,那时候,那里的人们生活麻木、精神麻木、灵魂麻木,人人活得像行尸走肉。

生活在战争烽火时期的萧红,其实并没有过多地正面描述这场战事,也没有所谓的彰显人民奋勇抗战的正能量内容。评论界有人说,萧红的文字与当时主流文学创作的距离,也是她寂寞的原因之一。

1937年9月,萧红、萧军撤往武汉,结识了著名青年诗人蒋锡金,住进他在武昌水陆前街小金龙巷25号的寓所。不久,东北籍青年作家端木蕻良也搬来与他们同住。萧红、萧军与从东北各地流亡到武汉的舒群、白朗、罗烽、孔罗荪等青年作家积极投身于抗战文艺活动,并在武汉形成了一个很有影响力的东北作家群。萧红创作了多篇以抗日为主题的作品,《天空的点缀》《失眠之夜》《在东京》《火线外二章:窗边、小生命和战士》等散文的发表,对宣传推动人民抗战起到了积极作用。

此时,萧红已与萧军分手。随后,萧红和端木蕻良结婚。随着日军轰炸武汉,端木蕻良一人乘船离开武汉前往重庆,战火硝烟中,他把已经怀孕的萧红留在了武汉,那

时,萧红怀着萧军的孩子,而萧军已经同萧红离婚。1938 年 9 月,萧红与冯乃超的夫人李声韵一起乘船到宜昌,李声韵突然咯血,萧红手足无措之际,《武汉日报》副刊编辑段公爽将李声韵送去了医院。萧红只好一个人继续赶路,她挺着大肚子,又拎着行李,不小心被码头上的绳缆绊倒在地,试着站起来,挣扎半天却办不到,耗尽了最后一丝力气,她只能躺在地上,静静地望着星空,担心天亮后会有警察发现她,到时候还会有人围观,但虚弱的她实在使不出力气了。

图 1-43　电影《黄金时代》中,萧红(汤唯饰)1938 年在宜昌码头上船入川的场景

　　又是同几年前一样的境遇,她躺在东兴顺旅馆昏暗潮湿的储藏室里时,也曾思考过生与死的人生谜题。几年后,她躺在香港的医院,同样面对死亡的恐惧。她曾对骆宾基描述此时的心情:"然而就这样死掉,心里有些不甘似的,总像我和世界上还有一点什么牵连似的,我还有些东西没有拿出来。"

　　天亮后,一个来赶船的路人将她扶了起来。9 月中旬,萧红抵达重庆。整个抗战时期,萧红在重庆生活了一年多的时间。在那里,她不仅创作了其最重要的代表作《呼兰河传》的前三章,还写下了描述重庆大轰炸的散文《轰炸前后》。而她在宜昌码头的这次经历,也成为她短暂人生中刻骨铭心的记忆,在后来的文章中一再被提起。

六、著名古典文学学者吴林伯与九码头结缘

　　吴林伯先生 1916 年 9 月 8 日生于宜都,因家贫,九岁才开始接受启蒙教育,十五岁时即能全部背诵四书五经、《楚辞》等经子辞赋著作。1939 年考入湖南国立师范学院(校址在湖南蓝田)国文系学习。大学毕业后,他任重庆南开中学教员兼文科主任,跟随熊十力先生学习佛学及玄学,后经熊十力先生推荐,1945 年夏,他辞去南开中学教职,赴乐山书院,跟随国学大师马一浮先生学习儒学及汉魏文献,并经马一浮先生亲

自教导,选定以《文心雕龙》为中心的研究方向。1947 年后,他至上海,先后任上海育才中学国文教员、中华教育社国学专修科主任兼教授、上海光华大学教授。1953 年,光华大学等校合并,成立华东师范大学,吴先生改任华东师范大学中文系讲师。1956 年,吴先生受同门山东曲阜师范学院院长高赞非的邀请,出任山东曲阜师范学院中文系讲师,并兼任古典文学教研室主任、院务委员会委员。1962 年,他返回家乡,任宜昌师范专科学校中文系讲师。1978 年他调入武汉大学中文系,先后任副教授、教授,至1986 年退休。嗣后,他又任山东曲阜师范大学客座教授数年。1998 年 8 月,他在武汉大学病逝,享年 82 岁。

图 1-44　吴林伯

图 1-45　吴林伯先生与夫人

　　吴先生一生著述甚丰,著作范围涵盖经学、诸子,以及《文心雕龙》研究,而以《文心雕龙》研究为重点。已成书手稿包括《周易正义》等 27 种,生前出版有《论语发微》《文心雕龙字义疏证》《庄子新解》《老子新解》等著作,《文心雕龙义疏》出版于先生去世以后。另有《文心雕龙校注拾遗补证》《周易与文心雕龙》《文心雕龙与诗品》,以及有关老庄异同、郑玄训诂成就、孔子商鞅文武观异同流变等内容的论文。

　　据已故的宜昌师专首任校长徐汝潭先生回忆,吴林伯 1962 年从曲阜调回宜昌,到师专任教,是他亲自到九码头迎接的,吴林伯随船的行李没有别的,只有一箱箱线装书,师专的师生们帮他一箱箱从船上卸下,小心翼翼地运回师专。1978 年,因学术需要,吴林伯先生从师专调到武汉大学工作,徐汝潭那时虽已调离了师专,在宜昌行署任科委主任,但他闻讯后又到九码头给吴林伯教授送行。可以说,九码头,是一代学术大家吴林伯与宜昌结缘的起点,也是他离开宜昌的出发点,有着非比寻常的意义。而吴林伯留给宜昌和宜昌师专的遗产,事隔多年以后,还是那样令人回味。

曾在师专工作过的符号先生回忆说:"犹记从宜都走出、精研诸子、穷毕生精力研核《文心雕龙》的大家吴林伯。当年聆听他为青年教师进修开设的《荀子》课,那独出心裁的点批疏解方式,让我等'不虚此行'的满足感深深烙印。而先生博览古今,焚膏继晷,七易其稿,蝇楷撰写百余万言的《文心雕龙义疏》,成名校标峰,学界佳话,也足见汝潭校长早年慧眼识珠的预见与价值。"

因车祸去世的曹文安教授回忆说:"吴先生是比我晚三个多月才从山东调回宜昌师专的,当时他已是老讲师,神态儒雅,一派学者风范,我曾跟他研读《诗经》,他专门送我一套清代四卷线装本《毛诗》,指导我从标点断句开始

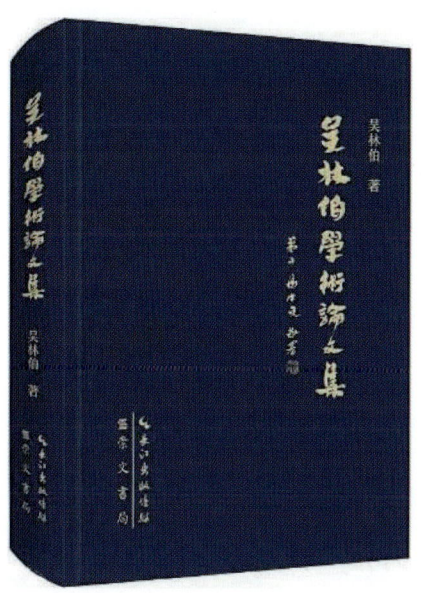

图 1-46　《吴林伯学术论文集》书影

一篇篇的字字点读。此书于我极为珍贵,一直保存完好。他的书房,外人乃至家人都难进入,于我则破例可入室研习。1962 年秋,师专停办,我调至宜昌二高,他留师范,我遵嘱仍习《毛诗》,且每隔一两个月去他家汇报求释,如此数年不辍。我以后之所以能开设诗经研究选修课,并撰写了多篇被认为还有分量的诗经及训诂学论文,乃至还参加诗经研究国际研讨会,并被选为中国诗经学会理事,当跟林伯师的辅导有关。"

Jiumatou · Wenyijuan

第二章
渡头轻雨洒寒梅
——美术

叙论

　　宜昌三峡自古通航,是长江中下游东西方向的战略转运地。从古至今,这里历来为兵家必争之地,地处巴国之东、楚之西塞。宜昌美术活动的历史十分悠久,考古发现,在清江流域发现了距今215万年的"建始人"化石及石器,在秭归玉虚洞发现了30万年前的人工石器制品,这证明远古已有人类居住活动,并创造了最早的石制艺术品。新石器时代,宜昌地区发现的美术遗迹就更多了。长阳桅杆坪遗址发现的美术遗物,除造型优美的石器外,还有带简单纹饰的陶片。宜都城背溪遗址也出土了原始陶釜、陶支座等,秭归柳林溪出土的石雕《祈祷人物坐像》标志着7000年前的宜昌人已会用石器雕造精美的圆雕作品。在秭归东门头沟,考古人员还采集到了城背溪文化遗物《秭归太阳人》石刻。它是目前我国发现最早的崇拜太阳的石刻。枝江关庙山遗址出土了大溪文化的彩陶筒形器、彩陶碗、陶豆等,秭归柳林溪、宜昌杨家湾遗址出土的200多种陶器上的刻画符号是古文字起源的早期形式之一。屈家岭文化时期,在宜昌遗址出土的一系列黑陶均是该地区具有代表意义的工艺美术作品。这些文物是中国史前美术发展史上的重要节点与代表物品。商、周直至近现代,在三峡、宜昌地区,巴、楚两种文化交汇融合,创造了大量珍贵的美术文物。

　　新中国成立以前,此地美术活动很少,艺术展览更是罕见。重要的有1935年5月31日宜昌金石诗文书画研究会在二马路2号举办的第一次画展,周泰隐、周松樵、王远昂、简文樵、王万熊等人的作品引人注目。抗日战争时期,美术成为抗战救亡的重要宣传工具。民国26年(1937年)成立的宜昌绘画工作团,常举行街头画展。1937年前后,画家张大千在宜昌画《夷陵三游洞》;张善子途经宜昌举办"张善子画展",并创作巨幅名作《怒吼吧,中国》。民国27年(1938年),湖北省立宜昌民众教育馆为纪念"八一三"全面抗战日举办了画品展览,展出名画60余幅。私立武昌艺术专科学校在迁往重庆的过程中,在古老背作短暂停留办学。之后,随着抗日战争的发展,国民政府的首都内迁重庆,许多书画名家都经宜昌到达重庆,在宜昌也留下了部分美术作品。

新中国成立后,宜昌的美术活动逐渐增多,群众参与面也逐年扩大。文化部门通过举办美术培训班、展览等活动,培养了大批实用的美术人才。湖北省青年美术作品展于 1956 年 7 月 15 日闭幕,我市画家冯中衡的《顶推》获二等奖,朱少尤的漫画《重点社里开会忙》获三等奖。湖北省第一届美术作品展于 1956 年 10 月 1 日在武汉开幕,我市有四件作品获奖。分别是:专业组冯中衡的《宜昌港》获二等奖;工农群众组周伯鳞的《运动场上的新手》获二等奖,黄世安的《一样长的梯子》获三等奖;工艺美术组龙云华的《龙船》《渔船》获三等奖。"文革"期间,广大美术工作者创作了大批宣传画、大字报等,都是为政治运动服务。进入 20 世纪 80 年代,绘画题材从政治化的形象转向描绘真实的人的状态,这也是社会剧烈变动的时代。宜昌美术也不例外地融入其中,崇尚写实、师法自然、追求形式美。

历来表现三峡的绘画作品有许多,如宋代的李公麟《蜀川胜概图》、夏珪《巴船出峡图》,明代的重要作品是吴伟的《长江万里图》,清代的《巫峡秋涛图》为袁耀创作的绢本画,现藏于首都博物馆。国璋的《峡江图考》有描绘宜昌虎牙滩的场景。关于中国近现代的著名画家,描绘三峡宜昌的作品就更多了,如张善子在宜昌振华布店创作的《怒吼吧,中国》,直接描绘宜昌大自然山水的有张大千的《夷陵三游洞》《长江万里图》,傅抱石的《西陵峡》,关山月的《江峡图卷——南津关》,吴冠中的油画《长江万里图》,陆俨少的《峡江图》,亚明的《巫峡烟云》,伍必端的《葛洲坝工地》《西陵小岛——中宝岛》,唐小禾的《葛洲坝人》《楚乐》《火中的凤凰》《生命的归宿和起点之舞》《天籁》,杨立光的《三峡印象系列——1970》,李家桢的《川江航轮》,施江城的《万里长江图——宜昌段》等。此类作品还有许多,这里统计不全,有挂一漏万之嫌。

但是,几乎到过三峡的画家无一例外,都是从宜昌码头起坡上岸的,无论是十三码头、九码头,还是别的水陆码头。前述画家皆是如此,有的来过多次,如吴冠中就有三次宜昌画画经历。1973 年,吴冠中与黄永玉、袁运甫等几位画家为北京饭店创作壁画《长江万里图》,因此有机会到三峡等地写生,经过宜昌都是从九码头上岸的。1977 年,吴先生为了创作三峡的作品,利用这次的写生素材创作了数幅巨型油画《长江三峡》,收藏于中国国家博物馆。1984 年,他乘东方红 1 号客轮,也是从宜昌九码头上坡的,在三游洞与冯中衡有照片为证。

陆俨少二十九岁那年日寇入侵,不得已全家避地重庆,但也因此有机会饱览蜀中山水。在他三十七岁时抗战胜利,他由于无力购买船票回老家,于是全家乘木筏沿江东归,历时月余,途中亲见三峡险水急流与奇丽风光,这些冒险的经历对他来说是因祸得福,对大自然又加深了一层认识与体验,转换成日后创作的不尽灵感与源泉。

宜昌画家描绘本地山川河流的作品很多,专画港口码头的作品也有一些,突出的如冯中衡先生,他的绘画艺术代表了老一辈画家的最高水平。他 1938 年考入武昌艺专,1942 年有作品选送伦敦参展,成名较早。他在 20 世纪五六十年代就有一大批美术作品问世,擅长油画、水彩画。他于 1956 年即出版了油画《宜昌港》。1980 年以来,他先后在武汉、上海举办个人画展。他的水彩画《峡门帆影》曾在科威特展出,油画《银河》于 1982 年获湖北省职工画廊美术展览金奖。1982 年 1 月 25 日,《冯中衡三峡油画水彩画展》在上海和平公园展出,著名画家颜文樑题写展名。此次个展共展出油画 73 幅、水彩 36 幅作品,是冯中衡先生关于三峡专题的一次重要展览,描绘的是 1982 年以前的三峡原始风光,如《千年古油杉》《舟从地窖行》《巫山文凤观》《中堡岛 —— 周总理视察过的地方》《风过柳林溪》等。1988 年,他在南京市文化宫举办了"冯中衡百里三峡的水彩画"展,共展出 148 幅作品,并出版多部美术画册。特别指出的是,他有一大批描绘三峡至宜昌沿江码头的作品,其中就有《巫山港》《巴东港》《宜昌港》《九码头》《十三码头》等。除三峡题材的作品以外,描绘宜昌的《葛洲坝工地》《建设中的葛洲坝》等是反映社会主义新面貌的作品。

宜昌九码头在 20 世纪七八十年代形成了一个较小的美术圈,其发源地是宜昌港务局所属的学校及文化机构,代表单位包括宜昌港务局子弟中小学、长江航务局海员俱乐部、宜港剧院、宜昌电影院等。这里有一大批美术骨干人才,如郑万锁、谢家福、胡吉甫、黄步武、汪国新、田期松、付武群、傅先德、郑君、黄鹤、叶政、陈文武、郑军、张栋梁、谢宏强、杨平、覃武、范强等。

此外,在九码头生活了近二十多年的汪国新在绘画方面也有突出的成就。特别是在连环画创作上成就较大,他出版了 30 余册连环画,其中《长江三部曲》获得了广泛赞誉,连环画《战乱哀鸿》获 "中国连环画十佳文图双优奖"、全国首届美术图书评奖银奖;中国画《长江万里风情图卷》由人民美术出版社出版。沈良鸿的版画《心连心》《赏花》入选第五届、第六届全国美展,版画《工余》参加第二届全国青年美展,《山里人》入选第七届全国版画展,其多幅作品在省美展中获奖,受到一致好评。徐水的葛洲坝工程、三峡工程系列版画作品中,《远眺三峡》是反映宜昌地域的代表性作品,有一定的社会影响力。

第一节　国内艺术家有关宜昌码头的作品

一百多年来,宜昌凭借川蜀锁钥和三峡门户的重要地位,成为艺术家频繁光临的码头城市,并为他们带来了不少创作灵感。国璋、张善子、张大千、关山月、傅抱石、吴冠中、张聿光和唐小禾、程犁夫妇是其中的佼佼者。

国璋(1839—1900年),字子达,杭阿坦氏,隶蒙古镶白旗,京口(今镇江)驻防。知府衔候补直隶州知州,赏戴花翎,军机处存记。1900年国璋卒于内江任所,诰授朝议大夫,晋封中宪大夫。著有《峡江图考》《教种山蚕谱》《重庆府治全图》《江北舆地全图》等。其中《峡江图考》是三峡最早的水道图,分列沿途各重要城镇、居民点、险滩的位置、水文和里程。《峡江图考》采用对景法描绘川江航道,改变了《峡江救生船志》单一的透视方法,使得河道礁石相对、河岸两分,更加直观,既具有历史地理价值,也具有美术价值,其中对宜昌码头的描述甚详。

张善子(1882—1940年),也称张善孖,号虎痴,四川内江人,现代名画家,善山水、花卉、走兽,尤精画虎。少年从母学画,曾拜李瑞清门下,又喜爱武术,养虎以供写生,描绘虎的各种形态。作品精妙沉雄,尤著神韵。创作有《正气图》《飞虎》《十二金钗图》等,其中在宜昌创作的《怒吼吧,中国》尤为出名。该作品是画家1937年8月在宜昌的振华布店完成的。画面以28只怒虎,象征中国当时的28个省,展现奔腾跳跃的猛虎追扑一线落日的壮阔景象。威武的猛虎,生气勃勃;落日象征日寇,夕阳西下,摇摇欲坠。整幅画作气势雄伟,有撼天地之力量。《怒吼吧,中国!》题字"雄大王风,一致怒吼;威撼河山,势吞小丑!"表达了抗战必胜的决心。

张聿光(1885—1968年),字鹤苍头,别号冶欧斋主,中国现代画家、艺术教育家。在"新舞台"首先设计使用布景,改变了京剧的传统舞台面貌,是我国早期的舞台美术家。新中国成立后,张聿光被聘为上海中国画院画师。张聿光是宜昌名儒王步点的义子,光绪二十年(公元1894年),也就是他9岁时,入私塾拜宜昌名人王步点(号浴生)为师,开始了他的学习生涯,包括读书、学画、学算术和学英文。这段时间他学习美术、英语等,不断充实着自己的知识海洋,对自身的艺术和教育生涯有着重要的影响。后来，张聿光在 1937 年 8 月离开上海，赴宜昌转重庆，在西南美专教授国画，继续他的艺术教育工作。在抗战期间，张聿光还曾在四川、云南、贵州举办画展，创作了一系列唤起民众抗日爱国热情的民族英雄画作。因此，可以说宜昌在张聿光的个人成长和艺术生涯中占有一席之地，张聿光的《松鹤延年图》藏于宜昌博物馆。其创作的国画《千帆过峡江》与其在宜昌码头的生活经验息息相关。

张大千（1899—1983 年），四川省内江市人，斋名大风堂，中国近现代国画家。代表作品《荷花图》《爱痕湖》《长江万里图》《秋曦图》等。张大千一生中曾多次到过宜昌。第一次是在 1916 年，17 岁的张大千与其兄张善子一起，由重庆乘船东下，经宜昌换大船到上海，那是张大千第一次全面领略三峡美景。此后他又多次游览三峡，而且先后多次以三游洞为题材作画，并有三游洞诗作留存。1933 年 2 月，张大千与其兄张善子、张楫共游三游洞。此后画《夷陵三游洞》（立轴）。宜昌三游洞景色奇丽，此幅《夷陵三游洞》构图优美，以工写结合手法绘出山势的奇崛。画中三人结伴拾级而上，相互关照；山形的勾皴、墨彩的积点，显示了他的深厚功底。此画由谢玉岑题签，款识全文为："磴道撑百盘，溪声碍九折。寻诗问苏黄，扪碑识元白。壑幽时养云，山逼古春月。侧足思凭栏，崖花飞艳雪。夷陵三游洞。癸酉二月，同仲兄虎痴、四兄文修盘桓经日，越岁甲戌写此于吴中网师园。蜀人张爰。"张大千的这幅画，对三游洞景观的刻画相当到位。

1960 年 10 月，张大千在巴西摩诘山上，回忆自己当年游三游洞时的情景，又画了一幅《夷陵三游洞》，画高两米，宽近一米五。在画上题诗后，张大千又题字："夷陵三游洞，在西陵峡下牢溪口，元微之、白乐天、行简兄弟及东坡、山谷、张文潜先后来游，后人因以名之。予于癸酉三月，与仲兄虎痴、三兄丽诚、四兄文修过此，思溯江还蜀，以兵乱而止。兹忆写之，并书旧作于其上，庚子十月，大千居士爰，三巴摩诘山中。"可以想见，第一次游览三游洞，这里的美景就给张大千留下了非常美好的印象。而张大千与兄弟过三游洞并在日后忆写此景，或许也有比况元白兄弟与苏氏父子之意。他选择三游洞作为描写对象，除了亲身参观过之外，或许也与他是苏东坡的信徒有关！

傅抱石（1904—1965 年），号抱石斋主人，生于江西南昌，祖籍江西新余，是现代画家。"新山水画"代表画家。他早年留学日本，回国后执教于中央大学。1949 年后，他曾任南京师范学院教授、江苏国画院院长等职。傅抱石成名于 20 世纪 40 年代，其代表作是 1959 年秋创作的巨幅山水画《江山如此多娇》。中年独创"抱石皴"，笔致放逸，气势豪放，尤擅作泉瀑雨雾之景；晚年多作大幅作品，气魄雄健，具有强烈的时代感。其人物画多作仕女、高士形象，形象高古，著有《中国古代绘画之研究》《中国绘画变迁史纲》等。1960 年，傅抱石创作纸本水墨《西陵峡》，该画成为其山水作品的代表作之一。该画作描绘的是西陵峡秭归庙河一带的壮丽景色，笔法苍劲雄健，水墨淋漓，意境深远。画面构图饱满,峰不见顶反而愈显其高耸挺拔、气势磅礴。作品重视节奏,充满激情与浪漫色彩。

图 2-1　张大千《夷陵三游洞》　　　　图 2-2　傅抱石《西陵峡》

关山月(1912—2000 年),广东阳江人,著名国画家、教育家,岭南画派代表人物。他曾拜师"岭南画派"奠基人高剑父。1948 年,他任广州市艺专教授。1958 年后,他历任广州美术学院教授兼院长、广东艺术学校校长、广东画院院长等职,还担任中国美术家协会副主席、常务理事,广东省文联副主席,广东省美术家协会副主席。关山月是 20 世纪后半叶中国画坛上的主流画家之一,他的绘画艺术与中国美术的发展是同步的。1980 年,关山月创作的《江峡图卷——南津关》是他的重要代表作品。该作品最后部分描绘了宜昌南津关的自然风光,特别是真实再现了万里长江第一坝葛洲坝施工现场热闹的场景,画面中尾部远方一轮红日,江中轮船、木帆争流,一群江鸥飞向未来。《江峡图卷》展示了新中国成立之后中国画审美观念的变化,注重对真实壮丽河山的描绘。

图 2-3　关山月《江峡图卷——南津关》

吴冠中(1919—2010 年),江苏宜兴人,当代著名画家、油画家、美术教育家。他的油画代表作有《长江三峡》《北国风光》《小鸟天堂》《黄山松》《鲁迅的故乡》等,个人文集有《吴冠中谈艺集》《吴冠中散文选》《美丑缘》等十余种。他于 1942 年毕业于国立艺术专科学校,1946年考取教育部公费留学,1947年到巴黎国立高级美术学校随苏沸尔学习西洋美术史。吴冠中1950年秋返国,先后任教于中央美术学院、清华大学建筑系、北京艺术学院、中央工艺美术学院。《长江万里图》是吴冠中1971年至1973年间创作的。该画描绘了长江沿岸的云山、幽谷山村、城乡屋宇、江上风帆等,集中反映了画家以气势取胜的艺术风采。《长江万里图》打破了二维平面的叙事特征,创造性地以中国画的手卷形式展开内容,5米长卷将时间和空间融合于一体,注重形式美感的融合,从构图、用光、色彩、点线的处理来看,无处不透露着他对东西方文化精髓充分吸收与消化后的独立探索。这幅作品不仅是吴冠中本人艺术生命中的重要转折,也是中国油画史上浓重的一笔。

　　唐小禾(1941—),湖北省武汉市人,生于四川省江津县德感坝,著名画家,擅长油画、壁画,曾任中国文学艺术界联合会全国委员会委员、湖北省文学艺术界联合会主席、湖北美术学院院长、湖北省美术院副院长、湖北省美术家协会主席、中国美术家协会壁画艺术委员会主任。唐小禾主要从事油画和壁画创作,作品有《在大风大浪中前进》《楚乐》《火中的凤凰》《葛洲坝人》《生命的归宿和起点之舞》《天籁》等。

　　程犁(1941—),湖北武汉人,一级美术师,中国美术家协会会员,曾任湖北省美术家协会油画艺术委员会主任。1972年,她的作品入选全国美展。1963年,她创作的油画《红榜》入选第四届全国美展,并被中国美术馆收藏。《葛洲坝人》是唐小禾、程犁创作的三联油画作品,尤其是其中的《大坝的儿女》成为20世纪80年代艺术作品中,对当代中国工人最感人的精神写照。该作品通过厚重、细腻的笔触,实现了对画面中这些平凡劳动者的赞美,赋予作品强烈的精神感染力,以具象写实主义的手法,客观再现了改革开放初期当代工人的形象,该幅作品在1984年湖北省美术展览上获得金奖,在第六届全国美术作品展览上被评为优秀作品,并被中国美术馆收藏。

第二节　宜昌美术奠基人冯中衡及其宜昌港系列作品

　　冯中衡(1921—2002年),湖北宜昌猇亭人。他于1945年毕业于武昌艺专,师承著名旅欧画家唐一禾、冯法祀等。其艺术生涯始于20世纪30年代,承续了老一辈艺术家留学西欧的西方古典绘画传统，又融合了中华民族文化所特有的美学思想，最终建构起自己独特的油画、水彩世界，学生时代便有作品参加同盟国在英国伦敦举办的"世界反法西斯画展"和当时的全国美展。新中国成立后，他又创作了大批反映祖国山河及长江三峡火热生活的优秀作品。他作为湖北省美协筹委，为省美协的建立发展，做出了重大贡献，也是湖北美术的先驱者之一，在油画、水彩画两方面都取得了突出成就。他因三峡油画、水彩画开先河之功而被美术界誉为"画坛纤夫"，成为新中国美术事业的开拓者之一、湖北省以及宜昌市美术事业奠基者和领导人，毕生从事美术事业，成就卓著，蜚声海内外。他历任宜昌市文联副主席、宜昌市美协主席、名誉主席、宜昌市群艺馆研究馆员。

图 2-4　1984 年，冯中衡（右）在宜昌三游洞与吴冠中夫妇合影

　　冯中衡对三峡的山山水水特别有感情，创作了许多反映宜昌大好河山的作品，尤其喜爱画码头港口，如《万州港》《奉节港》《巫山港》《巴东港》《繁荣的宜昌港》《顶推》《南津关码头》《宜昌港》《宜昌港旧貌》《武汉港》《1957 武汉码头》《人民一号》等。1954 年 9 月所作的《繁荣的宜昌港》，是我们能见到的最早的一幅描绘宜昌港口的作品。1956 年完成的《宜昌港》是冯中衡的成名之作，最为著名。

图 2-5　繁荣的宜昌港（水彩 1954）
（冯中衡作）

图 2-6　宜昌九码头（水彩 1958 年）
（冯中衡作）

　　冯中衡的《顶推》也是有关宜昌码头的代表作，1956 年完成后，该作品参加湖北省青年美术作品展，在观众面前亮相，这也是其首次参加的正规展览并获奖的作品。画面描绘了彼时宜昌港航运史上盛大的历史场景：右边港口船上，精心布置着隆重而

热烈的会场,会场中有毛主席画像,两边是国旗、鲜花,红色的横幅上写着"劳动竞赛大会",桌上放着"川江旗帜"锦旗等待主人领取。场下有一位阿姨带领四个手持鲜花的儿童欢迎英雄归来,前面一排腰鼓队在敲锣打鼓、燃放鞭炮,四处彩旗飘扬,人们或摇旗呐喊,或伫立远望,目光注视着江上向上游挺进的船队。海员、工人等整齐列队,江上三个大马力小火轮顶着货船突突向前急行。船上彩旗迎风飞舞,巨幅红标语彰显着主题,场面火热激情,撼天动地,描绘出真实的战天斗地的劳动场景。这些作品记录并见证了 20 世纪 50 年代宜昌港口贸易的繁荣景象,是中国社会经济发展的生动历史记录,是一幅歌颂社会主义初期建设的佳作。

图 2-7　搬运(水彩 1959 年)
(冯中衡作)

图 2-8　宜昌港系列(水彩 1958 年)
(冯中衡作)

1958 年 4 月,长江文艺出版社出版单幅宣传画《宜昌港》,后被湖北省博物馆收藏。该作品以当时最为繁忙的宜昌港码头为背景,轮船上的货物正忙于装卸,吊车吊起解放牌汽车,还有各种集装箱和待运的棉花物资,轮船首尾相接,蔚为壮观。下方近处是正在忙碌的码头工人。

他的另一幅作品《宜昌港旧貌》,反映的是宜昌十三码头港口船舶停靠的场景——囤船上有简易瞭望塔,带风帆的木船,悠闲自在的人们在船上观景,也有耐心的候船者;小火轮准备起航,有的船鸣笛靠岸,远景是葛洲山的雄姿。该作品堪称江上往来的杰作。

值得一提的还有冯中衡的《三峡钻探》。这幅作品描绘的是我国 20 世纪 50 年代老一辈三峡地质勘探人员,在三斗坪、中堡岛、石牌等地调查三峡地质情况的真实场景。长江三峡的江面勘探船上红旗飘飘,船笛轰鸣,预示着那火热的时代。江中主航道上一艘货船顺江向下,如离弦的箭飞驰而过,另一木帆船也顺江而下。画面左下方有一航标小船随浪翻滚,正中偏右是画面主体勘探船,钻机轰鸣,空谷传响,经久不绝,似峡谷中有千军万马。右下角近岸上有三人,有的肩扛物资行进于小木船之间,有的

在商讨如何解决一些棘手的问题。小木船上艄公手握双桨,待令而行,右中远景是许多高樯矗立,待机而动,好一派峡江船运繁忙的真实写照。这幅作品画风朴实,造型严谨,写实性强。画面主体是勘探船,刻画细致,很是精彩:如水中抛锚的钢丝、船上的导航标,还有江中的货船上的导航设备都是用心描绘之点。对岸绝壁直立江边,山上有一帐篷,也有人家居住。画面近景有六人,三人在岸边小船上,另三人在岸上。整幅画面色彩丰富,再现性强,是冯中衡这一时期的代表作。

冯中衡的画不同于一般画家的作品,他一方面追求客观物象的真实再现,另一方面又融入自己对三峡的特殊感受,并全力倾注,忘情地描绘。作品朴素、浑厚、纯真,而又有一定思想性。特别是后期的作品,既反映三峡空灵变幻、幽深秀美的一面,又有雄浑凝重、极富写实的一面。他能准确把握大自然的瞬间变化,并能很好地运用它、表现它。正如中央美院金维诺先生评价的:"虚与实、淡与浓、轻与重、近与远、意趣盎然,形神并茂,十分准确地表现了三峡固有的凝重、宏大、浑厚与飘逸的特色,体现了他独特的艺术风格。"这些评语准确地道出了画家冯中衡先生一生的绘画艺术成就。

第三节　汪国新创作的连环画《长江三部曲》及其艺术成就

汪国新,1947年生于宜昌,国家一级美术师,全国政协委员、中联部中国对外交流协会理事、中央文史馆书画院研究员、湖北省政府文史馆馆员、中国美协连环画艺委会副主任、农工党中央书画院副院长、北京新东方书画院院长、文化部艺术品鉴定委员会委员,宜昌市文联名誉主席、三峡画院院长。其书画作品曾获文化部、中国美协、新闻出版署颁发的银奖、二等奖、文图双优奖,第六届、第七届全国美展优秀作品奖,瑞士首届国际连环画节特别荣誉奖,第八届国际艺术博览会金奖等多项大奖。诗词作品多次获全国大赛一等奖、金奖。他曾荣获中国改革开放文艺终身成就奖,获评"中国当代画家保真十大家""中国画家排行榜十大家"等称号。他先后三十余次在欧、美、亚国家举办个人画展。他以关公、孔子为创作母题的系列画作,赢得各界广泛认同和喜爱。其诗书画作品先后被中南海、人民大会堂、国家图书馆、毛主席纪念堂和驻外使馆等处收藏。国画精品《百马图》《游必有方》《朋友》《吉庆图》《马到成功》等被党和国家领导人作为国礼和重要礼品赠送外国元首及港澳台领导人。其三大代表作分别是 1600 余幅连环画《长江三部曲》、百米绢本国画《长江万里风情图卷》、240 幅国画长卷《三国演义》。他出版有诗书画专著《长江三部曲》(9 次再版)、国画《汪国新画集》《长江万里风情图》《三国全图》《汪国新鞍马画集》《汪国新人物画集》《汪国新书法集》《汪国新诗集》及大型套书《汪国新诗书画》等 70 余部。

汪国新在九码头生活了二十年,创作了大量文艺作品,他人生的许多重要作品都是在宜昌创作的,而且很多与码头有关或直接以九码头为题材。连环画,又叫小人书,是改革开放前后火爆大江南北、老少皆宜的一种通俗读物。当年,中国一大批优秀画家投入连环画的创作中,并乐此不疲,产生了许多耳熟能详的连环画艺术精品,宜昌著名画家汪国新即是其中的佼佼者。郑桂兰编文、汪国新绘画的《长江三部曲》以 1600 余幅巨制鸿篇描绘了三峡地区抗战期间各派力量的斗争,以浓厚的地域特征展示了当时民族资本家挣扎、奋斗、求生、发展的历程,颂扬了民族抗日的不朽精神。连环画《长江三部曲》分"佳富筹金""李明进川""巧斗袍哥""涪陵突围""重庆周旋""乱世争雄""战乱哀鸿""夹缝求生""金四盗墓""沧海浮云"十册,全部出版后,被"中国连环画的保护神"姜维朴先生称为是继《山乡巨变》《铁道游击队》之后,中国连环画史上又一部以线描为表现形式的佳作。

图 2-9　汪国新、郑桂兰在长江边采风（郑桂兰供图）

图 2-10　《长江三部曲》连环画（汪国新绘）

为了体验生活,汪国新、郑桂兰夫妇当年 30 多次往返长江两岸,行程 10 万多公里,拍摄了数千张照片,录制了上百小时的录像资料,画了 20 多本写生集。其间,他们历经千辛万苦,搜集了大量人文历史、环境地貌、风土人情资料,为鸿篇巨制创作打下坚实基础。河街川民、雄奇山水、沧桑遗迹深深吸引着他们,紧紧攥住了他们的情感,点点滴滴化成创作素材。当年的艰辛付出,也有了丰厚回报,在全国第三届连环画评奖中,汪国新、郑桂兰双双获奖,获得中国连环画十佳评选文图双佳奖。作品已由人民美术出版社、上海人民美术出版社、湖北美术出版社等9次再版,成为连环画收藏中炙手可热的品种。特别是长江大坝兴建,沿江两岸风貌和几千年的原生态沉入江底,《长江三部曲》连环画几乎可称为绝唱。而且,他们十年长江首尾考察搜集的音像、图片、速写,也成为不可再得的珍贵资料。

千幅场景构图丰富多变,汪国新先生几乎运用了所有分割画面空间的几何形式,以及远近、大小、虚实、藏露、俯仰、聚散的构图方法。他以细密的线条编织灰调子的同时,大胆留出可供读者自由联想的空白,疏可走马,密不透风,再现了巴山蜀水、山城小巷、石阶码头、酒肆茶楼、豪宅民居和吊脚楼等川江地区的独特建筑,并有机地将各色人物组合在一起,构成经典画面,被美术评论界谭元杰先生盛赞为"构图大师的杰作"。在表现形式上,《长江三部曲》借鉴了《清明上河图》写实带装饰的传统白描手法,采用平行透视,多层次构图,以增强画面的纵深感;创作中注意了人物的身份、分寸及特殊性,注重人物的行为与性格的逻辑相统一,让人物自身主导其行为,而不是作者去主导人物的特殊性,真实、可信的人物形象通过细节凸显出来。为了画好码头场景,汪国新还多次到川东沿江码头,常挤在旅客队伍中,体会在人多、人少的不同情况下上下船的不同感受。这比站在一旁观看感受要深得多。他还在船上的五等舱里,和四川老乡东倒西歪地凑在一起,观察这些不加修饰的人们自然流露的言行举止。《李明进川》中的码头上和船舱内众多人物的动作很多便是从这里提取的。

图 2-11　九码头岸边（汪国新绘）

随后,汪国新又用 9 年时间,绘出 158 米绢本国画长卷《长江万里风情图》。图卷描绘了各民族在推进改革时期丰富多彩的奋进身影,比如山顶的桌球场、茅屋旁的香港时装店、赶猪的乡民等场面,从中可窥见时代的跃动。

汪国新、郑桂兰夫妇还历时三年创作了 240 幅《三国演义》国画,被出版界称为"读书界的一件幸事"。汪国新笔下的关公形象魁伟,枣面长髯,胯下赤兔马,手提青龙偃月刀,大义凛然,气贯长虹。其作品都取材于人们所熟知的故事,如《桃园结义》《三英战吕布》《义释曹操》等,因此被社会、被收藏界所认可。

近几年,汪国新、郑桂兰更多地参与大型公益和文化活动了。2017 年,他们参与发起"保护母亲河长江倡议书",并同中央新影集团等单位联合参与拍摄大型超高清纪录片和 3D 记录电影《新三峡》,分别从坝、山、水、城、人、景、梦七个方面,展现"镜头中的新三峡、诗文中的新三峡、歌声中的新三峡、书画中的新三峡",还专门组织了"艺术家眼中的新三峡"大型采风活动。

第四节　孙才清的三峡工程和码头题材油画创作

孙才清,1957 年出生,湖北黄陂人,毕业于中国美术学院油画专业,中国美术家协会会员,湖北省美术家协会理事,宜昌市美术家协会主席。作品《早晨》入选第六届全国美术作品展;《抬石头的人》入选第三届中国油画精选作品展,获 2003 年湖北省油画艺术奖;《建设者》入选第十届全国美术作品展,获 2004 年第十届湖北省美术作品展铜奖;《兄弟》于 2006 年被中国体育美术馆收藏;《三峡大坝浇筑工》入选全国第十四届群星奖美术书法摄影优秀作品展,获 2007 年第十二届湖北楚天群星奖银奖;《三峡班前》入选第十一届全国美术作品展,获 2009 年第十一届湖北省美术作品展铜奖;《农家乐》获 2010 年湖北省第十四届楚天群星奖金奖;《抬石头的人》于 2011 年被湖北美术馆收藏;《三峡平湖码头》入选"延座"讲话七十周年全国美术作品展(2012),入选第十二届全国美术作品展并获 2014 年湖北省第十二届美术作品展铜奖。

面对三峡工程这一当代的宏大叙事,孙才清是坚实的观察者、体验者和创作者。从三峡大坝开工建设开始,到 2010 年其巨幅油画《三峡建设者》收官,孙才清共完成了 20 多幅三峡工程系列油画,其中《抬石头的人》《建设者》《三峡大坝浇筑工》等多件作品入选全国性的美术大展。其油画《三峡建设者》更是以长 6 米、宽 2.4 米的巨制,融入 60 多个最基层三峡建设者的形象而一举成为三峡工程题材绘画的扛鼎之作。著名画家、全国美协主席靳尚谊评价道:"孙才清以三峡工程为题材的油画,大气磅礴,感染力和震撼力强。还是现实主义的作品,有旺盛的生命力!"

图 2-12　三峡平湖码头（油画 190 cm×170 cm）（孙才清作）

　　孙才清在艺术上是一位执着的追求者。几十年来,他不懈地去寻找一个张扬他艺术生命、彰显其艺术魄力的精神出口。有了这出口,他在观照和打量这个越来越丰富的世界时,才能感受到时代的精神气息。很幸运的是,他与三峡工程相遇了,与三峡工程建设者相遇了。这种相遇,对一个以艺术为生命的人来说,弥足珍贵,因此,我们完全可以说这是难得的神遇。正是因为这种神遇,我们能感悟到孙才清艺术生活里光芒涌入的一面:在三峡工程建设最火热的当口,他几乎日夜都在工地上,全方位感应三峡工程建设的艺术密码,感知三峡建设者们的劳作、呼吸和诉求,并用画笔记录他们震撼人心的或茶余饭后的一个个瞬间。

　　孙才清在艺术上还是一位坚定的在场者。"艺术当随时代",他用画笔践行着这一宗旨。他从未缺席这个变革中的时代,持续地关注着最底层、最基层人民的悲欢离合,不管是近些年他创作的《乡村卫生室》,还是他的三峡工程建设者系列绘画《抬石头的人》《女工》《钢筋工》《架子工》《建设者》等,每一幅作品,都以平实、朴素的视角,将真正的工程建设者们纳入画中。仔细看去,这些入画者,没有灿烂的笑容,穿着一身粗朴的衣服,用一双双朴实的手为三峡工程贡献着自己的绵薄力量。今天,当三峡电力点亮了那些大城市人民的夜生活时,至少,我们从孙才清的艺术作品里,还能看到当初建设者劳动的英姿。从这个意义上来说,孙才清的这一系列油画,无疑已具有还原三峡工程建设的标杆性意义。

《三峡平湖码头》描绘的是长江西陵峡平湖码头的五位搬运工人劳动间隙的生活状态,中间一位双手叉腰,面带微笑,展现出乐观向上的精神姿态,与其他几位略显疲劳、紧张的姿态形成明显的对比。特殊的空间、特定的场景定格了一幅现实主义的历史画面。从这幅画中,可以看出他对故土深深的眷恋和对故乡人民浓浓的情。画中的他们如同生活中的他们一样,或挥汗如雨,或紧张忙碌,或在休憩中露出灿烂的笑容,画里画外洋溢着的是一种催人奋进的激情。这也促使他选择更贴近自我、更适合自我的现实主义的创作方法和表达方式。

第五节　其他宜昌画家的码头美术作品创作

当代宜昌美术,呈现出百花齐放的态势,其中很多画家创作了以三峡、码头、长江为题材的各类作品,构成一幅新时期的壮观艺术图景,作者包括沈良鸿、吴章采、郑万钿、周善庆、史兆明、王文华、傅武群、向洋、田期松、朱丹峰、朱明、徐水、刘路喜、傅先德、王宗顺、黄鹤、陈文武等。

沈良鸿,1947年生于宜昌,1966年高中毕业于宜昌市第一中学,1969年1月下乡当知青,1970年6月返城进入国有企业工作,1972年考入湖北美术学院(原湖北艺术学院),1975年毕业,先后任职于宜昌市群艺馆、三峡晚报、宜昌市文联,1985年加入中国美术家协会,曾任湖北省美术家协会理事、宜昌市美术家协会主席,湖北美术学院宜昌校友会名誉会长。作品曾入选中华人民共和国文化部、中国美术家协会主办的第五届、第六届全国美术作品展览,第七届全国版画作品展,第二届全国青年美术作品展览,在省级以上报刊、画册及展览发表、展出多幅作品,在湖北省美术作品展览中多次获银奖、铜奖。《工余》入选第二届全国青年美展,《赏花》(木刻版画)入选第六届全国美展。

图 2-13　《血战宜昌卫国门》（国画）（沈良鸿作）

　　其晚年创作的国画《十万百姓送将军》是一幅大场景作品,创作背景是 1940 年 5 月 16 日爱国抗日名将张自忠将军在湖北省宜城南瓜店抗击日寇时,身中七弹英勇献身,随后将军灵柩在运往重庆途经宜昌时,被送至东山草堂供宜昌民众凭吊拜祭。国画《十万百姓送将军》,正是以三日后灵柩前往重庆,10 万宜昌民众自发送别英雄为背景创作的。作品表现了宜昌城里百姓从东山草堂送至九码头的整个场面。创作前,他沿着当年的路线走了很多遍,云集路、解放路、二马路,沿途的老房子他都一一研究过,因为这些都是要在画面中呈现的。他曾构思过几个角度,最后选择了以码头为近景、人们抬着将军的灵柩准备上船的情景,路的两边都站满了人,还有三架飞机在空中盘旋。画面沿着二马路、解放路铺展开来,一直到远处的东山上。作品以中国画的黑白为主色调,长 2 米、宽 1.3 米。该作品堪称主题性创作的精品,凝重大气,真实地反映了 80 多年前宜昌城悲壮的画面,是中华民族抗战的伟大史诗画卷。

　　吴章采(1921—2009 年),生于宜昌市猇亭区古老背织布街。他于 1939 年在江津考入武昌艺术专科学校的高中艺术师范班,一年后升入三年制专科,是唐一禾的学生,1944 年 8 月毕业后到江津西路口南京盲哑学校教书。1947 年后,他在宜都红花套的宜都师范、清江中学、宜都县中学、宜昌师范专科学校任教。1957 年 3 月,他加入中国美术家协会武汉分会。1978 年至 1984 年,他任宜昌师专教务处副主任,1984 年 7 月退休后,仍在宜昌老年大学教绘画。吴章采的艺术成就表现在两个方面:一是坚持传统写生的现实主义创作,以写实的现实主义创作方法作画。他在写生人物方面有较深的造诣,画风写实,细致、精到,人物刻画传神,总体风格是客观描绘物体,追求细腻色彩、质感等。二是传承唐一禾的绘画技法与理论研究,着力通过美术作品反映时代精神风貌。重要作品有1954年创作的素描《男青年》,人物作品《老者》《小卉》《全身男青年》《青年赵长雄》等,风景写生作品《钻探棚》《校园一角》《三峡钻探》等。

郑万锁,1936年出生,宜昌市秭归县人,宜昌剧院美工,宜昌群艺馆美术干部,终身从事美术工作,湖北省美术家协会会员,长期在九码头一带生活。油画《资丘七十七烈士纪念碑》是其代表作。郑万锁用传统油画的技法,近处用暖色块面重点刻画资丘镇复杂的场景,远景用淡蓝的冷色描绘壮丽河山,画面右侧是高高的纪念碑,一群年轻人在阳光的照耀下,瞻仰革命烈士的英勇事迹。

周善庆,1939年9月出生于安徽省肥东县撮镇乡,1949年开始启蒙读书,1961年考入湖北艺术学院美术系附中学习,1965年到湖北省宜昌师范任美术教员,1973年到宜昌市十三中任美术教员,1974年在宜昌市新华印刷厂从事图案包装装潢设计,1977年到宜昌市工业技术学校工作,1988年12月调回宜昌师专任美术教师,1995年任湖北三峡学院美术系副教授直至退休。《伍家渔舟》是周善庆1993年创作的水彩画,作品再现了古老峡江渔民普通生活的一个瞬间,画面近景表现一渔民正在紧张忙碌着收网,是作者精心用笔之处。中景是一排大小渔舟在岸边停歇,或整理晾晒渔网、收拾渔具,或避风歇息。远景是柳树、夕阳,在光线的照射下,显得朦胧悠远。整个画面自然清新、人物栩栩如生,灵动而富有诗意,无浮躁、雕饰之气。该作品1993年参加在杭州举办的"中国水彩画大展",并被选送香港、新加坡作巡回展;该作品收入《1993年中国水彩画专辑》。

图2-14　周善庆《伍家渔舟》

史兆明,1942 年出生于当阳市,师从著名画家汤文选、著名雕塑家王福臻等先生,曾多年从事基层文化工作,画过大量的农村生活速写和风俗画,1986 年调至武汉工业大学建筑系美术教研室,1989 年创建建筑雕塑创研室,系高级工艺美术师、中国雕塑学会会员。滨江公园的《宜昌大撤退》雕塑是其代表作,反映的是抗战期间宜昌大撤退的恢宏场景。雕塑主体全长约 16 米,高约 9.3 米,厚约 2.8 米,雕塑外观采用船和长城的造型,残破的锚链象征我们民族曾经遭受的屈辱,深深扎根的铁锚代表中华民族不可动摇的坚强意志。

图 2-15　史兆明《宜昌大撤退》雕塑

王文华,1944 年生于湖北恩施,号巴楚石匠,从事新闻美术工作 30 多年,1987 年起开始搜集中国古代钱币。他的版画作品《古泉精华》曾参加 1990 年北京故宫博物院展和湖北省美展。他的作品《大江的春天》描绘了宜昌长江沿岸的场景,远处醒目的山,是有“宜昌金字塔”之称的磨基山,沿江码头林立,船运繁忙,近处重点表现各种造型优美的风筝,有飞在天空的,有立在大地的,整幅作品阳光灿烂、自由祥和,是其代表作之一。

傅武群,1943 年生,江西南昌人,毕业于湖北美术学院师范系,水彩、油画兼修,为宜昌市职业教育中心美术专业高级教师,系湖北美术家协会会员。他的水彩画作品中的风景和人物都与时代贴得很近,从中阐释的主题和抒发的诗意都是对现实生活的感受。发表于《湖北画报》的油画《大坝雄姿》是在葛洲坝工地的写生作品,描绘了与同代人一起走过的一段创业岁月。2011 年创作的水彩《长江渔汛——九码头》,是其代表作之一,作品用人们喜闻乐见的写实手法,通过水彩画特有的简洁、通透、灵动之特点,反映六名在九码头江边的钓鱼者的不同状态。

图 2-16　傅武群《长江渔汛——九码头》

　　向洋,1944 年生,湖北宜昌市人,自幼习画,曾任宜昌市美术家协会副主席兼秘书长,画作多次参加省级和全国性美展并获奖。其绘画作品除主要以三峡为题材外,还表现了部队生活及卫生科普内容。1980 年,其作品《宁静的早晨》在中南八省美术作品大赛中获一等奖。2018 年 8 月 1 日,他在北京炎黄艺术馆举办的"大美三峡"风景油画作品展获得圆满成功。其宜昌码头题材代表作是 1979 年创作的油画《九码头江中驳船》。

　　朱丹峰,1944 年出生,毕业于华中师范大学物理专业,进修于中央美术学院中国画专业,长期从事教育工作,在葛洲坝水电工程学院、三峡大学教授美术,系湖北省美术家协会会员、三峡画院首聘画家。其 2019 年完成的长卷《百里香溪图》,是第一幅用写实手法描绘香溪河全流域风土人情的青绿山水画。全卷完整地再现了香溪流域一百多公里的自然风光,主要是已消失的风景,如拉拉渡、放排、古桥等,或因三峡工程建设涨水已淹没的乡村古镇,并展现了人文风情。

　　朱明,1957 年生,祖籍上海,毕业于首都师范大学美术系中国画专业,系中国美术家协会会员,刘大为人物画工作室画家、于永华工作室画家,宜昌市美协理事,三峡画院特聘画家。他擅长国画人物,其工笔画作品《花瓣雨》取材于大船下水庆典的一个欢快场景,作为画面主体的两男一女三位船工,由于性别、年龄和经历的不同,有着形象、气质、个性、肤色、动作和姿态上的诸多差异。该作品入选了当年的"第三届全国中国画大展",分别在《求是》《美术》杂志上发表,获得了广泛的社会好评。

　　徐水,原名徐新德,1956 年出生于浠水,中国版画家协会会员,湖北省美术家协会会员,三峡画院特聘画家。版画《当惊世界殊》是其代表作,此作采用全景式构图,大范围、宏观地描绘西陵峡巨型大坝组合群,山中有景,景中有坝,坝中有魂。该作入选第九届全国美术作品展,获得"鲁迅版画奖"。近年,徐水大量吸收了传统年画的造型元素,大胆运用中国画的精髓,同时将三峡地域传统版画的技巧运用到世俗生活题材的创作中,人物造型夸张变形,用色纯真。

图 2-17　《花瓣雨》(国画 207 cm ×152 cm)(朱明作)　　　图 2-18　《当惊世界殊》(版画 180 cm ×120 cm)(徐水作)

刘路喜,1957 年出生,1987 年毕业于安徽师范大学美术系,1997 年毕业于中央美术学院第九届油画助教研修班,系湖北省美术家协会会员、宜昌市美术家协会副主席、三峡画院特聘画家。刘路喜的油画《大三峡建设者》于 1997 年在北京中国美术馆展出。这幅作品取材于现实主义题材,风格手法具有强烈的新表现主义特征。画幅以一组比真人还大的七个大汉组成的一字形人墙为构图中心,他们站在橘红色大型钢构架上,脚下是滚动的长江,背景是蓝天白云下热火朝天的三峡工地。七个大汉各具性格特点,人物年龄跨度很大,看他们久经风雨的脸庞上就知道他们是长期战斗在水利工地的工人,而且他们是中国水利水电建设者的精英。七个人分三组一字排开,打破了人墙的单调性,增加了作品的宏大气势,人物和背景浑然一体,更增添了作品的生动气息,从中可以看出作者驾驭大型作品的能力。刘路喜的油画有成熟的思想性,更具有强烈的社会性。其真诚的情感和纯熟高超的绘画技法将作品表现得极具当代意识。

图 2-19　《大三峡建设者》（油画 200 cm×100 cm）（刘路喜作）

付先德，1957 年出生，1986 年毕业于湖北美术学院油画专业，系湖北省美术家协会会员，三峡画院特聘画家。其油画作品《为了忘却的纪念》获湖北省第六届美展三等奖；油画《从九码头眺望装沙船》是其代表作，作品描绘的是宜昌长江边自然状态下装卸沙子的码头，巨大的船体停在码头边，岸上的传送带正在转运沙粒，近处是原始的江滩，中景是两艘固定趸船，远景是能够标识宜昌的地域山体。整幅作品真实客观地反映了当时的码头现状。

图 2-20　《从九码头眺望装沙船》（油画）（付先德作）

王宗顺，1955 年生于宜昌，自幼习书画，受益于祖父的启蒙。在青年时代，他师从冯中衡先生，并多次随冯中衡老师徒步进三峡腹地写生，跋山涉水，风餐露宿，留下了大量的三峡素材，也积累了对三峡、对宜昌丰厚的情感。因此特长，他在原工作单位曾一度担任专业美工。在研习油画的同时，他亦对国画、书法产生了兴趣。其国画长卷《宜昌城新貌》是其晚年作品，他采用中国画散点构图布局，先确定墨池书院、尔雅台、镇江阁、奎星楼、府衙等标志性建筑，然后围绕标志性建筑安置附属建筑和各色人物。人物上千，每个人均置于特定场景之中，人物服装、道具各异，有情节、有场景，很具现场感，是一幅描绘百年前宜昌历史风情的画卷。

黄鹤，1962年生，宜昌市群众艺术馆研究馆员、湖北省美术家协会会员，曾任宜昌市美术家协会常务副主席。其作品大部分以三峡自然景观为原始素材，代表作有《三峡——见证135》《三峡——黄金水道》《三峡——消失的画面》《三峡——神农架的一条小溪》《三峡——神农架的秋天》《三峡——神农秋韵》《天地之光》《三峡行标》《三峡——神农架水系列》等。出版专著《意识的空间——油画风景随想》，作品集《山河岁月——黄鹤油画作品集》。作品《三峡——黄金水道》描绘了三峡库区建成前，小火轮拖着两艘货船过夔门的场景，无意间，永远定格了历史的一瞬间。

图2-21　三峡——黄金水道（油画）（黄鹤作）

陈文武，1963年11月生，湖北宜昌人，1991年毕业于湖北美术学院国画专业，系湖北美术家协会会员、宜昌市西陵区美术家协会副主席、宜昌市民间文艺家协会副主席、三峡收藏家协会副会长，主要从事美术专业教学及科研工作，在国内外公开刊物上发表学术论文30余篇，先后担任湖北三峡学院美术教研室主任、三峡大学艺术学院美术系主任、三峡大学三峡美术研究所所长。2009年11月，专著《三峡美术概观》由重庆出版社出版。2022年，出版《三峡美术史》。2023年，出版《土家族工艺美术史》。其宜昌码头题材代表作是《宜昌九码头之夏》，该作品表现宜昌夏季长江之滨的场景，远处的磨基山电视转播塔，是宜昌重要的地标，江边的码头、趸船、江中的行船，皆是宜昌的特色风景。作者用传统的写实手法，客观描绘宜昌的一山一水。

图 2-22 《宜昌九码头之夏》（水彩）（陈文武作）

另外，万丰华、龚烨的《九码头——儿时记忆》长卷也值得重视。该作品对早年九码头有详细描述。万丰华，中国书画艺术家，国家一级美术师，湖北省美术家协会会员，湖北省国画院专业画家，中国管理科学研究院学术委员会特约研究员，宜昌市美术家协会副主席，宜昌市伍家岗区美术家协会主席，三峡大学艺术学院兼职教师。龚烨，宜昌人，师承李守正学习水墨，1994年入王文芳画室研究山水画，现为三峡画院特聘画家。

第六节　宜昌木雕船模和三峡水墨画

近代宜昌最具特色的工艺美术品，主要以"玩船"，即木雕微型船模为代表。宜昌木雕船模制作，与峡江文明息息相关。早在1898年，英国人立德聘请薄蓝田到中国开发长江三峡航运，薄蓝田购置了成批宜昌船模。1921年，薄蓝田出版的《扬子江三峡一瞥》记载了宜昌船模的来历：有人称其为宜昌舢板，始于秭归青滩，是宜昌本土制作的产品。1930年，宜昌海关税务司长梅乐和把自己在中国收搜集的船模及研究资料捐献给英国伦敦的科学博物馆。1936年，龙云华在隆中路创立龙鸿兴玩船厂，制作各种木雕船，如川江歪尾巴船、江浙沙船、盐船、湖南倒把子船小模型及古雅的龙凤船、梁红玉战船模型等，木雕船的买主多为外国商人、水手、传教士。

1939年，龙云华曾为法国"小钢箭号"及"柏年""都大"舰制作模型。次年，又为英国商船"嘉和号"制作模型。1940年，夏士德出版的《扬子江上游的帆船与舢板》和《扬子江上的帆船和舢板》两书中，记载了宜昌船模的缘起。后来，一些船主们从船工们那里得到了这些帆船模型，并将帆船模型作为吉祥的象征。1959年12月，龙云华、龙从发父子奉调武汉百花雕刻厂，雕刻了大柏木鼓船、大型带人龙船模型。其中，龙从发的《端午龙舟》以民间传统风俗为创作题材，现陈列在北京人民大会堂的湖北厅。龙从发的大型船模《中华巨龙》长1.6米、宽0.38米、高1.05米，船上雕刻70多个人物，姿态各异，形神兼备，服饰也各不相同。作品大量运用圆雕、浮雕、镂雕、镂空等多种手法，精心布局，结构严谨，疏密有致，虚实相间。船体上还刻有黄鹤楼、晴川阁、俞伯牙琴台等，是我国木雕船模中的精品。

在当代，制作船模比较成气候的是非遗传人陈昌石等。陈昌石出生于宜昌城区南正街中街，少年时代就受龙氏父子影响而喜欢木雕船模。退休后，他开始制作雕刻渔划子、渡船、龙舟等，对行走川江三峡的老木帆船有深厚的情感，雕刻了大量峡江帆船模型。其作品《三峡龙》《昭君舫》2004年入选华中旅游博览会，《赛龙舟》《峡口渔舟》获第五届三峡旅游作品大赛三等奖。2021年3月，陈昌石的木雕《大柏木船》参加在韩国首尔举行的中国、韩国、日本"东亚国际交流展示会"。

图2-23　陈昌石制作的三峡古龙舟

历代以三峡为背景作画、咏诗的人很多，唐吴道子画嘉陵山水，北宋李公麟的《蜀川胜概图》以写实与写意相结合的手法，从成都水路一直画到夔门、巫峡等地。现代画三峡者更多，几乎所有名家都留下了自己的三峡图，如黄宾虹、张大千、傅抱石、吴冠中等，但用指墨画三峡的只有习永钦一人。

习永钦 1965 年出生在湖北省宜昌龙泉镇的习家小河，是晋朝史学家习凿齿的后裔，曾就读于江苏省无锡书法艺术专科学校、武汉工业大学等。他是中国书法家协会会员、中国书法美术创作中心荣誉教授、中国手指画研究会理事、三峡指画创始人，被誉为"中华书画一绝"。

习永钦的三峡指墨画艺术，用材独特、技法新颖。他用水、用墨，点染、皴擦于纸绢上，形成不同特技效果，展现出了峡江山水独特的魅力。他的代表作品是以三峡山水为原型，用手指、指甲或手掌蘸墨在纸上作画创作出来的。手指难留墨色，必须随蘸随画。因此，在线条及墨色的枯润上，达到了毛笔难以企及的艺术效果。他二十多年来苦心经营"三峡指墨画"，运用点法、擦法、墨法、勾勒法以及传统色彩观念等，不仅丰富了指墨画的表现语言，而且他的作品格调清新，用笔活泼，意境深远。

图 2-24　习永钦在工作室作画（冯汉斌摄）

2010 年，他受德国法兰克福艺术家邀请举办了"三峡指墨画"画展，并取得了成功，《三峡晚报》和德国《马尔巴赫时报》报道了展出消息。2014 年，习永钦的指画作品《西陵峡》（共 12 幅）被宜昌档案馆珍藏。

Jiumatou · Wenyijuan

第三章
布帆无恙挂秋风
——书法

叙论

　　文以载道,书焕其彩。中华文明数千年绵延不绝、源远流长,靠的正是统一的文字、文化的传承以及优秀传统艺术的增光添彩。

　　许慎在《说文解字》中曾言:"盖文字者,经艺之本,王政之始。前人所以垂后,后人所以识古。"《世俗智慧的艺术》一书也曾这样说道:"人本来是一个蛮物,唯有文化才使他高出于禽兽。"中国的汉字与世界上其他任何国家的文字不同,每一个汉字都是音形义的完美统一,都有独特的文化内涵,每一个字都承载着内容,并且富有哲理性,生动形象而又浪漫多彩。而这恰恰为书法的艺术性表达和情感抒发提供了无穷的空间和无限的可能。

　　汉字肇始于结绳记事,书法艺术则肇端于甲骨文。甲骨文之后又有金文、篆籀、帛书、简牍,最终形成篆、隶、行、草、楷五体书法。从此,汉字与书艺相生相发,互为表里。可以毫不夸张地说,书法是依托于文字在中华文化这块沃土上生长出的奇葩,它是无言的诗,无形的舞,无图的画,无声的乐。梁巘在《评书帖》中曾对书法的传承作出过这样的评价:"晋人尚韵,唐人尚法,宋人尚意,元明尚态。"

　　宋以前,宜昌(夷陵)距中央王朝较远,尚属边远的荒蛮之地。至明清时期,文风开始兴盛。明代夷陵州设有儒学,之后清朝在夷陵又设州学、府学、县学。州学、府学、县学均为官学,夷陵之邑的学子要走仕途之路,必在此学习、深造、升阶,最后才能科举及第。清《东湖县志》引《峡俗丛谈》云:"夷陵民质直好义,学校之盛,甲于荆湖,故其民多好学。"《宜昌府志》载:"郡邑均别立书院,均置田租,师长生徒修脯膏火必无阙焉。"所谓别立书院,即在官学之外,另设立半官方、半民间的教育机构及场所。自此,古宜昌的教育进入官学加书院的时代。仅明清两朝,宜昌就诞生了"墨池书院""六一书院""尔雅书院""邱公书院"四个重要书院。这些书院偕同州学、府学、县学为古代宜昌培养了大量的秀才、举人和进士,他们大多是书艺高手。

　　现为国家级重点文物保护单位的三游洞摩崖,是宜昌境内体现书法艺术的宝库。从时间而言,三游洞摩崖石刻始于唐代,直至当代,贯通千年,又以宋代、清代、民国时期石刻居多,大都分布在洞口及耳洞口至主洞口的石阶边的石壁间。当代碑刻则主要分布在三游洞左面下牢溪口北岸的一级台地上,以及面临大江的三游洞后山的通道边,多为当代书家录历代名人题咏三游洞的诗文作品。据不完全统计,三游洞刻石中,较为清晰可拓的,民国以前的有八十余方,现当代石刻亦有近百方。就石刻内容而言,它包罗万象,涉及政治、军事、文学、宗教、艺术、经济、民俗等各个领域,犹如一幅重现历史的画卷,全面立体,多姿多彩!就石刻艺术形式和风格而言,这其中既有摩崖窠臼大字,又有石壁蝇头小楷;既有造型规整的碑刻,又有依形而镌的壁刻;既有恭敬严肃的刻意之作,也有率意而为的墨戏之笔。在三游洞摩崖,篆、隶、行、草、楷五体俱全,凿、刻、冲、切四法兼备。精美之作琳琅满目,应有尽有,三游洞摩崖可以说是一个巨大的天然石刻书法博物馆。

人事有代谢,往来成古今。民国 23 年(1934 年)12 月,宜昌有史以来的第一个书画组织"宜昌金石诗文书画研究会"成立,首任社长周泰隐,一大批书画人物如王步点、张剑秋、王衡州、闫子和、王绍门等活跃其中。《宜昌百年大事记》即记载有三次研究会的活动。民国 24 年(1935 年)5 月 3 日,该社在市区二马路 7 号举办了首次书画展览会。民国 25 年(1936 年)10 月 8 日,该社在汉口举办了一次较大的展览,展出社员作品 150 余件。同年 12 月 8 日,又因筹款劳军在宜昌商会举办书画展,并售出了部分作品。1937 年全面抗战爆发,宜昌大撤退势危事急,书翰艺事几近荒废。这期间偶尔有几个避战逃难的书画家从外地乘船到九码头上岸来到宜昌,虽然也会带来点外地翰墨消息,但他们毕竟只是路人和过客,留给宜昌书坛的终究寥寥。直到 20 世纪 60 年代,宜昌的书道艺林依然是荒疏落寞,不见春色。

这种状况,直到两个人的出现才得以完全改观,宜昌书坛的落寞和尴尬局面才成为过去。第一位便是蔡静安先生,他保留了宜昌翰墨薪火相传的火种。在他的坚守和影响下,九码头乃至宜昌的街头和匾额开始飘荡起悠悠的墨香,而陈永贵、武永发等一批书家也相继学有所成,形成接力。第二位便是周德聪先生,他成名于 20 世纪 80 年代,1992 年荣膺五届国展"全国奖",闻名全国。作为三峡大学书法教授,他写字、教书、答疑、解惑,桃李满天下,更不用说在宜昌和伍家岗的影响力了。现在活跃在伍家岗和九码头附近的书家,每一个人都与他有很深的渊源,有的是他的道友,如张学怀、罗群,有的是他的弟子,如宋卫东、陈晓勇、郝仲平等。在他策划和组织下,伍家岗区域的市博物馆、一二美术馆等经常举办一些高层次的书画展,如致敬屈原作品收藏展、周俊杰书法展、徐本一书法展等,给伍家岗市民带来美的熏陶和享受。宜昌书坛也在他的带领下既出成果,又出人才,如今已成为湖北书法的一方重镇。

2010 年伍家岗区书法协会成立,宋卫东任第一、二届主席。陈晓勇于 2020 年任第三届主席。今天,伍家岗年轻的一代书学才俊如郝仲平、陈立雪、魏琳秦、王恩群等勤研经典,思维活跃,敢想敢干,创作力旺盛,呈现出勃勃生机。如新近由郝仲平老师主刀的《九码头组印》篆刻,就是一件为配合九码头区域文化建设而创作的作品,创意新,效果好,影响大。

第一节　雷思霈和顾槐、顾嘉蘅父子的书法艺术

雷思霈,字何思,明湖广夷陵人(今宜昌城区人),居夷陵州城。生于嘉靖四十三年(公元 1564 年),万历二十五年(公元 1597 年)中丁酉科举人,万历二十九年(公元1601 年)中辛丑科三甲进士,选翰林院庶吉士,授检讨职。万历三十八年(公元 1610年)底 "引疾乞归",次年卒于家中,葬于(东湖)县大江西十五里。

雷思霈是明代文学公安派的中坚、竟陵派的前驱和导师。他学问渊博,才华横溢,在舆地、史志、文学等诸多方面都有杰出成就,是当时湖广地区有影响力的学者。袁中道称他 "少有俊才,博通三教",又说他 "笔下有万卷书,胸中无一点尘"。除了学问渊博和著述丰硕外,雷思霈还有很深的书法造诣。他的学生钟惺曾这样评价恩师的书法:"雷先生书从胆识出,其落笔停笔,具见豪杰之气,非书家比也。"

楷书自不待说,明代流行台阁体,若楷书不佳,即便考举,恐也要名落孙山,更遑论进士及第。当然,雷思霈最擅长且艺术价值最高的还是行草,他的行草胎息米字,忘情于颜氏《争座位帖》,"如怒猊抉石,似渴骥奔泉",既笔力遒劲、雄杰瘦硬,又气势磅礴、潇洒风流。雷思霈逝世时,他的同榜进士、生前挚友王伯举在《诸陆州哭雷何思馆兄》中写道:"身后无儿一亲老,案头有草万人传。" 其草书之精,被同道高手称道,可见一斑。乾隆版的《东湖县志》也曾明文记载:"雷思霈行草书亦入神品,人争宝爱之。" 钟惺就曾有过代友求恩师墨宝的经历。他在《跋〈座位帖〉》中记道:"然吾师雷何思太史平生多仿米书,而予所藏手札八道,笔笔出于《座位》。" 又云:"此纸盖庚戌六月,先生将出都,予为林茂之乞书者也。书成,予同年中有极好先生书者,从茂之手攫得之。茂之穷,予为赎而还焉。" 这故事并非学生为溢美恩师而杜撰,明代另一位复社名士邢昉也证实此事,并且明确告诉世人,那幅作品的书体是草书,作品名称为《虾蟆石研歌》。

雷思霈之后，清朝的宜昌顾槐父子于书艺上亦颇突出。

顾槐，生卒年不详，祖籍江苏昆山，道光年间迁入宜昌城区中书街。《东湖县志》载，顾槐"少颖慧，长而博习工文，诗格亦轩轩霞举，府试冠军，补博士弟子，充道光元年恩贡"。后"以子嘉蘅通籍词曹，出守南阳，诰封朝议大夫"。

顾嘉蘅（约1819—1896年），顾槐之子，号湘波。他自幼师从家父顾槐埋头苦读，后又师从本邑岁贡生朱绍云；道光十四年（公元1834年）乡试中举，道光二十年（公元1840年）进京会试，中二甲第五名，授翰林院编修；道光二十七年（公元1847年）出任南阳知府，后又连任，直至五任届满时已年逾六旬，遂告老返乡归宜。光绪十七年（公元1891年），他与杨守敬等编纂的《荆州府志》木刻本发行，几年后病逝。

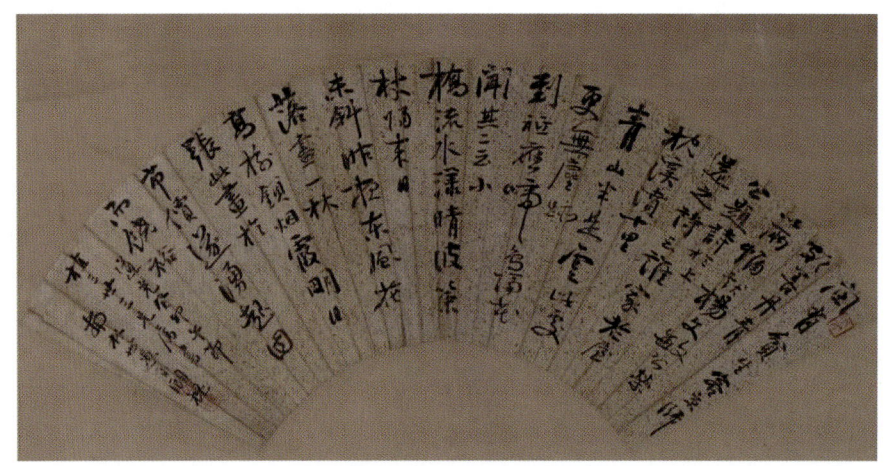

图3-1　顾槐书扇面

顾槐、顾嘉蘅二人，既是父子亦是师生，二人共同为宜昌近代史书写了"两代名书家，五任贤知府"的传奇。这传奇的开篇，自然得先说顾槐。顾家从江苏迁入宜昌时，并不富有，顾槐虽因学业优异享受恩贡待遇，却依然家贫，只得"以授徒为生"。虽然"游其门者多发名成业"，但他自己仍只能"乃出校文字，及应羔雁之聘，屡司记室。凡江汉荆襄间游车几遍，所为笺牍，大府留意文词者，必摘其警语，咨赏不置"。最为可贵的是他秉承"诗书传家"的传统，最乐于做的事就是教书育人，最高兴的事就是"春寒坐唤客饮酒，夜静卧听儿读书"。为订立家规，确立高标，激励儿子成才，他还曾专门撰写了一副对联："五百年来新甲第，三千里外旧家风"。多年之后，他颇有点骄矜的儿子顾嘉蘅在京试及第后，终于掩饰不住内心的喜悦和骄傲，直接书写下这副对联贴于大门两侧。谁知此联一贴，竟引来宜昌的绅耆学究们一片哗然和非议，惹来一场小小的风波。

其实生活中的顾槐，"性笃于孝友，乡里推其穆行"，素有潜德隐行之名。《东湖县志》载：槐"自起诸生至贵为封君，绝不以私干有司"，说他晚年"构室数楹，颜曰：'息游'，又曰：'醉墨山房。'，莳花竹，置酒召宾客，赋诗为乐，高尚致远，悠然拔出尘埃之表矣"。并且列举一例以证其潜德："初，槐尝命其子营什一治生，郡有货金数百久而不偿作雉经以抵赖者，或劝鸣之官，槐卒不问，亦不索捕"，可见其为人宽厚、风骨峻洁。

当然，最值得称颂的还是他的书法。据传，他曾经为宜昌镇川门和中水门之间的码头上竖立的横匾题写过"芦林古渡"四个大字，字迹遒劲潇洒，江上远观，仍气势夺人。可惜后来毁于兵火战乱，留给宜昌人的只有遗憾和惆怅。不过，假如你到河南南阳参观南阳武侯祠，就能有幸目睹他于道光年间所写的两副石刻对联。一副是"笔底游龙惊藻思，云间海鹤拟清标"；另一副是"八千余年上下古，七十二家文字奇"。赏对联，对仗工整，文采熠熠；观书法，潇洒刚劲，狂不失法，堪称书文合璧。现宜昌博物馆就收藏有顾槐作品共 11 件，既有条屏、对联，也有册页、扇面等。尺幅大且字数多的当属书写欧阳公《秋声赋》的八条屏，其洋洋大观令人震撼。

人们常言虎父无犬子。下面让我们再来看看顾槐之子顾嘉蘅。顾嘉蘅在政事、军事两方面都颇有建树，因而获得朝廷器重，五任南阳知府，同时还被朝廷授予二品顶戴花翎。

图 3-2　顾嘉蘅书"心在朝廷名高天下"联

文治武功之外，顾嘉蘅在文学艺术方面亦是造诣非凡。公事之余，他秉承家学，雅爱翰墨，流传的对联和匾额等书作不少。现从搜集到的几件书作影印件来看，他的作品恪守经典传统，且学习涉猎甚广，尤其在王羲之书法和颜真卿书法上均下过很深的功夫。

如衍稀龄匾额,跋为"前进士湘波顾嘉蘅顿首拜题",分明是为一位尊敬的长者所书。细察此匾,寥寥三字,字体方正饱满,笔力千钧,势沉气厚,饱满中蕴有灵动,端庄里不失威严。凝视良久,字里行间那喜悦充盈之情、福满寿庆之寓意竟能破框扑面而来。

又如"心在朝廷,名高天下"一联,中锋用笔,点画粗细变化不大,但用墨适度,骨肉匀称,笔笔到位,无一懈怠。结字更是中规中矩,不偏不倚,尽显中庸之道。细赏却不乏韵味,字间行气,中轴线左右时有欹侧微调,使上下连接在平稳中庸之中又多了几分生动鲜活。整体观之,笔调圆润,体势雍容,可以感受到其胸有成竹的书写状态和不温不火的从容气度,一派阅尽千帆、褪尽烟火的气象。

第二节　影响深远的书法大家杨守敬

杨守敬(1839—1915年),湖北宜都人;谱名开科,榜名恺,更名守敬,字鹏云,号惺吾,晚号邻苏老人;1862年乡试中举;1880年出使日本,任公使随员;1884年回国任黄州府教谕;1910年任《湖北通志》总纂修。杨守敬不仅在舆地学、版本目录学、金石学上有精深造诣,也是一位名闻中外、影响深远的书法家和书学理论家。

杨守敬一生所著学术著作达86种,涉猎广泛,研究精深。比如成就最大的《水经注》研究,杨守敬在《水经注疏》上耗费的时间达40余年,这也是他一生用力最深、耗时最久、成就最大的著作(晚年曾自谓:"此书不出,死不瞑目。")。而书法在他整个学术历程中只是其中一个分支,比如他30岁时写成的《评碑记》《评帖记》,43岁时与潘存合著的《楷法溯源》,以及73岁时完成的《学书迩言》等。此外,他大量购买中国流落在日本的唐宋古籍善本,刻《古逸丛书》,撰写《日本访书志》,并在日本传播碑学思想。同时,他又是著名的藏书家和版本目录学家。恰恰是这种阶段性的研究经历,成就了杨守敬丰富多元且开阔的视野。学术触角具有广泛性和综合性,使得他的书学研究和书法创作根植于深厚的学问基础之中,反过来,也让他的书学理论研究与创作更具书法史的前瞻性和文化史的厚度。

可以说,杨守敬很早就奠定了他在书学研究方面的历史地位。其《评碑记》《评帖记》中"崇碑"思想的提出,比刘熙载所著《艺概·书概》早4年,比康有为所著《广艺舟双楫》早20年。与刘熙载、康有为不同的是,杨守敬在推崇碑学思想的同时,还提出了"碑帖并举"的主张,这比刘熙载、康有为提出的"尊碑抑帖""尊魏鄙唐"更为客观,也更具远见。在《评碑记》中,他指出:"碑版虽古,不必皆为书家之笔,集帖则非古大家不能预也。"他在推崇南北碑与集帖的同时,对唐代书家也推崇备至,称虞世南的《孔子庙堂碑》欧阳询的《九成宫醴泉铭》和褚遂良的《雁塔圣教序》为楷法极则,并认为颜真卿、柳公权之后,便没有新的书风面貌出现了。所以杨守敬的《评碑记》《楷法溯源》都以唐代为界限,由此便可看出他对唐碑的重视程度。

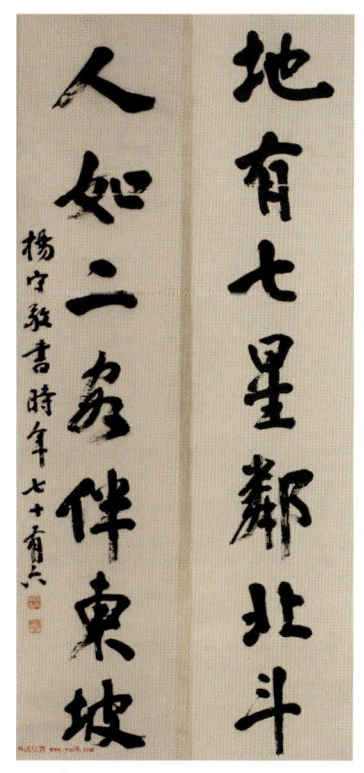

图3-3　杨守敬书联

杨守敬对碑学思想的传播,使日本书法界眼界大开。有资料显示,杨守敬带去日本的碑拓有一万三千多份。当时国内碑学思想已得到广泛传播,而此时的日本书法界一直遵循着汉字行楷书、假名、"二王"帖学三位一体的传统模式,且这一时期日本书法界已开始有所反省。换句话说,杨守敬的到来恰逢其时。据最早和杨守敬有接触的日下部鸣鹤所言,起初他们并没有觉得杨守敬有什么过人之处。以当时严谷一六、日下部鸣鹤、松田雪柯的地位和声望,他们不会轻易佩服一位从中国来的书法家。但当他们和杨守敬有过多次接触之后,情况发生了很大改变,他们对杨守敬的学识钦佩不已,陆续追随其学习书法、与其探讨书学。

书法是杨守敬一生学术成果的一部分,所谓"书以载道",这种"道"贯穿他的一生。关于他的书法取法,他曾说道:"我好金石,以汉碑六朝为最,唐碑次之,古印次之,古钱次之,古铜器又次之。"他的书法大致取法欧阳询、颜真卿,又汲取《郑文公碑》《泰山经石峪》等碑刻精髓,作品熔碑之气势与帖之秀润于一炉,用笔灵活虚和,书写沉着痛快。对金石学的研究也使他的书法不只是停留在书写的层面,在他与严谷一六的笔谈中有这样的表述:"金石之学,以考证文字为上,玩其书法次之。顾淹雅之士,未暇论及点画;而染翰之家,又或专注集帖,不复上窥汉魏。余谓天下有博而不精者,未有不博而能精者。"

第三节　蔡静安书法及其现实意义

蔡静安(1928—2021 年),湖北宜昌人,曾署名壹舟,号墨缘轩主人,别号静庵。说起来十分有趣,这是一位少年时从九码头乘船到鄂西川东避难并学习书法篆刻,后又从九码头上岸回家,并长期在伍家岗区域工作的书法篆刻家。他是宜昌市第一位中国书法家协会会员,曾任三峡印社名誉社长、宜昌市书法家协会顾问。

他自幼酷爱书法,雅好篆刻,早年师从徐艺生先生,始从《爨宝子碑》入手,继而临习《郑文公碑》《张猛龙碑》《石门铭》《嵩高灵庙碑》诸碑,于金文之古涩、秦篆之流畅、汉隶之舒展、魏书之雄强深有所悟,熔冶篆隶于一炉,创造出独具一格的极富金石气的"蔡氏"隶书。其作品多次参加全国、省、市书展,并于 80 岁和 90 岁时举办了两次重要的个人书法展。他著有《静安篆刻作品集》《静安书法集》《隶书千字文》。他的墨宝,尤其是他题写的沙龙宴、稻香阁等匾额,深受宜昌老百姓的喜爱。

蔡静安一生简朴淡泊,不沾烟酒,不玩麻将,唯独钟情印石,酷嗜翰墨,数十年如一日素心自守,不移其志。即使在八十多岁高龄时,仍每日操翰临池,其"老骥伏枥,志在千里;烈士暮年,壮心不已"之精神,令人肃然起敬。

蔡静安治印,浑朴苍劲,古拙沉雄,多具阳刚之美与金石之气。其用刀以冲切为主,冲切结合,冲中有切,切中有冲,刀中见笔,笔中见刀,刀笔相融,浑然一体。其书法特点,一是有古意,即金石味浓郁,这是由临摹金文、甲骨和汉印所致;二是鲜活,鲜活是印章的生命感所在,它源于构思的巧妙和刀法的娴熟以及进刀的节奏。如《赤壁怀古》这组作品,就充分彰显了这两个特点。统观全章,朱文劲拔凝练,白文雄浑朴厚,于巧中见拙,古中见新,奇正互出而又意趣横生,实在是不可多得的佳构。

蔡静安书法五体皆能,尤以篆隶见长。他早岁随鄂西徐艺生先生学习篆书、篆刻,中年遍临各家各派碑版,晚岁于《张迁碑》《石门颂》用功最勤。他在衰年变法,弃印封刀,收缩战线,专攻隶书,汇通百法、熔铸篆隶,创造出一种非篆非隶、若篆若隶的新隶书。这种隶书既新颖得独出机杼,又苍老得古色古香;既瑰丽得美轮美奂,又质朴得不事雕琢;既是出秦入汉的传统继承,更是匠心独运的创造。欣赏他的作品,一股朴茂高古之气扑面而来。如"书画怡且乐，金石寿而康"一联，用金文甲骨笔意书成，写得沉郁朴茂，一派高古，虽"金""怡"借用今字，仍不减古意。而隶书"十年磨一剑"与"气有浩然、学无止境"两幅更是笔笔见功，字字含情。

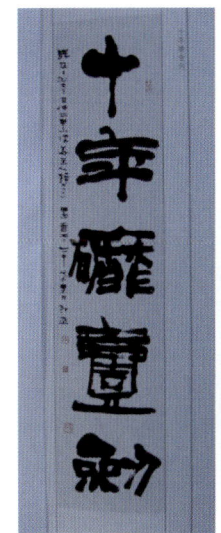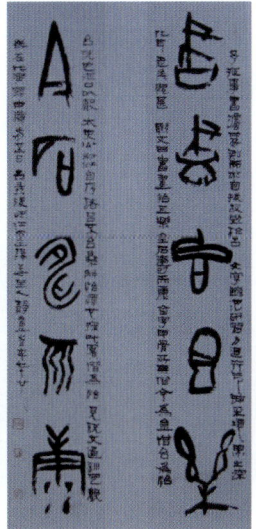

图 3-4　蔡静安书法篆刻作品

　　习书之人都知道，学习隶书入门易，出彩难，而要形成卓尔不群的个人风格更是难上加难。为突破困局，创新书艺，蔡静安先生以水滴石穿、铁杵磨针的钻研精神，经过长达几十年坚持不懈的探索和努力，终至艺成。如何将隶书写得浑穆高古、别具一格，蔡静安选择了出秦入汉、融篆入隶，略参金文简帛的新路径。他利用早岁和中年习篆刻印打下的基础，打破僵化的隶书程式，吸收大篆、金文、简帛的某些结字方法和笔意，借鉴篆刻印章的某些技巧，以篆入隶，以印入隶，以简入隶，先把单字形体打破，尔后再重组、反复磨合，终于推陈出新，创造出具有强烈个人面貌的新隶书。

　　蔡老及其隶书对宜昌书坛的意义非同一般。一是承前启后，填补历史空白。清末杨守敬横空出世，为宜昌书坛赢得了短暂辉煌，但遗憾的是，短暂辉煌过后却是长久的落寞。从 20 世纪 20 年代到 50 年代，虽然间或有诸多文化名人客居过宜昌，要么时间太短，未留墨宝；要么无迹可考，或书作资料散佚，终致形成空白。50 年代后，蔡静安老先生应运而生，孜孜求艺，渐有书名。假如没有蔡静安先生出现，宜昌书法艺术将会形成更长时间的空白和断层。因为有了他的作品，宜昌街头商铺的招牌就多了几分内涵；因为有了他的出现，宜昌才得以催生出新的书艺种子。他是宜昌历史上继杨守敬之后的第一个重要书家，也是宜昌书法承前启后、填补空白的第一大功臣，其历史意

义不言自明。

二是蔡静安的新隶书向后学昭示出从古典中吸收养分,从传统中开掘创新是独树一帜、彰显个人风貌的正道法门。当代艺坛青年,心态开放,追逐时尚潮流,有的学艺不过数载就急欲创新,确立个人面貌,但由于基础不牢,结果涂鸦之作只是一锅拼盘杂烩,既非驴非马,又非古非今。有的虽然知道从古典传统资源中吸取营养,但由于缺乏识见,取法不当,不懂取舍摒弃,终难修成正果。蔡老隶书,先分别打下篆隶基础,再将其熔铸一炉,整合融通,使方圆互参、婉健相融,浑为一体,然后自然而然地形成个人独有的隶书面貌。这种创新范式,对那些食古而不化、欲创新而无方的初学者和盲从者,无疑具有极强的现实指导意义。

三是淡泊名利、忠诚执着、修为品性应是从艺之人的永恒精神追求。当今社会,经济大潮汹涌,名利诱惑纷纭,书坛追逐名利之风大涨,速成和快餐文化之势炽烈,创作主体的品性修为得不到应有的重视,板凳要坐十年冷的苦修方式被许多人摒弃,致使许多所谓的艺术作品缺乏全方位的语言锤炼,躁气、火气十足,丧失了应有的艺术魅力。而相比之下,蔡静安先生冷板凳一坐就是几十年,深居简出、刻苦修为、寒暑临池、不废艺事的精神将一直垂范后世。

第四节　兼擅各体、自成体系的周德聪书法

周德聪,男,1957年4月出生于湖北当阳;青年时,就读于九码头附近的北山坡宜昌师范高等专科学校;毕业后一直任教于三峡大学;曾任三峡大学艺术学院院长,三峡大学教授、硕士生导师,中国书法家协会教育委员会委员,湖北省书法家协会副主席兼创作评审委员会委员,宜昌市文联主席,宜昌市书法家协会主席;现任湖北省书法家协会顾问,宜昌市书法家协会顾问,民盟中央美术院宜昌分院院长,杨守敬书法院院长。

周德聪先生长期从事书法教育、书法创作与书法美学的研究,公开出版《书法创作形式例话》《书法教程》《中国实力派书画家·周德聪作品集》《抱一书论》《三峡诗文长卷》《当代书法批评》等专著,发表学术论文数十篇。其书法创作入展首届中国书

坛新人作品展,全国第五届、第六届、第七届、第八届中青年书法篆刻家作品展,获全国第五届书法篆刻展"全国奖",作品入展全国第七届书法篆刻展、全国第一届行草书展等数十次。他是国家级精品视频课《书法基础》负责人及主讲人,作品被中南海、中国军事博物馆等文博单位收藏,被河南神墨碑林等多家碑林诗墙镌刻。

图 3-5　周德聪书法

　　欣赏周德聪先生的书法作品,杂文名家符号曾有一段精彩评述,他说:"很喜欢读德聪先生的书法作品,那是一种享受,一种心灵的洗涤。淡雅,恬静,醇厚,隽永,如清风朗月,洁净超尘。是对传统书法的承传体悟,是对当代书风的借鉴吸收。无市井之俗味,无'写家'之匠气,让人赏心悦目,养性怡情。书卷气扑面而来,学者型书法特有的精神气质、情致意兴、审美追求,触手可及!"是的,周德聪书法何以耐看、耐品,一是因为他精研传统技法,并融汇百家,达到化境;二是得益于他深厚的学养。

　　周德聪先生精研书论,深谙结字之法,又有丰富的书写经验,对平衡对称、多样统一、对比照应等结构美的基本原则烂熟于心。对孙过庭"初学分布,但求平正;既知平正,务追险绝;既能险绝,复归平正"的论述更是心领神会。仔细观察周德聪作品中的字形,纵横有象,仪态万方,无一字僵化呆板,无一行不风起云涌。行行有活字,字字都生动。这些常常"出新意于法度之中,寄妙理于豪放之外"的优美造型,已非简单的汉字,而是一个个、一群群活灵活现的小精灵。

　　周德聪书法兼擅各体,作品呈现多种面目,尤以隶书、行草最为擅长。其隶书点画线条苍老凝重,字构因势赋形,章法大疏大密,有一种古雅质朴而又不乏率意洒脱的美。而最能代表先生艺术成就的则是他的行草书,其总特征是古雅俊逸,潇洒风流,韵味十足,富有书卷气息,既具有风格化、专业化的高度,更具有深厚的文化内涵。对于古代文人经典书法的继承,周德聪不像许多人只选取某一家进行临摹,或在碑学与帖学两路中选取一路模拟,而是选择在形式上跨越碑帖两大领域进行博收约取、融合锤炼。在意境上,他真切地与古贤对话,研读儒释道传统文化,以文化人,以人化书,在不断完善自身人格的基础上,着力提升自己书作的品位。因此,他的作品流荡着生动的气韵,呈现出优美的意境,使欣赏者在并无具象的线条艺术和满纸氤氲的墨气中,慢慢沉醉并产生翩翩联想……有的像行军布阵、旗帜飞扬;有的像长江大河、奔腾跳荡;有的像优美的舞蹈,素袖轻扬、移步换形;有的像悦耳的乐曲,抑扬百转、牵人情思。而贯穿始终的共同因子则是生动活泼、富于气韵,使观者目注神驰、抚心激赏,感到意味不可穷极。因此,有识者认为,在宜昌书界诸精英中,罗群得笔力,向爱东得笔法,陈永贵得笔势,蔡老得金石之气,邹嘉玺得形式之趣,而周德聪独得气韵之美。

周德聪的书作用笔方圆兼施,疾涩互参,或凝重苍老,或珠圆玉润,或遒劲刚健,或婉转轻柔,凝重刚健者无混浊粗率之弊,轻柔秀美者无纤弱轻佻之嫌,而一以贯之的是赋予用笔以新鲜活泼的生命力,使看似静止的线条始终充满运动的笔势,使本来并无生命的点画,流荡出盎然的勃勃生机。

周德聪2007年创作的《三峡诗文长卷》,可以说是充分展示其书艺特点的代表作。这件作品既是诗的三峡、文的三峡,更是书的三峡。书作气势磅礴浩荡,内涵丰盈厚重,格调高雅静远,给观者带来了一次艺术的震撼。周德聪先生创作的这篇恢宏的书法长卷,共分三卷,第一卷3490字,第二卷2924字,第三卷5426字。作者用近半年的时间,将满腔才情通过笔端,铺排倾注在近300米长的宣纸上。仅就作品形制的超长超常而言,它是一件不可替代的艺术珍品。就《三峡诗文长卷》的艺术性而言,有论者认为,这是他继1991年全国第五届书法篆刻展获奖作品之后,又一幅具有里程碑意义的作品。整个长卷写得汪洋恣肆、自然挥洒、任情恣性,已具大家气象。

除此以外,这件作品的成功还突出地体现在作者在形式载体和笔墨语言之间找到了一个很好的切入点。周德聪以其深厚的学养、娴熟的技艺和波澜老到的笔墨,将三峡山水瑰丽奇谲的意象之美以及书法艺术深邃的文化内涵体现得淋漓尽致,使内容的表达和笔墨的表现达到了高度的融合与统一,诗文的撷取见其慧眼,形式的设计见其匠心,书写的自然见其修为,风格的雅逸见其审美。这件作品必将成为后人创作时学习参考的标杆和范例。

艺无止境,书无止境。周德聪的书法以其已有的醇厚品质,仍不断地吸收着日月精华,接受着造化的酿制。我们期待着其更纯更净的芳香。

第五节　以篆书与刻印见长的张学怀

张学怀,字归之,1953年出生于宜昌伍家岗张家坪,武汉大学历史系考古文博专业毕业,就职于宜昌市档案局,现为中国书法家协会会员、中国甲骨文书法艺术研究会会员、湖北省书法家协会创作研究员、东湖印社社员、湖北省档案系统书法家协会副主席、宜昌市杨守敬书法院顾问,曾任宜昌市书法家协会副主席、秘书长,后被聘为宜昌市书法家协会顾问、三峡印社顾问等。

他的篆书作品入选"全国第五届正体书法大展""全国第三届老年书法篆刻展""'四堂杯'全国书法展""2019·甲骨文书法国际大展""中国字·世界情"古文字书法展、"弘道养正·当代篆书作品提名展"等。其作品获《书法报》等专业报刊专题介绍,被中国文字博物馆、湖北省文史馆、湖北省档案馆等单位及私人收藏。张学怀出版有《雪泥鸿爪——张学怀书画印文集》《张学怀书画集》《张学怀篆刻集》《张学怀琐谭集》。

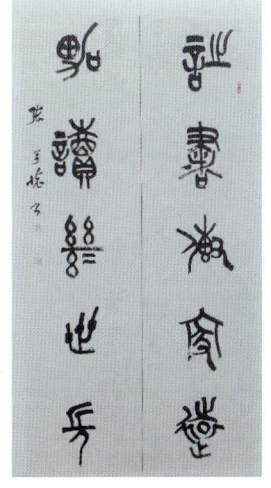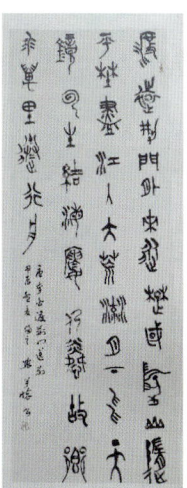

图 3-6　张学怀书法篆刻作品

张学怀自幼勤奋笃学,循大道之径,摄万象之变,以八法之规,入墨绳之矩,在巍巍书山、茫茫艺海中孜孜以求达五十个春秋,终得翰墨真经,修成正果,其人成艺坛重镇,其作被识者宝爱。中国书法艺术博大精深,篆、隶、行、草、楷外加刻印艺术,门类繁多,流派风格纷呈,择其一种研习并扬名显世已属不易,而张学怀在宜昌书坛独树两帜,在篆书和刻印方面均成就斐然。

严格而言,张学怀属传统一派的书家。在书法上,他反对抛弃传统作无源之水、无本之木式的胡乱创新,认为书法首先是文化的,然后才是艺术的。他的篆书先从许慎《说文解字》和杨沂孙的《说文部首》入手,即从古文字的释读和研习开始,打下基础后再上溯秦汉篆籀、金文与甲骨,复又沿流而下,于明清则深究邓石如,旁涉赵之谦,细察吴让之,乃至留心今人诸家,可说是广收博采、取精用宏。在论及人品与作品时,张学怀强调唯作品论,主张艺术家的生命和价值全在于作品。

张学怀的篆书,前期以小篆居多,当下以小篆杂糅金文与甲骨为多。其篆书作品总体特点,一是结字俊美,学有渊源。张学怀凭借对古文字的熟稔,畅游于篆书领域,因此他的篆书字字有出处,笔笔讲渊源,绝少错讹且又能笔墨娴熟。二是恪守中锋用笔原则。赵孟頫曾有"结字因时而异,用笔千古不易"之说。在张学怀看来,恪守中锋正是用笔的本质特征之一,但他并不主张孤立静止地看待中锋,而倾向于辩证动态地看待中锋的使用,即以中锋为主,侧锋为辅。细察张学怀的用笔,不难发现他的笔画粗细变化不大,用笔圆劲厚实,婉畅自然,既有绵中裹铁的韧劲,又有锥画沙的涩味,整篇结字端庄典雅,于虚实中显灵动,于整饬中见变化,于稳健中显恣肆,可谓深得中锋用笔之法,饶具婉通圆融之趣。三是以印入篆,以画入篆,进而以大篆金文入小篆,使其相互借鉴,互为生发。为此,他又于花甲之年北上,拜当代名家刘颜涛为师,苦学数年,终获融会之真经。朱白对比是印章的本质特征,章法经营是中国画的真谛绝技,能将二者融入篆书必能成就一番事业。金文大篆古朴野逸,小篆精工整饬,风格迥异,互有抵牾,欲将数者熔于一炉,难度不可一言尽述,必功力才情兼备者方敢为之,有心得且能融而化之者,必将大成不朽。张学怀正以聪明人的资质做苦学派的努力,意欲在此一展雄才,其已数次以此类风格的作品入展国家级赛事便是最好的注脚。

张学怀篆刻,初宗汉印,得其平实厚朴之基,继则穷追明清流派,而于皖派邓石如、吴让之处用心最勤。除白文印的创作外,张学怀也创作了一批细朱文印,这类创作,近人王福庵应是其取法印学精髓的又一重要津梁。相对白文印创作着重强调朱白的对比和整体章法的经营,朱文印则更倾向于字法的安排。为了寻求和表现印艺这种打动人心的魅力,张学怀将传统印学视为自己印艺生命的基础,把有意味的形式和抒情达意作为自己对印章艺术的精神追求。张学怀还刻过许多肖形印、闲文印和主题印,且不乏佳作。

第六节　专攻行草的罗群

罗群,字聚道,号抱峡斋主,1958 年 11 月出生,湖北长阳人,就职于宜昌博物馆;退休后,在伍家岗毗邻九码头的滨江茶城开设罗群书画工作室;系中国书法家协会会员、湖北省书法家协会创作评审委员;曾任宜昌市书法家协会副主席,现任杨守敬书法院副院长、宜昌市老年书画家协会顾问。

罗群的书法作品入选全国第五届中青年书法篆刻展,在全国第七届中青年书法篆刻展中获提名奖,入选 1999 年《中国书法》年展、中国书法家协会首届会员作品展、中国近现代书法家作品展、2006 年全国首届行书展,入选湖北省第一届、第四届书法篆刻展并获奖,入选湖北省中青年书法篆刻代表作品展。《中国书法》《书法》《书法之友》等多家专业刊物曾作专题报道并发表其作品。他出版有《山水有清音:罗群书画作品集》。

罗群有着艺术天赋,书法家周德聪曾这样评价:"我深信艺术是需要天才的。勤奋对于一个灵性极高的人来说,是玉成大器的重要条件;而对于一个艺术感知迟钝者,只能是无谓的劳作。同时,我坚信,在艺术面前,眼界有高低雅俗之别。有的人一生临池,却难以脱俗;而有的人,一起步就不同凡响,格调高迈,罗群的书法,我以为当属后者。"

罗群是有抱负、有理想的。罗群意识到,生命是短暂的,但艺术是永恒的。这种强烈的使命意识激励着他不断探索,努力寻求一种使自己的生命得以充分燃烧并尽可能延展艺术生命的形式,那就是像王铎一样,给人世间留下"好书数行"。为此,他不入仕途,不事商贾,摈弃杂念,潜心翰墨。罗群专攻行草,即便偶尔研习隶书、兼习绘画,也仅为涵养行草。后来的事实证明,罗群对大目标和小目标的选择是正确且明智的。

罗群习书,初宗北魏诸碑,于《金刚经》用功最勤,临池数年,窥得中锋用笔之法,初具古朴、苍劲、野逸的面目;继而攻习行草,广泛临习历代名家,渐入习书佳境。他从孙过庭处习得草法,学成规矩;在字法结构上,他从最富险绝与内敛之风的黄道周处,觅得打破平衡、突破庸俗结体的经验,尝试改变字体空间常规比例,注重笔法在体势变化中的平衡与支撑作用,使字体作恣意变化与夸张;在线条的锤炼和章法的气势上,他力追王铎,日临千字,毫不懈怠,终得精髓。这一时期的作品以全国第七届中青展获奖作品为代表。罗群锤炼自己的书法线条前后历经近三十年,由最初的模仿、吸收、借鉴,到最后的扬弃、历练、融会,已经达到了相当的艺术高度。罗群的线条从美学角度观察至少有这样几个特点:一是涩感十足,呈锥画沙之态,有万岁枯藤之状;二是力感十足,似铁锤砸地,金石有声;三是动感强烈,极富节奏韵律;四是线条绵中裹铁,内涵丰富,既具张力又具韧劲,真正达到了"一画之间,变起伏于锋杪;一点之内,殊衄挫于毫端"的书法审美境界。

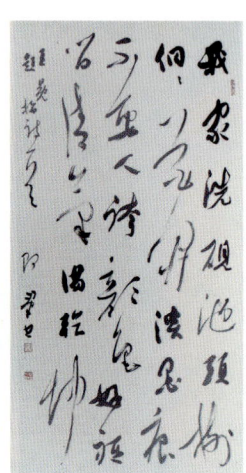

图 3-7　罗群作品

现时的罗群开始进入风格形成期,临作渐少依附古人,对所临古代碑帖洞若观火,在临与创的结合中,不断梳理笔法、整合艺术要素,在过去已然形成的古朴、厚重、雄强的书风中掺入秀美、灵动和雅逸的气息,逐渐形成了质厚而绵实、苍老而温润、矫健而不失飘逸、雄强而不失秀美的苍润书风。他的行草已达到了可读、可感、可赏、耐人寻味的艺术意境。

第七节　宋卫东、陈晓勇等的书法创作

伍家岗区的书法创作领域,有两位成绩卓著的书家不容忽视,那就是宋卫东和陈

晓勇。

宋卫东，男，号徽庐居士，1966 年 8 月出生于秭归，大专学历。他是一位从秭归乘船经九码头上岸来到伍家岗的书家。1984 年，他开始学习书法，师从周德聪先生，擅长行草。他现为中国书法家协会会员、湖北省书法创作研究员、湖北省青年书法联谊会会员，曾担任宜昌市伍家岗区书协第一、二届主席，现任杨守敬书法院副院长、宜昌市书法家协会副秘书长。他长期在伍家岗港窑路开展书法培训工作。

其书法作品于 2016 年入展第十一届全国书法篆刻展，2020 年入选《书法报》评选的国展精英百强榜，他本人在 2023 年被湖北省人社厅评定为"新文艺群体"国家二级美术师。中原书法艺术中心石祖轩先生曾这样评价宋卫东的书法："宋卫东精研二王笔法，从二王帖学体系的各个代表书家中汲取营养，尤其在二王手札、孙过庭《书谱》以及怀素《小草千字文》的学习融合上狠下功夫，在小行草书创作方面取得了不俗的成绩。"

早在 1985 年宜昌师专求学期间，他便凭借学生书法大赛金奖的佳绩担任了师专第一届学生书画社社长，可谓崭露头角的少年才俊，是当时宜昌书坛公认的书法好苗子，差点被留校担任书法教职。毕业后，他回乡担任中学教师、教导主任，后被提拔到秭归县政府工作，先后任科员、科长和秭归县体育局副局长。2006 年，他毅然辞去公职，投身媒体行业，担任记者、编辑，主编《艺术广场》专栏，实现了他与艺术结缘、与艺术相生相依的夙愿。2010 年，他出任伍家岗区书法家协会主席，随即在伍家岗长期开办书法培训班，不遗余力地为伍家岗培养书法新苗。

宋卫东每日最少临池五小时，多则达十小时，以"心不厌精，手不忘熟"要求自己，以"心手会归"为终极目标。在艺术层面，他深知不讲究，便无艺术。艺术的玄妙全藏在细节之中，他的使命和乐趣就是要在对笔法和结字的不断追问中去寻觅这些潜形匿踪的艺术真谛。他在长久的冥思苦想和海量的临创实验中，终于获得了几个悟道秘方。一是大量研读历代书论，譬

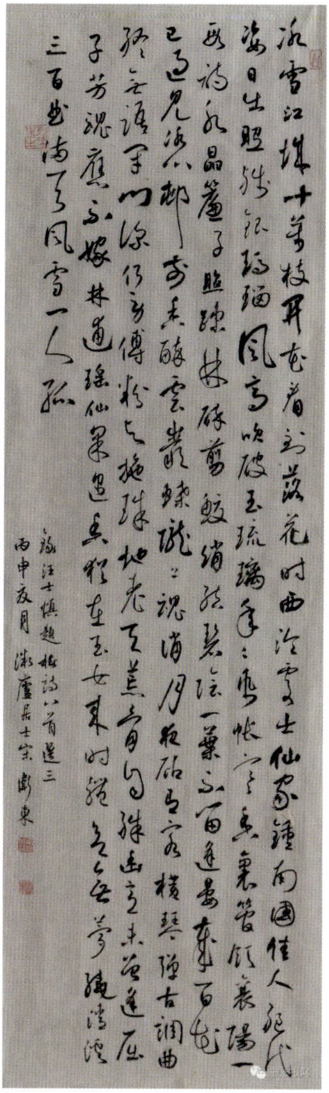

图 3-8 宋卫东书法

如他能背临孙过庭的《书谱》,以此承接领悟经典秘传。二是与古为徒,精研笔法,从宏观到微观,从起笔到收笔,从理论到实践,将"察之者尚精,拟之者贵似"贯彻始终,杜绝"心昏拟效之方,手迷挥运之理"等陋习昏招。如经他亲手提炼整理的《二王行书用笔36法》《二王行书八种点画的起手式研究》以及《浅谈行书的入笔和收笔》等,就是他研究二王笔法体系渐修渐悟的心得总结。三是拜高手为师,培养训练发现书道奥赜的眼力。

陈晓勇,男,湖北巴东人,民革党员,大学本科学历。他是一位从巴东乘船,经九码头上岸来到伍家岗区从事书法教育的人,现为特级教师、中国书法家协会会员、全国书法教育名师、湖北省教育学会书法专业委员会学术副主任、宜昌市书协副主席、伍家岗区书协主席、伍家岗区名家工作室主持人。其书作多次入展中国书协和湖北省书协举办的展览。

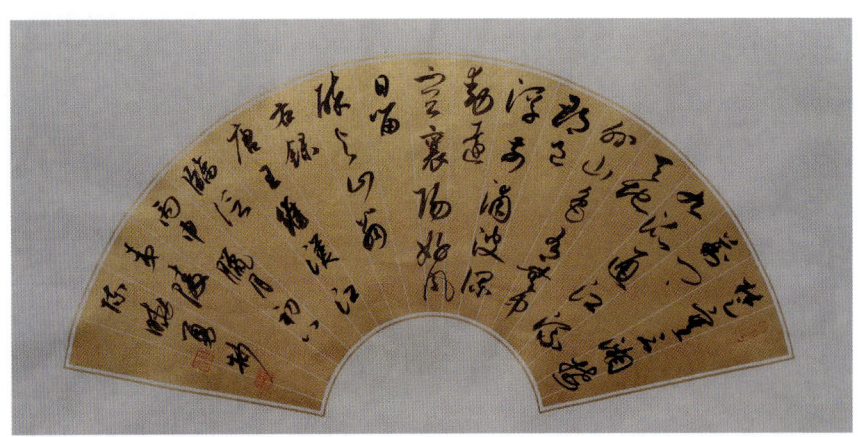

图 3-9　陈晓勇书法

陈晓勇大学学的是数学专业。20世纪90年代初,在北山坡的宜昌师专,陈晓勇上课学习数学,课余打篮球,偶尔练书法。三年里,他的球技与书法水平一同提升。大学毕业后,陈晓勇被分配到伍家岗区职高任教,教数学;后来,他调到伍家岗区花艳中学,仍教数学,业余时间依旧喜欢练书法。2000年,陈晓勇赶上了教育战线在中小学开展的"一校一品"创建活动,被调至伍家岗区联合小学,既教数学也教书法。至此,他的书法才能开始得以施展。三年后,伍家岗区合并几所小学成立中南路小学,他成为这所学校的专职书法教师。

因书法写得好,又有重视素质教育的领导大力支持,陈晓勇成为中南路小学开展书法特色学校创建的主力。他充分发挥书法特长,作为全校唯一的书法教师,指导书法教育场馆设计、课程教学等工作。学校在区政府支持下,在全省较早建起了标准的书法教室、书法工作室等。陈晓勇作为全校书法兴趣班的总教头,每天组织各类书法教学活动。如今,中南路小学的书法特色教学工作在伍家岗区内外小有名气。在陈晓勇与其他老师们的共同努力下,学校的书法教育工作开展得有声有色,中南路小学获评"全国书法特色学校"。

陈晓勇擅写各种书体,尤其行书写得俊逸潇洒,隶书写得大气豪迈,富有书卷气。陈晓勇也是湖北省书法教育专家,参与了省教研室等组织的多种中小学书法教材编写工作,连续十多年在全省书法教师培训班担任主讲教师,多次到省内外中小学讲授书法课。他本人也荣获"全国书法教育名师"称号,被评为湖北省"特级教师"、书法学科全省唯一的省级"名师工作室"主持人、湖北省文联"中青年优秀文艺人才库人才""宜昌名师""伍家岗区优秀人才"等。

Jiumatou · Wenyijuan

第四章

唯见长江天际流

——音乐戏剧影视

第一节 音乐

《论语》载："子在齐闻《韶》，三月不知肉味。"《韶》即韶乐，可见音乐在人的精神生活中的重要性。大文豪苏轼甚至有"若言琴上有琴声，放在匣中何不鸣？若言声在指头上，何不于君指上听"的赏乐名诗流传至今。宜昌古代属楚地，以屈原开端的楚辞，是在楚国民歌的基础上经过加工、提炼而发展起来的，有着浓郁的地方特色。由于地理、语言环境的差异，楚国一带自古就有其独特的地方音乐，古称南风、南音；也有其独特的土风歌谣，如《说苑》中记载的《楚人歌》《越人歌》《沧浪歌》。更重要的是，楚国有悠久的历史，楚地巫风盛行，楚人以歌舞娱神，使神话大量留存，诗歌音乐迅速发展，楚地民歌中充满了原始的宗教气氛。所有这些影响使得楚辞具有楚国特有的音调音韵，同时具有深厚的浪漫主义色彩和浓厚的巫文化色彩。后人说楚辞是"书楚语、作楚声、纪楚地、名楚物"，可谓精辟之论。

作为一名典型的长江诗人，屈原作品中音乐色彩最浓的当属《九歌》。就当时的情况而言，《九歌》可称作一部源自南方民间歌舞活动、由多个乐章构成的新型祭祀歌舞剧。《九歌》由十余首歌曲连缀一体，每首乐曲多采用同一曲调反复或变化反复的手法，构成较为普遍的大型联曲体套曲曲式。每一乐章有其特有的内容与表演形式，有其相应的音乐节奏与速度。可以说，屈原不但以诗滋养了宜昌这块浪漫的山水，也以歌开启了宜昌的音乐美学。

屈原如此富有乐性，同是长江女儿的昭君，也毫不逊色。作为中国古代四大美女之一，她经典的形象是：头戴银狐冠，身披红斗篷，怀抱一只琵琶，孤身站在草原上。传说中她远嫁塞外时，拨动琴弦，一首琵琶曲寄托了浓浓的乡愁，南飞的大雁听到那凄婉的琴声，望着那惊艳的女子，竟然忘记扇动翅膀，扑落于平沙之上。"落雁"，就此成了王昭君的雅称。大诗人杜甫在《咏怀古迹》里特别写到昭君："千载琵琶作胡语，分明怨恨曲中论。"可以说，琵琶是昭君寄托乡愁的重要乐器，昭君怀抱琵琶出塞，到达后，更是通过琵琶，怀想作为祖国的汉朝，怀想身在故国的父母亲人。屈原和昭君，一为诗人，一为美人，却都与音乐结下了不解之缘，屈原《楚辞·卜居》里甚至直接写到音乐——"黄钟毁弃,瓦釜雷鸣",昭君被后人称为"琵琶美女"。

九码头作为长江边的重要驿站,同样是艺术的策源地和大本营。1956年,宜昌港务局为满足码头工人日益增长的文化需求,在九码头江边兴建海员俱乐部。俱乐部通过组织演出团队、文艺协会等业余文化组织,开展各种形式的艺术活动,如图书阅览、京剧演唱、文艺晚会、电影放映、舞会等。1957年,宜昌港务局海员俱乐部组织码头工人业余演出京剧、汉剧,放电影及举办职工文艺晚会达100多场,观众近八万人次。俱乐部还组织文艺演出小分队自编节目,到偏远的长江宜昌航标站等地进行巡回慰问演出。1958年,宜昌港务局文艺代表队演出的创作节目鼓词《千斤钢坯肩上扛》《货差货损要查清》《风雪运煤舞》《船工都是英雄汉》,分别在湖北省和全国职工汇演及全国海员文艺汇演中获奖。1980年7月,宜昌港务局新建的宜港剧院竣工,成为海员俱乐部开展职工演出活动的中心场所。

一、闫顺章和九码头峡江号子

长江峡江号子是宜昌市的地方民歌,是流传在滩多水急的长江三峡西陵峡一带行船过程中船工呼喊的号子,以及装卸、泊船时船工呼喊的码头号子和搬运号子。长江峡江号子是湖北省地方民歌号子类中最富特色、最具代表性的歌种,它诞生于船工对生命极限的考验之中,是群体劳作创造的生命乐章,具有浓厚的地方民俗风情和乡土气息。长江峡江号子现存100多首,涵盖起舱、出舱、发签、踩花包、抬大件、扯铅丝、上跳板、平路、上坡、下坡、摇车和数数等多种劳动场景的号子。峡江号子在峡江上下,包括九码头地区广为流传。

图4-1　闫顺章

作为一种地方民间音乐,长江峡江号子伴随着劳动节奏而歌,其特点为高亢、浑厚、雄壮、有力,节奏铿锵。表现形式为一领众和,有喊唱、呼啸、翻唱等唱法。音乐旋律与内容融为一体,音调与语言声调相结合,自由行腔,节奏、速度视具体活路(活计)而定。"腔旋律"居多,也有"韵调旋律",别具古老的徵羽乐风,音乐呈现出力度感与节奏性强的突出特点,气势磅礴,既有疾劲、悠扬的号子,也有抒情的民歌。结构多为联曲体,也有单曲体,舒展自由,灵活多变。它具有独特的文化艺术价值,在音乐史、心理学等领域也具备研究价值,同时具有合理开发的可利用价值。2019年11月,《国家级非物质文化遗产代表性项目保护单位名单》公布,宜昌市伍家岗区文化馆等四家文化馆获得"长江峡江号子"项目保护单位资格。

在宜昌港务局工作达三十年之久的闫顺章是该项目的省级非物质文化遗产代表性传承人。闫顺章(1920—2011 年),点军紫阳人,是地地道道的码头搬运工人。11岁时,他就在"金帮划子"(一种运货的木船)上给人当小伙计,跑一趟下水给一壶米作为工钱,工作非常辛苦。13 岁时,闫顺章给人放牛,一年多只得一套土布衣服,还吃不饱饭,只好回家跟着叔叔到河里架木船打鱼,冬天到丁家坝、夜壶冲一带拾螺蛳,夏天到临江溪、磨盘溪、卷桥河放筒下网捕鱼。17 岁时,家庭迭遭变故,他逃难到三斗坪给船老板打工,主要是拉纤、运货。1942 年,闫顺章到把头控制的运输船上当搬运工,当时比较大的码头有亚细亚码头、美孚码头和大阪码头。新中国成立后,政府组建搬运公司,闫顺章到公司工作,住转运街。1956 年,宜昌市文化馆组织文艺宣传活动,闫顺章组织工人参加活动,包括扭大秧歌、小秧歌,打腰鼓、喊号子,组织十多人的号子联唱(包括船工号子、打硪号子、纤夫号子),跳号子舞,从宜昌唱到武汉、重庆、南京等地,影响很大。闫顺章在宜昌港务局工作期间担任过码头装卸搬运工,搬运队小队长、大队长,以及码头搬运公司指导员等职,直到 1978 年退休。2008 年,长江峡江号子被国务院列入第二批国家级非物质文化遗产名录,闫顺章被授予该项目的省级非物质文化遗产代表性传承人称号。

二、周文昌、李长柏和九码头搬运号子

宜昌港一直是长江上的货物运输大港,在湖北仅次于武汉港。在装卸货基本靠人力的时代,九码头的搬运工人众多,搬运工作属于典型的密集型劳动。为了缓解劳动中的疲劳,以搬运为主的劳动号子便应运而生,成为搬运过程中的一道独特风景。

根据其劳动特点,搬运号子基本上可以分为三类:一是装卸号,如起重号、上肩号、扛包号等;二是推车号;三是挑抬号,包括抬筐号、起肩号、卸包号、装车号、扛棒号等。由于搬运劳动强度大,协作紧密,因而号子的实用性强,歌词大多为劳动呼号,很少有实意词。其演唱形式多为领、和形式,少数有单人唱或对唱的形式。其音乐特点为:①由于它始终在往返走动的过程中演唱,因此号子的节奏音型、旋律线起伏、速度变化等都必须与劳动的步伐协调一致;②声调高亢、响亮,气息强烈,有呼喊、召唤的特点,乐句幅度短小,领、和紧凑;③音乐构成因素较单一,结构形式变化少,曲式简单,节奏规整,节拍以 2/4 为主,部分有 2/4 与 3/4 交替以及 4/4 节拍。

宜昌港务局工人周文昌是搬运号子的高手。周文昌,1927 年 4 月 2 日出生,宜昌城区人,汉族,小学文化程度,是宜昌港务局退休职工,也是宜昌市非物质文化遗产

项目传承人。2015年,周文昌居住在夷陵路215-106号。1951年,周文昌参加宜昌市民主改革工作,后被分配到宜昌港务局搬运公司,与码头装卸工人一道参加生产劳动。1954年,宜昌港务局成立了"装卸青年突击队",他随之参加码头工人的劳动。他曾担任过"港务局家属装卸突击队"的妇女队长,对搬运号子怀有深厚的情感。周文昌在长期的劳动过程中,总结出搬运号子有三大特征,即号子以单字词为基础符号进行组合;号子与装卸工作紧密共鸣;号子充满情感和劳动者的意愿,并贯穿于装卸作业的始终。在周文昌看来,号子的作用在于"调顺气血,振奋精神,统一步调,协同作战",从而确保安全生产,完成或超额完成生产任务。

周文昌曾总结,搬运号子是一种科学,是一种强大的力量,是装卸工人劳动创造智慧的结晶,有着极其深刻丰富的内涵,是搬运作业中的灵魂、码头文化中的瑰宝。文化部将其列为国家级非物质文化遗产保护项目之一。2008年,周文昌曾表示,搬运工人已不多见,余者大都年迈体弱多病,当务之急,有关部门应抓紧挖掘整理搬运号子,组织演练,将其传承下去,发扬光大。2013年,周文昌被评为第八批宜昌市非物质文化遗产项目代表性传承人。

李长柏是搬运号子的市级传承人。1924年出生的他,16岁便开始从事挑盐工作,帮盐商把盐挑到湖南以及湖北恩施、松滋沙道观。1945年,他在宜昌九码头一带从事挑水工作。他1946年成为码头搬运工人,1950年在宜昌市港务局搬运公司工作,1980年退休。

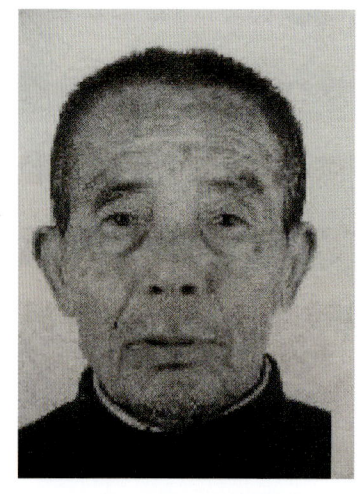

图4-2　周文昌

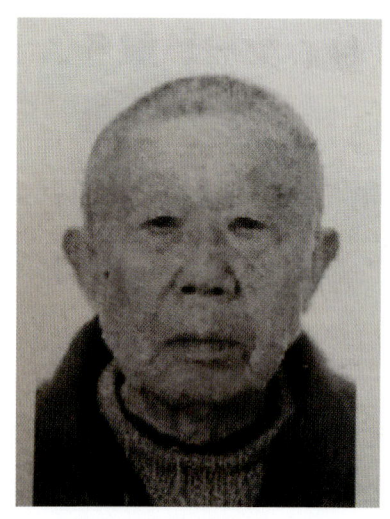

图4-3　李长柏

李长柏从小就具有一定的音乐天赋,嗓门高亢嘹亮,喊出的号子与劳动的步伐协

调一致。在劳作时他非常能吃苦，与工友们配合默契。1958年，宜昌港务局组织举办单位干部职工文艺汇演，李长柏将装卸工人的劳作生活编成了文艺表演节目，把劳动号子搬上舞台。1959年，李长柏参加由宜昌市群艺馆组织举办的文艺汇演并获奖。

李长柏创作的劳动号子涵盖码头装卸号子、船工号子、纤夫号子和打硪号子。之后，他跟随以闫顺章为代表的演出团队到湖北省参加文艺比赛并获奖。后来，号子联唱队还到重庆参加演出。

三、周立荣等的《九码头》歌曲创作

"那一晚细雨打湿钟楼，我送你离开九码头。熙熙攘攘的人流中，你使劲抓着我的手。那时候我们讨论未来，手里提着半瓶啤酒。江面升起白白的月亮，你的发香落满我衣袖。宜昌城不眠的夏夜，九码头是宇宙的尽头。我们从迪厅唱到酒吧，除了快乐一无所有。宜昌城不眠的夏夜，九码头是漂泊的乡愁。远处传来靠岸的汽笛，你一去再也没有回头。"2021年秋季，宜昌市文联主席周立荣作词、孟文豪作曲、石头演唱的歌曲《九码头》在第十二届中国长江三峡国际旅游节首次亮相，瞬间传遍宜昌人的朋友圈，九码头这一宜昌城妇孺皆知的地理与文化地标，瞬间唤起了几代宜昌市民的乡愁记忆。一时之间，"九码头文化"成为市民街谈巷议的热词。这就是音乐的力量，这就是乡愁的魅力。

2023年3月3日，宜昌九码头音乐会暨《九码头》MV首发式在宜昌江豚广场启幕。活动由伍家岗区委、伍家岗区人民政府、宜昌市文学艺术界联合会、宜昌三峡融媒体中心、宜昌城发集团主办，中共伍家岗区委宣传部、伍家岗区文联、伍家岗区文旅局、宜昌市文联百花文艺志愿服务团承办。时任宜昌市委常委、宣传部部长周正英等相关领导出席活动。当晚发布的《九码头》MV由伍家岗区委宣传部经过近6个月精心制作完成，MV女主角是土生土长的宜昌姑娘、湖北广播电视台主持人陈超。该MV通过镜头记录宜昌历史，展现城市变迁，让人们共同追忆九码头的那段峥嵘岁月，憧憬宜昌城市建设的美好未来。活动现场，周立荣主席将他的《九码头》原始手稿捐赠给伍家岗区文联，作为记载和宣传宜昌码头文化的永久纪念。伍家岗区委书记陈道坤为《九码头》MV女主角陈超颁发"九码头文化大使"聘书，希望她能充分发挥自身影响力，积极推介家乡文化品牌。

伴随着音乐响起，大屏幕上出现一幅幅九码头的画面，缓缓展开历史画卷。作为"九码头文化大使"的陈超带着观众，一起回忆了九码头的前世今生。一张张旧照片的呈现，勾起现场观众对九码头的满满回忆。首发式上，本土文艺创作者带来的音舞诗画《九码头的故事》，让整个晚会的"九码头"地标色彩更加浓郁。

图 4-4　九码头旧影　宋华久摄

　　周立荣，1964 年 8 月生，湖北长阳人，土家族。他是中国作家协会、中国音乐家协会会员，中国少数民族作家学会常务理事，现任宜昌市文联党组书记、主席，宜昌市作家协会主席。1985 年至 1989 年，他任长阳县文学艺术界联合会创作室创作员；1989年 12 月至 2001 年，他先后任长阳县文联干部、副主席、主席，长阳县文体局副局长；2001 年 12 月至 2003 年，他任长阳县委宣传部副部长；2003 年 10 月至 2007 年，他任三峡文学杂志社社长；2007 年 3 月至 2018 年 2 月，他先后任宜昌市文联党组成员、副主席、党组副书记、主席；2018 年 3 月至今，他任宜昌市文联党组书记、主席兼市作协主席。在数十年文学和音乐创作中，周立荣发表文学作品 400 万字，创作歌词 500余首，出版专著 12 部。他的主要作品有小说集《山骚》，散文集《周立荣散文》，长篇报告文学《对母亲的诉说》《周立荣报告文学选》，歌词集《周立荣歌词选》《边走边唱》，

图 4-5　周立荣

词作音乐专辑《巴土恋歌》《江河恋》《昭君还乡》《周立荣词作歌曲精选》等。他多次获得中宣部"五个一工程"奖，文化部"文华奖""群星奖"，湖北少数民族文学奖、屈原文艺创作奖、湖北省音乐金钟奖等。

　　除了《九码头》，周立荣作词、方石作曲的湖北省第十六届运动会会歌《我能　我能》也备受好评："谁能拦腰抱起长江 / 向世界展现中国力量 / 谁能点燃一江春水 / 把一百年的梦想照亮。// 谁是梦里诗和远方 / 让一部《楚辞》千年传唱 / 谁是心中那片花海 / 让巴

山楚水四季春光。// 如今我来到你的身旁 / 忍不住心中热血激荡 / 我要变成一只雄鹰 / 在你的怀中展翅飞翔。// 如今我就是你的模样 / 每一寸土地都是赛场 / 我能跑出你的步伐 / 让中国精神四海飘扬 / 我能　我能 / 我能　我能。"歌曲旋律优美,节奏明快,采用男女声二重唱的方式演唱,欢快活泼、自信激昂,营造出强烈的律动感和代入感,青春的梦想、拼搏的力量动人心扉,使这首运动主题歌曲具有极强的感染力和传唱度。

《我能　我能》与《九码头》一样,属于长江文明范畴的音乐作品,具有鲜明的地域色彩。谁能拦腰抱起长江? 那一定是追求"更高,更快,更强"的体育精神;谁能点燃一江春水? 那一定是运动员矫健的身姿和全民健身的激情。在《楚辞》的召唤下,我们有梦,更有诗和远方;在巴山楚水的四季轮替中,每个人心中的那片花海,必会在高处绽放。何谓体育? 它是我们心中一份激荡的热血,也是天空中展翅飞翔的雄鹰。何谓比赛? 它是"每一寸土地都是赛场"的执着信念,也是向上、向真、向美的一种精神追求。

附:九码头(歌词)

那一晚细雨打湿钟楼

我送你离开九码头

熙熙攘攘的人流中

你使劲抓着我的手

那时候我们讨论未来

手里提着半瓶啤酒

江面升起白白的月亮

你的发香落满我衣袖

宜昌城不眠的夏夜

九码头是宇宙的尽头

我们从迪厅唱到酒吧

除了快乐一无所有

宜昌城不眠的夏夜

九码头是漂泊的乡愁

远处传来靠岸的汽笛

你一去再也没有回头

宜昌城不眠的夏夜

九码头是一生的守候

江风带走了你的发香

却没能带走你的温柔

宜昌城不眠的夏夜

九码头是一生的守候

四、石玉泉等的音乐创作

在音乐创作领域,晚年一直居住在宜昌交运集团家属楼的老音乐人石玉泉成绩突出。

石玉泉,原名石义全,1940年1月生,宜都市人。他是中国音乐家协会会员,中国音乐著作权协会会员,湖北省音乐家协会第七届理事,湖北省音乐文学学会顾问,原宜昌市音乐家协会副主席,二级作曲家;1957年参军,在部队从事业余文艺创作;1959年开始在《成都日报》《四川文学》等报刊发表诗歌、散文等作品;1961年发表歌曲处女作《公社的山来公社的水》,同年创作的四场话剧《东巴红日》在成都军区后勤部文艺汇演中获演出奖和创作奖。退伍后他在交通部门工作。

图4-6　石玉泉

50余年来,他发表散文、剧本、诗词、曲艺、歌曲等文艺作品500余篇(首),尤以音乐创作为丰。他作曲的《登山》《弹月琴的小姑娘》《土家花背篓》《三峡迎宾曲》《五花进城》《我就在你家门口》等50多首作品在国家级及省、市级评选中获奖,部分作品入选《十月战歌》《歌唱家演唱歌曲集》《我们快乐地歌唱》《当代歌曲精选104首》《湖北优秀创作歌曲集》等20多种歌曲集。其中,《登山》入选"20世纪中国经典少儿歌曲选";舞蹈音乐《采松花》获第三届中国艺术节荣誉奖;《土家花背篓》曾以男女声二重唱、男女声对唱、舞蹈音乐等不同形式 10 余次在全国、省、市文艺评选中获得金、银奖。他主编出版了歌曲集《三峡旋律》(中国三峡出版社,1997),参与主编、编辑出版了《三峡放歌》《歌唱宜昌》《宜昌文化志》等。他还出版有个人创作歌曲选《我的歌》。

第二节　戏剧

　　明清时代,宜昌地域一些交通较为便利、经济较为发达的地区,特别是各地的码头区域,民间戏剧活动已开始流行。辛亥革命前后,京剧、汉剧、楚剧、话剧(文明戏)等相继传入。新中国成立后,外来剧种及地方剧种如花鼓戏、柳子戏、踩堂戏、傩愿戏、建东花鼓戏、皮影戏等,成为城镇、乡村节庆活动的主要娱乐形式。20 世纪 30 年代初,宜昌京剧"聊社"成立。聊社以自娱自乐为目的,开展京剧研究和演出活动。抗战时期,聊社曾为抗战募捐义演。聊社上演剧目有《新刺虎》《四盘山》《空城计》《举鼎观画》《渔夫恨》《宇宙锋》等。至 1949 年宜昌解放前夕,宜昌城有一九剧社、二零剧社、彝陵剧社、青年剧社、韵社、逸社、建华剧团、复兴剧团、信义剧团等京、汉剧票友和话剧演出团队。

　　1937 年,上海"八一三"事变爆发。上海、南京、武汉等地文艺大军、文化人陆续西迁,经宜昌前往重庆。首批抵达宜昌的上海文艺大军是上海影人旅行剧团。该剧团由上海明星、联华、艺华、新华几家影片公司的 60 余名演职人员组成,其中有陈白尘、沈浮、孟君谋、谢添、王献斋、赵丹、龚稼农、徐莘园、白杨、杨露茜、吴茵、蓝萍、胡瑛、燕群等一批著名演员、导演、剧作家。他们在宜昌演出了陈白尘的大型话剧《卢沟桥之战》谢添创作的短剧《过关》,赵丹和蓝萍等演出了章泯创作的话剧《故乡》,赵丹、白杨还在街头演出了《放下你的鞭子》等。第二批途经宜昌前往重庆的文艺大军于1938 年 2 月抵达宜昌,是由著名戏剧教育家、理论家、宜都人余上沅任校长的国立戏剧专科学校全体师生。余上沅率队,还有应云卫、陈治策、曹禺、吴祖光等戏剧教育家、剧作家随行。沿途每到小埠镇,他们均登岸举行抗战宣传演出。抵宜后,他们频繁开展街头演出活动。途中，吴祖光创作了话剧《凤凰城》。1938 年底至 1939 年初，武汉楚剧艺人分别组成问艺、曙光、楚艺、青年、合力、问艺二队等 6 个抗敌流动宣传队，自汉口沿长江而上，在沙市与先行的武汉汉剧、平剧等团队数百人一起，继续西进，经宜昌前往重庆。他们在沙市、宜昌均开展了抗日宣传演出和慰问公演活动。

1938 年至 1940 年期间，抗战剧团在宜昌城区公演 72 次，计 208 场，上演了熊佛西、吴祖光、曹禺等剧作家的剧作《血祭卢沟桥》《突击》《夜光杯》《中华民族的子孙》《古城怒吼》《凤凰城》《日出》《放下你的鞭子》等，以及剧团创作的《保卫卢沟桥》等 60 多个剧目。除在宜昌城区公演外，抗战剧团还将戏剧搬到街头，送到农村。抗战剧团奔赴枝江、宜都、当阳、远安及峡江两岸 50 多个城镇和四川万县等地流动演出。抗战剧团曾受到文化界知名人士陶行知、老舍的题词赞赏。

1949 年前，宜昌码头在春秋冬处于低水位时，会形成长长的十里江边河坝，从中水门一直绵延到九码头。江边河坝上临时搭起许多芦席棚子，除由芦席棚子商铺形成的特有江边河坝街市外，这里同时也形成了一个非常热闹的游乐场所。江滩上有耍把戏的、演木偶戏的、耍猴戏的、演"影子戏"的。此外，还有拉洋片看"西洋镜"的、卖武艺说唱的、打"三棒鼓"的、卖人丹蛇药的、卖眼镜的、卖雪花膏的，等等。五湖四海、五花八门的江湖艺人齐聚一"滩"，间或洋鼓洋号、唢呐民乐伴着轮船的汽笛长鸣，从早到晚，经久不息。江滩码头甚至还演过"大把戏"，即大型的马戏、杂技等。戏班子在拜过码头后，便会在江边河坝上搭建巨型布围子开始演出。演出结束后，继而在宜昌的各个码头、街巷义演游街。游街队伍的前锋是大型的管弦乐队，演奏当时流行的《夜上海》《夜来香》《桃花江》等曲目招徕看客，游街的演员或装扮小丑，做一些滑稽动作，或骑马，在马背上做出高难度马技动作等，引得看客自觉跟随游街队伍到江边河坝看戏、杂耍等演出。

新中国成立后，特别是改革开放、伍家岗区成立以来，宜昌码头题材和九码头区域的戏剧活动空前繁荣，戏剧艺术得到极大发展。伍家岗区长江沿岸以九码头为中心，开了许多茶馆，这些茶馆不定时邀请戏班子到茶馆演出，或清唱，或表演曲艺等。茶馆售茶票而不售戏票，赚的是茶水钱。最大的文化茶馆有 200 余个座椅。清唱曲目主要以京剧为主，还常有北方京韵大鼓艺人、苏州评弹艺人、木偶戏班、皮影艺人到茶馆演出，这些无固定演出茶馆的外来戏班或演员，也常在江滩沙坝的临时茶馆演出。

一、大型民族风情音画《楚水巴山》与宜昌剧院

2007 年 11 月 5 日，第八届中国艺术节（八艺节）在湖北省武汉市隆重开幕，这是

湖北承办的当时规模最大、参赛参演剧目最多的一次文艺盛会。艺术节历时16天，主会场设在武汉市，闭幕式在分会场宜昌举行。八艺节期间，由宜昌市歌舞剧团、宜昌市艺术学校联袂演出的大型民族风情音画《楚水巴山》在位于九码头的宜昌剧院上演，让这座古老的剧院迎来了历史上的高光时刻。演出结束后，《楚水巴山》获得文华大奖特别奖。

　　歌舞音画《楚水巴山》由宜昌市歌舞剧团创作演出，以歌舞的形式，将梆鼓、陶音、跳丧等具有鲜明民族特色的音乐和舞蹈展现在观众面前。该剧可谓名家云集，艺术指导门文元是全国著名舞蹈编导，其作品曾获文华新剧目奖、文华大奖、中宣部"五个一工程"奖，还入选国家舞台艺术精品工程；总编导刘震是著名青年舞蹈艺术家，主演的作品多次在国际、国内大赛中获奖；作曲王原平是湖北电影制片厂厂长、一级作曲家；作词雷子明是一级编剧，作品多次获国家级奖励；舞美设计李智良是原解放军艺术学院美术系教研室主任、教授；服装设计李洋是空政话剧团舞美、服装设计师，其舞美、服装设计作品多次获得全国各类评比的奖项。

图4-7　《楚水巴山》剧照

　　《楚水巴山》融合古楚文化与古巴文化，以山水人情为主线，以先民图腾为载体，集中展现了"楚水巴山"孕育的巴楚文化精髓：《神农木鼓》震响着炎黄先祖自强不息的坚定足音，《兵书宝剑》书写了三峡男儿的血性与智慧，《千秋简魂》映照出上下求索、九死不悔的屈原精神，《香溪桃花》展现了昭君精神，《瑶瑟祥舞》表达了中华民族追求和谐与幸福的强烈愿望。《楚水巴山》运用立体多维的山水画面、绚丽变幻的灯光，将地域元素与现代表现技巧相融合的音乐,以及古代器物的运用和图腾的抽象寓意,给人以既现代又民族的独特感受,展现了一幅美丽神奇的画卷。舞剧的演员们以音乐语言与舞蹈语汇的交融,向观众呈现出一幅美轮美奂的楚文化风情画,令观众在审美享受中,留下对人类历史、民族根脉的记忆。

始建于 1958 年的宜昌剧院,于 1960 年 5 月 1 日正式对外营业,可容纳 1000 多名观众,是宜昌人文艺生活的乡愁记忆载体之一。2006 年,为迎接中国艺术节,宜昌市投资 700 多万元对剧场舞台及部分建筑进行了全面改造。2006 年 6 月,宜昌剧院改造完工,这使得《楚水巴山》得以在剧院成功上演,成就了九码头的戏剧辉煌。

二、话剧《风涌宜昌》与宜昌大撤退

2015 年 9 月 2 日至 3 日,宜昌市歌舞剧团在宜昌滨江剧院演出话剧《风涌宜昌》,精彩呈现共产党人团结带领宜昌抗日军民成功完成大撤退的壮举。这次演出也是湖北省第二届艺术节的重头戏。随后,《风涌宜昌》又进京演出,在全国斩获各项荣誉。此时,宜昌剧院已更名为滨江剧院,它也以此再次见证了宜昌戏剧的辉煌成就。

由宜昌市歌舞剧团制作演出的话剧《风涌宜昌》,以 1938 年"宜昌大撤退"这段历史为背景,塑造了国难当头、民族危难之时,仁人志士的风骨以及中国民众不屈的群像。1938 年,上海、南京、武汉被日军攻陷后,国民政府宣布迁都重庆,华北、华东、华中等地的机关、学校、工厂企业 30000 多人,以及物资、设备等,陆续集中到宜昌,欲经水运搬迁至重庆。而三峡水文复杂,险滩密布,并且距离进入枯水期只有 40 天,届时载重大的船只无法通行。时间万分紧迫,而日军飞机不断轰炸,日本军队步步逼近,宜昌陷入一片混乱和恐慌之中。宜昌人民在中共宜昌党组织的领导下,与民生公司一起组织 800 余只木船、3000 多名工人,只用 40 多天就抢运完全部物资,保护了"当时整个中华民族工业的精华",后人评价这次撤退为"东方的敦刻尔克大撤退"。

话剧《风涌宜昌》以民生公司宜昌公司客货运输经理江义山一家在国难当头时的命运及生活状态为切入点展开叙事。江义山为保证人员和物资顺利运输,不眠不休。可就在这个节骨眼上,他得知了自己的爱子江枫在对日战场上牺牲的消息。江义山的妻子杨清花及女儿江粼粼都从不同渠道得知了江枫牺牲的消息,她们各自伤痛,却又怕亲人伤心而彼此隐瞒。而在伤痛之际,她们仍拼尽全力为撤退事宜各自奔忙。编导将徐州难民吴秀月生孩子的场面与杨清花因怀念儿子而情绪爆发的那场戏同时搬上舞台。一边是在轰炸中拼尽全力生下儿子,寄托着爱与希望;一边是痛失爱子的锥心痛苦与怀念,两位同样爱子心切的母亲,一个面对新生,一个面对死亡,一个正经受着身体撕裂的剧痛，一个正经历着心灵碾碎的创伤，人生况味尽在其中。一位母亲对生的喜悦有多强烈，另一位母亲面对死亡的悲痛就有多深沉；一位母亲的希望有多远大，另一位母亲的痛惜就有多绵长！将两个母亲面对孩子生与死的场景放在同一场面中呈现，戏剧张力十足，充满了对战争罪恶的拷问。

图 4-8　《风涌宜昌》剧组

这部戏有一条主要的戏剧冲突线，即国民党与民众之间的尖锐冲突。一方面，船源紧张，老百姓上不了船；而另一方面，部队征用的民船却被国民党某位大员违禁运送鸦片。寥寥数笔，便将宜昌大撤退时的复杂形势及艰难处境展现得淋漓尽致。

剧中还设置了一些个性鲜明的人物，如上海华沙纱厂老板周茂华。这个一出场便苦苦纠缠、千方百计想让江义山将自己的纺织设备运走的生意人，起初让人觉得是在国难当头之际只关注自己机器设备的奸商。可是随着剧情推进，他绝望地认定设备运不走了时，亲手砸了自己视若生命的设备，只为不将先进的纺织设备留给日本人，完成了其人格的升华，使人物真实而感人。

可以说，话剧《风涌宜昌》以史诗般的壮阔笔触，成功展现了"八方风涌宜昌城，浴血奋战保家园"这一历史激荡中人们的壮怀激烈与人性温暖，成功塑造了一组有担当、有血性、有温度且可信可敬的人物群像，观之令人唏嘘、缅怀并深思这段历史。它也让宜昌码头的历史再次被看见、被关注、被铭记。

第三节　影视

　　1876 年,《中英烟台条约》将宜昌辟为商埠。外国洋行相继在沿江修建仓库、建造码头,供轮船停靠。民国初期,电影开始传入宜昌。民国 2 年(1913 年),电影在宜昌出现,用小型发电机发电,放映无声电影。民国初年,停泊在油栈附近的"美滩""美孚"油船上,常在周末放映美国影片,吸引附近一些居民在岸边观看。民国 7 年(1918年),法商建成"寰球"电影院,地址在城区福绥路同春里口对街,后迁至怀远路。20 世纪 30 年代,宜昌开始有中国人自己开设的小型简易影院。当时的《宜昌快报》载有1932 年 11 月 7 日"寰球"电影院放映《恋爱与义务》的广告。之后,又出现"寰星""寰远""留园"等影院。1940 年宜昌沦陷前夕,各影院停业。1945 年抗日战争胜利,宜昌光复,先后有"大光明""中央""莎乐美"等电影院开业。其中,"莎乐美"电影院一直经营到 1949 年 5 月,放映国产及欧美影片《啼笑姻缘》《铁蹄下的歌女》《天字第一号》《孟姜女》《天方夜谭》等。截至 1949 年 5 月,宜昌仅有一家"莎乐美"私营电影院。1950 年 4 月,在宜昌市城区,原宜昌"莎乐美"电影院机师杨俊等人租下"乐安"戏院,用两台放映机、数部旧影片,以工人团体名义恢复营业。5 月 4 日,又迁回"莎乐美"旧址,并改名为"光华"电影院。该影院仅有两台旧放映机、一栋三面漏光的板壁房和 728 个座位的木质板凳等简陋设施,时有职工 22 人。1951 年 9 月,宜昌市人民政府接收后,经过整修和添置设备,将其改名为解放电影院,并任命杨俊为经理。从此,宜昌有了第一家国营专业电影院。

　　新中国成立以来,伍家岗九码头区域的宜昌剧院、宜昌海员俱乐部和宜港剧院,成为宜昌市民和宜昌港务局职工及其家属常去的文艺打卡地,是九码头繁荣景象的一部分。宜昌市戏剧家协会名誉主席、国家一级编剧张国春的父亲和叔父都是卢作孚先生创办的长江民生轮船公司的船员,他们都曾经历 1938 年宜昌大撤退的血与火的洗礼。据他回忆,孩童时代,他是汉剧院和京戏园子的常客,还在宜昌海员俱乐部观摩父母演出的《空城计》和《红娘》,他们分别饰演司马懿和崔莺莺。

　　改革开放以来,宜昌码头特别是九码头,多次成为电影和电视剧的取景地。20 世纪 80 年代,由吴贻弓导演、叶楠编剧的电影《巴山夜雨》在三峡和宜昌取景。电影中,在一艘从重庆开往武汉的客轮旅程中,通过对几个形象鲜明的乘客的刻画,展现了"文革"后期的社会缩影。扮演小姑娘的茅为蕙已成为著名钢琴家,她 6 岁时吹蒲公英的可爱模样至今还留在不少观众的脑海里,那首歌谣更是成为经典:"我是一颗蒲公英的种子,谁也不知道我的欢乐和悲伤,爸爸妈妈给我一把小伞,让我在广阔的天地间飘荡飘荡。"该片获 1981 年第一届中国电影金鸡奖最佳故事片奖、最佳编剧奖、最佳女主角奖(张瑜)、最佳男女配角集体奖(石灵、欧阳儒秋、茅为蕙、林彬、仲星火、卢青)、最佳音乐奖;还获文化部 1980 年优秀影片奖。据回忆,拍摄《巴山夜雨》时,吴贻弓刚过40 岁,他担任执行导演,吴永刚负责把关。吴贻弓虽出生在重庆,但抗日战争胜利时就离开了那里,对于那个城市,只有一些孩童时期的记忆。那也是他多年之后第一次回到重庆。他当时已感觉到巨大的变化,因为 7 岁时从重庆去南京走的是水路,当时年纪小,对三峡并没有很深的印象。编剧叶楠写的剧本里,开篇第一幕就在朝天门码头。之后剧组为拍摄登上了客轮"东方红 40 号","船上也没有其他旅客,就跟着我们在三峡里来来回回地拍,拍了差不多二十来天"。这让吴贻弓好好地领略了三峡的景致,宜昌九码头也在电影中留下了珍贵的画面。在吴贻弓看来,电影人对三峡的留恋很容易理解,"因为长江是母亲河,它在中国整个民族情感中占据的位置不一样,和普通地方不同,就连三峡本身在长江里也很特别。在整个国家的地理位置上,它是一个很特殊的地方,无论从历史还是文化等各个方面,它都很特殊。"

　　进入 21 世纪,贾樟柯导演的电影《三峡好人》中,宜昌九码头又成为取景地。该片讲述了煤矿工人韩三明和女护士沈红从山西来到重庆奉节,分别寻找已离开自己十六年的前妻和分离两年的丈夫的故事。2007 年,该片获第 7 届华语电影传媒大奖最佳电影奖,还提名了第 1 届亚洲电影大奖最佳电影奖。

一、电视连续剧《宜昌保卫战》与宜昌码头

　　在影视作品中,宜昌码头元素呈现最多的,是由齐星执导,徐佳、童蕾等主演的 35集大型抗战连续剧《宜昌保卫战》。该剧 2016 年在央视播出后,影响巨大。和很多同类型的抗战剧有所不同,《宜昌保卫战》不仅以宏大的篇幅还原了当年的炮火纷飞,还以精良的制作展现了宜昌当年的文化元素。剧集开篇,宜昌长江航道上,船来船往,修女、神父、女学生、国民党伤兵等人物出现,充分展现了那个时代各阶层民众同心协力共御日寇的情景。而具有独特地域特色的土家族划夫队,以及各方势力割据、鱼龙混杂的宜昌码头,也展现了当年三峡关口的繁荣景象。

　　《宜昌保卫战》讲述了 1938 年中山舰殉难后受伤的抗战伤兵胡宜生,回宜昌养伤

时正赶上宜昌大撤退的成长历程。在号称"东方的敦刻尔克大撤退"的行动中,胡宜生结识了共产党人,并在共产党的感召下积极组织宜昌社会各界投入大撤退工作,使大撤退奇迹般地完成。胡宜生在成为宜昌英雄的同时,也赢得了土家妹子成四妹的爱情。随后,胡宜生随江防军驰援枣宜会战,见证张自忠为保宜昌而战死疆场,深受震撼。宜昌沦陷后,胡宜生拉起一支以土家族划夫队为主的民间武装,号称红旗营,不断袭扰打击日寇。1943 年,日寇发起鄂西会战,目标直指长江天堑石牌要塞,妄图拿下石牌,威逼重庆。胡宜生在中共地下党的指导下,率领民间武装,广泛发动群众,运送粮食与武器弹药,支援江防军作战,在被誉为"中国的斯大林格勒保卫战"的石牌大战中大败日军,从而谱写了一曲"民心不失、国门不倒"的抗日壮歌。

图 4-9　《宜昌保卫战》剧照

因为剧情需要,长江宜昌段和宜昌码头成为《宜昌保卫战》取景的重中之重。比如第一集的剧情:宜昌长江航道上,千帆竞发、百舸争流,大小船只正溯江而上准备停靠宜昌码头,最终前往长江大后方。突然,几架日军飞机朝着船队中最引人注目的船只——民生公司的轮船俯冲过来,发起扫射。船上,一名身着国民党陆军军服的神秘男子站了出来。在女医学生宁京妮、"修女"江美云和"神父"瓦西里的帮助下,他用重机枪击退了日机第一波攻击。很快,日机再度袭来,轰炸中,男子落水。被土家族划夫队的成四妹、木尔等人救上岸后,男子脱掉了在战场上牺牲的陆军军官宁中泽的军服,露出了贴身的海军军装,结果被国民党军统以假冒身份的嫌疑逮捕。在军统湖北站站长朱若愚的审问下,男子招认自己的身份是江防军参谋长杨帆。岂料真正的杨帆出现,指出男子的真实身份是自己黄埔军校的爱徒——胡宜生。江美云的真实身份是军统情报人员,她和苏联密电专家瓦西里以及助手郑贞的任务是找出潜藏在宜昌的日军秘密电台。在杨帆的推荐下,胡宜生担任江防军联络官,其首要任务是协助交通次长卢作孚及其领导的民生公司为宜昌大转运做好一切保障工作。

第二集则展现了宜昌码头工人的罢工场景:宜昌码头,帮派林立、鱼龙混杂。两拨工人因为抢道发生了打斗。胡宜生这个江防军联络官亮出了在江流道上的名号,解决了一场让前几任联络官都束手无策的帮派纠纷。苏联密电专家瓦西里追踪到了一个可疑的电台频率,但要鉴别它是不是日军间谍电台,尚需时间破译。尤老兵和江娃子带着一群从死人堆里爬出来的老兵刚从宜昌码头下了船,就遭到了码头工人的嘲讽,说他们是逃兵。老兵们忍无可忍,殴打了工人。帮派人士胖子李申趁机撺掇众多码头工人打出"黄色海员工会"的名号集体罢工,以此要挟民生公司提高薪酬。胡宜生向广大工友阐述了仁义之道和家国之理,民生公司也推出了扶持政策。最终,码头工人结束了罢工,恢复了航运秩序。

紧接着第三集,展现了码头工人和民生公司的对敌斗争:宜昌码头,外国公司将油料价格抬得极高,并要求民生公司用银圆或黄金结算,导致民生公司大部分船只被迫停运。由码头海员公会牵头,所有的中国搬运工人都参加了对抬高油价的洋人公司的禁运活动。几个洋人公司的负责人找到胡宜生,发起质问和诘难。胡宜生以其人之道还治其人之身,好好地给这些洋人上了一课。最终,这些外国公司迫不得已做出了让步,大幅缩小了油价涨幅。

在《宜昌保卫战》中,徐佳饰演的胡宜生,见证了整个宜昌会战的始末,他从一个伤兵回归战场,成为骁勇无畏的抗战英雄,这个成长过程被演绎得真实自然。在他身上所展现的家国精神、忠肝义胆和儿女情长都令人动容。荧屏上的他不完美,也不是传奇,而是像一个普通人一样,有粗心、冲动和意气用事的一面,但在国家危亡之际,面对战友们前仆后继的牺牲,面对残暴的日本侵略军,他渐渐变得干练、隐忍,有了大局观。

除了主人公胡宜生,剧中还有一系列有血有肉的人物形象。由实力派硬汉侯勇饰演的张自忠将军,精通战法,铁血严明,更有一颗不甘外侮的拳拳赤子心;军统特工江美云,兼具军人的素养与女性的柔情;土家妹子成四妹,从活泼俏丽的少女成长为合格的女战士。还有看似风尘却宁死不屈的小凤仙,用生命救赎灵魂的军统站长朱若愚,以及钱富贵、尤老兵、江娃子、清嫂、宁京妮,这些不同身份、性格各异的人物,组成了抗战剧中难得一见的鲜活群像。他们在一往无前、舍生忘死的同时,也尽情地诠释着对生命的热爱、对生活的眷恋。

图 4-10　《宜昌保卫战》片段

在惨烈的战争戏码中,《宜昌保卫战》并没有忽略情感戏的刻画,胡宜生与江美云在并肩作战中情愫渐生,成四妹对胡宜生心生爱慕,以及尤老兵和清嫂的乱世别恋,在剧中都有充分的展现,细腻、唯美的笔触融入炮火喧嚣、生死一线的战场背景下,显得更加真实。

难得的是,剧集不仅在正面人物的塑造上做到了精描细绘、栩栩如生,在对日军侵略者和处于中间地带人物的刻画上,也没有采用比较省事的脸谱化手法。像凶残毒辣的古贺一郎,外强中干的佐山和小林,他们有兽性和丑陋的一面,有膨胀的欲望和嚣张的军国主义行径,也有内心的绝望和彷徨。

二、电影剧本《"长江大侠"吕紫剑》

吕紫剑(1893—2012 年),宜昌城区人,武艺高超,侠肝义胆,扶弱抑强,被誉为"长江大侠",民国初年与津门大侠霍元甲、关东大侠杜心五齐名。他一生中打死过 4 个人,一个是在大街上调戏良家妇女的北京流氓,另一个是湖北沙市纱厂一个经常克扣女工工资、奸淫女工的恶霸。另外被打死的两个人是外国人,一个是美国镖师,一个是日本浪人。最让吕紫剑解气的是,1930 年他为保护民族航运,与日本人在湖北宜昌展开的那场恶斗:1924 年,民族实业家、民生公司董事长卢作孚因不愿帝国主义控制长江内河航运权,聘请吕紫剑出手相助。吕紫剑为维护民生轮船公司的利益,与日本著名武士、浪人首领三井秀夫立下生死契约,在宜昌校军场决斗,将对方打得口吐鲜血,大获全胜。

2019 年,湖北省文联主管的《中华文学》2019 年第 12 期发表了朱白丹、朱光华、朱华逊三兄弟根据朱光华同名长篇小说改编的电影剧本《"长江大侠"吕紫剑》。该剧本成为与宜昌九码头有密切联系的又一影视创作成果。

故事讲述光绪二十六年（公元 1900 年）深秋，镖师们在常盛镖局进行例行操练，翁长江忽然到访，吕大才与翁长江英雄相惜，结为兄弟。翁长江、吕大才与清军激战，被逼进小巷，翁长江中弹流血不止，奋力推开吕大才撞墙身亡。

常盛镖局内，吕紫剑武当山学武归来，众人皆大欢喜。李正山赶回对着严正一耳语，倪久英方知丈夫吕大才被捕。众人商定劫法场相救，行刑那天严正一不幸牺牲。众人分散，吕大才得救后，逃亡至宜昌行医。吕紫剑拜师京城八卦掌名家尹福，得到真传。偶遇京城恶少岑爷作恶，吕紫剑将其打死，随后携孙翠翠逃亡上海。曹连庄正苦于无人教三个孩子武功，见此情景皆大欢喜，便为吕紫剑和孙翠翠牵红线。吕紫剑与孙翠翠等五人游玩外滩，吕紫剑看到"华人与犬不得入内"的木牌，将其砸碎，还施展拳脚打败美国壮汉，此事惊动上海滩。黄金荣欲拉吕紫剑入伙，被吕紫剑拒绝。吕紫剑与孙翠翠乘船回宜昌，偶遇翁德勋，他义愤于日本船只横行霸道，又获悉民生公司的窘境，便答应助其恢复经营。吕紫剑设宴劝说以前结拜的兄弟，不要替外国人卖命，众人皆响应。中国籍船员纷纷辞职，日本客轮经营惨淡，日本方面便向吕紫剑下战书，承诺失败一方退出中国长江航运市场。

比武之日，万人空巷。三井秀夫仗着身高体壮，不可一世，欲置吕紫剑于死地。吕紫剑闪转腾挪，避实击虚，抓住机会迎面一掌，三井秀夫惨叫一声，血流不止，一命呜呼。民生公

图 4-11　吕紫剑

司董事长卢作孚为其庆功，设宴款待吕紫剑，吕紫剑拒绝担任民生公司副董事长。国民政府组织全国武术打擂比赛，吕紫剑最后一天上场，无人匹敌，荣获冠军。蒋介石得知后，与冯玉祥商议聘任吕紫剑为侍从武术教官，吕紫剑在国军中传授"三劈刀"。日军飞机狂轰滥炸，南京陷落，国军仓皇奔逃，吕紫剑别过妻子孙翠翠侥幸逃脱，日军寻访吕紫剑，孙翠翠惨遭毒手。

1938 年，武汉会战后，宜昌成为日军争夺的要点。民生公司担负起大撤退的重要运输任务。宜昌城内战火纷飞，吕紫剑凭借个人威望，积极投身抗战工作；他在三斗坪筹集粮草，救治伤员。翁德勋不幸被炸身亡。石牌保卫战打响，国军士兵视死如归，可歌可泣，最终石牌保卫战取得胜利。吕紫剑来到重庆，应邀与马歇尔副官汤姆比武，不

慎将其打死。吕紫剑被关禁闭,后获释放,依旧开诊所,直至迎来全国解放。

剧本中出场人物包括吕紫剑,常盛镖局镖主、吕紫剑之父吕大才,常盛镖局镖师、吕紫剑之母倪久英,吕紫剑幼时玩伴、民生轮船公司副经理翁德勋,日本武士、与吕紫剑比武被打死的三井秀夫,美国将军马歇尔副官、与吕紫剑比武被打死的汤姆,民生轮船公司董事长兼总经理卢作孚,国军参谋长谭礼勋等。

创作此剧本的朱白丹、朱光华和朱华逊,是出生在夷陵区的嫡亲三兄弟,他们都爱好写作且成果颇丰,均为湖北省作家协会会员,而且老大朱白丹还是中国作协会员。朱白丹之女李易安(网名依岸竹篱)不仅是湖北省作家协会会员,还是搜狐网签约作家。同台三兄弟,一门四作家。在 2020 年 12 月举行的三兄弟创作座谈会上,与会作家以剧本《"长江大侠"吕紫剑》为样本,对他们的电影创作进行了探讨。

宜昌市作协名誉主席张泽勇认为,《"长江大侠"吕紫剑》剧本通过波澜壮阔的现代历史描写,铺垫人物的成长环境;通过你死我活的戏剧冲突描写,塑造人物的鲜明性格;通过惊险曲折的传奇故事叙述,表现人物的民族意识。《"长江大侠"吕紫剑》初看似乎写的是武侠故事,实则不然,它是通过吕紫剑拜师学艺、开设医馆、惩治流氓、勇斗洋人的传奇故事,展现家国情怀和民族大义。他学国医、开医馆,目的不仅仅是生存,而是悬壶济世,守护我国传统医学文明;他学武艺,不仅仅是为了防身,还为了除暴安良、救亡图存,无论是与三井秀夫签订生死状,还是打死美国拳王汤姆,都是为了民族利益,为了捍卫民族尊严。据悉,三兄弟正努力将共同创作的剧本《"长江大侠"吕紫剑》等搬上荧屏,让更多人了解"长江大侠"吕紫剑,了解这部剧本所蕴含的中华武侠文化、长江码头文化、宜昌历史文化。

Jiumatou · Wenyijuan

第五章
好去长江千万里
——影像

叙论

　　"此地江山连蜀楚,天钟神秀在西陵。"宜昌,不仅是历代文人汇聚之地,其丰富的自然资源,也很受摄影家青睐。苏格兰摄影家约翰·汤姆逊 1867 年 10 月踏足香港,开启了中国之旅,1871 年 10 月抵达上海,1872 年 2 月 5 日到达宜昌,2 月 9 日歇宿于黄陵庙。他是最早以地理探险者身份出现在宜昌的摄影家。他自长江逆流而上,被雄奇险峻的峡江自然地理和繁芜粗砺的民间生活深深震撼,一路拍摄,留下了有据可考的关于长江三峡的最早一批历史影像。1872 年到 1874 年间,伦敦的出版公司出版了约翰·汤姆逊最知名的作品《中国与中国人影像》。这套四卷本图书收录了他的二百多张照片,并附有文字说明,其中有不少珍贵的三峡地区人物和地理照片。

　　紧接着,被称为"植物猎人"的英国植物学家威尔逊于 19 世纪末 20 世纪初来到宜昌。他是一位植物学家和探险家,对中国丰富的植被和独特的生态系统充满了探索欲望。宜昌位于长江中上游接合部,是通往中国西部的重要门户,同时也是一个生物多样性丰富的地区,这些因素使得宜昌成为威尔逊考察探险和摄影的理想之地。

图 5-1　宜昌码头与帆船(威尔逊摄于 1917 年,三峡美术馆供图)

　　24 岁的威尔逊来到宜昌，目的是寻找一种名为珙桐的野生珍稀植物。当时的中国正处于动荡时期，对于一个西洋人来说，探险充满了危险。威尔逊在宜昌的探险经历充满了艰辛，但他最终成功采集到了珙桐等珍贵植物标本。他的镜头捕捉到了宜昌山区野花绽放的美丽瞬间，展现了大自然的生机勃勃，勾勒出湖光山色的宜人画卷。此外，他还拍摄了不少夷陵古城景象，定格了历史的印记和生活的痕迹。这些照片不仅展示了宜昌的自然风光，也反映了当时的社会生活和人文环境。至于威尔逊是不是拍摄宜昌古城的第一人，目前没有确凿证据证明他是最早进行相关摄影的人。但他在宜昌乃至中国西部的科考活动中确实拍摄了很多照片，这些照片对于当时的植物学研究和后来的环境保护、气候变迁等领域都产生了重要影响。

　　时间到了民国年间，摄影技术在宜昌有了新的发展。邓子敬和彭振清成了宜昌摄影业的奠基人。邓子敬早在 1916 年就在南门后街开设了留光照相馆，这是宜昌早期的照相馆之一。彭振清则是镜中天照相馆的创办者，1924 年他将该馆转让，并保留"留光"招牌，于 1926 年将照相馆迁至通惠路与陶珠路交会处的一栋三层楼房，并在此经营了数十年。宜昌的照相业除"留光"和"镜中天"外，还有古楼街的"惟肖"、通惠路的"真妙"，这些都是宜昌历史悠久的照相馆，其名字一直保留至 20 世纪 90 年代。

　　20 世纪五六十年代，中国摄影学会常务理事、中国新闻摄影学会会员薛子江，新华社摄影部采访科长齐观山，《人民画报》社摄影记者茹遂初，《新观察》杂志社记者张祖道等，成为三峡摄影的重要人物。张祖道的代表作《长江三峡》以其独特的视角和生动的表现力，展现了三峡的壮美与灵动，成为摄影史上的经典之作。

　　20 世纪 70 年代，宜昌涌现了高石汉、方本良、乔德炳、孟学箴、李显荣、陈池春、解特利、何怀强、王敏、徐达、佘代科、苏胎明等摄影人，他们相继将宜昌乃至整个三峡作为个人摄影倾力描写的对象。

　　在宜昌摄影界，除了历任宜昌市摄影家协会主席的佘代科、徐为民外，还有许多有影响力的摄影师。这些摄影师在不同领域都有所建树，他们的作品广受认可，对摄影艺术的发展做出了积极贡献。改革开放以来，宜昌摄影界涌现出了许多优秀代表人物和具有重大影响的摄影作品。肖萱安的作品《远去的三峡》记录了三峡在水电站建设前的原始风貌，通过对三峡地区山水、风土人情的描绘，表达了对这片土地深深的眷恋与怀念。黎明的摄影作品《游三峡》以游客的视角捕捉了三峡的美丽瞬间，通过细腻的画面和生动的色彩，让观者仿佛置身其中，感受三峡的壮丽与魅力。颜长江的《最后的三峡》通过捕捉三峡水电站建设前的最后瞬间，表达了对三峡原始风貌的怀念和对生态环境保护的关注。肖艺九的《长江影记 2012—2023》以长江为主题，通过长时间的积累和沉淀,用镜头记录下了长江的变迁和发展。他的作品多次入选新华社年度照片,并获得了中国新闻奖等奖项。这些摄影家及他们的作品在宜昌乃至全国摄影界产生了广泛的影响,他们的作品不仅展示了宜昌及三峡地区的美丽风光和人文情怀,也传递了对生态环境保护和社会发展的关注与思考。

第一节　宜昌开埠前后的影像记忆

　　一方山水有一方山水的历史,一座城市有一座城市的记忆。这种历史和记忆经由实物和文学影像得以见证和流传。

图 5-2　1911 年的宜昌（威尔逊摄）

　　宜昌是中国中西部的接合部、长江中上游的分界点。开埠以前,宜昌是一个江边小镇。但古城的区位优势让西方列强意识到,控制了宜昌,便可打通长江水道,进入重庆、四川,进而掠夺重庆、四川乃至广大西南地区,以及青海、西藏、甘肃、陕西南部的财富。因此,英国侵略者以"马嘉理事件"为借口,迫使清政府签订了《中英烟台条约》,宜昌从此与芜湖、温州、北海被增开为通商口岸。宜昌城开埠是在 1876 年。次年,宜昌海关正式设立,关署设在府城南门外的江滨,占用汉景帝庙办公。

　　宜昌城开埠后,英国人、美国人、德国人、法国人、比利时人、丹麦人、日本人、意大利人相继涌入,要在宜昌抢占一席之地。在开拓中国西部贸易市场的过程中,宜昌成了各国洋商觊觎的重镇,他们纷纷在宜昌抢占地盘,宜昌成了名副其实的"万国码头"。跟着洋人一起涌进宜昌城的还有大量物美价廉的洋货。一些教会组织也开始来宜昌建堂传教,为了扩大传教范围,他们在宜昌设立医院施诊给药,开办学校推行新式文化教育等。更有一些出于不同目的的商人、航海家、公务人员、植物猎人、传教士、探险者等,他们在宜昌奋力开拓出了一个新世界。洋船的汽笛把宜昌城拉入近代文明社会,城市居民耕织结合的传统家庭经济模式轰然倒塌,迅速解体为一幅幅近代生活的世俗场景。

　　比宜昌开埠晚了整整十五年的重庆,在《烟台条约续增专条》签订后,宜昌的集散贸易量倍增。于是,以英商为首的各国洋行纷纷抢占长江边的"宜昌外滩",也就是今天"九码头"下岸一带,促使这一地带地价飙升。

　　宜昌开埠后,发展最快的是港埠运输业。川江公司、三北轮埠公司、招商局、民生公司等先后来到大公桥街江岸一带,从事水上客货运输。此间,宜昌海关的进口商品主要是工业品,包括石油、煤炭、棉布、棉纱、烟草、五金、玻璃、医药、仪器、枪支弹药等物资,而出口商品则主要是农产品,包括猪鬃、牛羊皮、药材、植物油、茶、棉花、真菌等。转口贸易主要是食盐、鸦片、粮食,其中鸦片占了大宗。这些货物的交易也相继在大公桥街、复兴路及今万寿桥一带的沿江地段迅速发展起来,并迅速延伸到伍家岗白沙垴一带。

　　为了适应运输的需要,中、外资公司纷纷在宜昌江岸兴建码头。其中,太古、怡和、日清、捷江等公司在宜昌北岸修建码头、堆栈和仓库,开展客货运输、仓储和水火保险等业务。沿江一带各公司的码头、泊位鳞次栉比,绵延十余里。从此,每年成百上千艘次的中外轮船出入于宜昌港埠。

　　光绪四年(公元 1878 年),英商立德乐驾"夷陵"号汽船首次试航宜汉线成功,这是宜昌码头正式开班的第一艘商业轮船。

　　此后,列强军舰、商船纷纷进驻宜昌,贪婪地攫取中国的资源。为了方便泊船,列强先后在江边修建一个又一个码头:1906 年,英商在宜昌江边建筑阶梯式码头,取名"太古轮船码头";1911 年,英国怡和洋行在滨江路开辟轮船码头 1 座(另在滨江路、怀远路修建 3 层楼仓库 6 栋);1912 年,英国亚细亚公司在江边修建码头一座,主要运营煤油与蜡烛;1922 年,日清公司在江边修建码头;至 1931 年,英、美又在宜昌江边各修建 1 个码头,沿江码头逐渐由木船码头改建成轮船码头。

　　开埠第二年,海关与招商局各自在江边修建了一个码头。这些码头以石条砌成阶梯直达水面,少则几十步,多则上百步。

由于江水涨落,固定的石阶码头使用不便,1929 年宜昌海关在滨江路江边,率先开始使用趸船作为船只停靠点。随后,外国洋行公司也先后设置趸船 7 艘,以满足往来船只上下客货及中转的需要。自此,宜昌码头船只千百年来的自然停靠,逐渐转向趸船(囤船)停靠。外商在宜昌公司众多,因此趸船码头多冠以公司名称。1930 年,宜昌江边的码头一个接一个,洋码头居多。从大南门下的驿码头开始,向下依次为招商局码头、大阪码头、日清码头、华中公司码头、隆茂洋行码头、邮政码头、海关码头、太古洋行码头、怡和洋行码头、捷江公司码头、聚福洋行码头、普济医院码头、川江公司码头、三北公司码头、盐局码头、香溪码头(英商皮托谦公司)、招商局二码头、美孚公司码头、亚细亚公司码头……

据统计,自光绪二十六年(1900 年)至民国二十二年(1933 年),进出宜昌港埠的中外轮船共计 50880 艘次,其中中国轮船为 18045 艘次,仅占总艘次的 35.47%。开埠后宜昌古城轮运的殖民性不言而喻。

宜昌开埠通商后,一些外国洋行、公司和商号相继在宜昌设立代理处和分号,就连英国太古洋行、德国美最时洋行、美国大来洋行、日本大阪商船株式会社等一些知名洋行也进驻宜昌。据不完全统计,在宜昌落地的洋行达 40 多家。同时,来宜昌的国内客商也逐年增加,据宜昌商会统计,民国三年(1914 年)宜昌有国内商户 888 家,涉及 48 个帮口。

宜昌开埠,对于宜昌码头而言,既是屈辱的开端,也是码头转向现代化的起点。

轮船加入长江中上游航运后,水路交通大为便利。宜汉线、宜渝线先后开通,短程的宜沙线、宜枝线、宜万线、宜巴线、宜秭线、宜三线……相继问世,宜昌码头空前繁荣!码头在不断增加,码头的设施在不断改进,码头的运力在成倍攀升。这也使这块弹丸之地显得拥挤不堪。面对与日俱增的发展态势,在以英商为首的各国洋商抢占宜昌外滩的同时,地方官府不得不扩建商埠,并先行修筑一马路、二马路、怀远路(今红星路)、通惠路(今解放路),将其作为宜昌发展的重要契机和空间拓展方向。也就在这种变革中,宜昌有了邮政、医院、轮船航运、航政、银行、保险等新型行业,物流、人流、资金流、信息流通过各种方式汇集于宜昌。民国六年(1917 年)三月,大总统黎元洪发布指令,正式宣布宜昌成立宜昌商埠局,这是宜昌开埠后的又一重大事件。

在滔滔历史长河中,宜昌不断发展壮大。19 世纪 70 年代宜昌开埠后,被辟为我国最早的通商口岸之一,西方在宜昌设领事馆,开办洋行、公司,还兴办了机械工业,如正顺机器翻砂厂、鸿昌机器厂。电力行业也应运而生,其中影响最大的当数宜昌永耀电气股份有限公司。历经多年的历史变迁,很多古建筑都在战争中或改造中消失了,但这些建筑物的旧貌依稀可辨,依然静卧在宜昌的各个角落,娓娓诉说着它们的历史故事。

图 5-3　宜昌码头（威尔逊摄于 1911 年,三峡美术馆供图）

　　宜昌开埠后,先有英国在红星路设立领事馆,后有德国在桃花岭设立领事馆。民国三年(1914 年),日本也在宜昌设立领事馆。一百多年过去了,物是人非,这栋跨越三个世纪的百年老建筑数易其主,庆幸的是墙尖堆塑的"1892"建筑年代标识仍完好保存着。

　　英国在宜昌不仅设立了领事馆,还新建了很多洋行、公司等,如太古洋行、怡和洋行。20 世纪 80 年代这些建筑拆除翻盖新楼,至此,怡和、太古等洋行尚有遗存可寻的,一处是怀远路上的太古渝洋行旧址的一座楼,该楼改成市委机关办公楼后,被人们熟知为"书记楼";另一处是桃花岭上原亚细亚火油公司的公事房。

　　1898 年,英商在宜昌还开办了隆茂洋行,后来邮局租用该行的一栋大楼办公,直到宜昌解放,楼旁小巷被起名"邮局巷"。如今这栋完好的楼,既是宜昌唯一滨江的洋行实物,也是中国人独立办邮政的历史见证。

第二节　宜昌大撤退的影像叙事

　　时光行至 1937 年,长江水依旧静静地流淌。

　　这年 7 月 7 日,卢沟桥事变爆发,中国国土开始大规模沦陷。国民政府决定迁都重庆。于是，华北、华东、华中等地的机关、学校、工厂企业沿着长江向大西南搬迁。当时入川，飞机数量少得可怜，公路不多，更没有铁路，唯一的黄金通道是长江三峡。而宜昌以上的航道滩多浪急，狭窄险恶，船行之处险象环生。据《新世界》杂志载："宜昌水位降至零上四英尺时，航行川江的中外轮船均停泊宜昌，似乎在那里开展览会。四川冬旱波及十县之多，证明长江水位绝非短期可以复原。"

到 1938 年 10 月底，从上海、南京、武汉撤退到宜昌的一些重要工业物资均堆积在宜昌码头，还有数以万计的人员等待入川。眼看侵华日军侵略行径愈发疯狂，国民政府于是下达命令，要求在 40 天时间内，将绝大多数难民和数万吨抗战物资，从宜昌沿水路转移到四川和重庆地区。

卢作孚是当时最大的民营轮船公司——民生公司的创办者。他参加过同盟会，从事过反清保路运动和五四运动，担任过师范学校校长和报社记者、主编。民生公司成立后，规模迅速扩大。1937 年底，国民政府改组，卢作孚临危受命，出任交通部常务次长，同时兼任军事委员会下属的水陆运输委员会主任。摆在卢作孚面前的严峻现实是：从宜昌到重庆，上水航行至少需 4 天，下水航行至少 2 天，而当时川江已是枯水期，按当时民生公司的运力计算，完成运输任务需要整整一年时间。原本只有 10 万人口的宜昌城已被滚滚而来的难民和源源不断运到的战时物资挤满，从宜昌城到通惠路再到船码头，大街小巷都是人，所有的旅店、客栈、学校都挤满了人。这场转移任务，在当时所有人看来几乎是一件不可能完成的事情。

1938 年 10 月 23 日，卢作孚以民族利益为最高准则，组织有关部门，调配海轮驳船，征集民船，并亲率民生公司全体职员，连夜制定《非常时期客运救助办法》。在这份方案中，要求旅客按照到宜昌的先后顺序登记，依次购票上船，同时降低票价，对于战区儿童、公教人员给予提前抢运、半票甚至免费的优待。中共宜昌党组织还组织数万宜昌人民肩挑背扛，日夜不停，冒着日军飞机轰炸和炮火，投入这场声势浩大的抢运战时人员和物资进川，以及由西向东转运抗战人员和武器、弹药、川盐等物资的行动中。为了增加轮船的运载能力，卢作孚决定把轮船上的卧铺全部改为坐铺。

在当时，民生公司的轮船往返于宜昌和重庆需要 6 天时间，为了缩短运输时间，卢作孚想出一个妙招：整个运输分 3 段航行，即宜昌到三斗坪为第一段，三斗坪到万州为第二段，第三段是万州到重庆。每班船以吃水深度、马力大小为基本依据，先用一部分船只将货物送至三斗坪，当即返回，再由公司调船运至万州、重庆；对重要物资和大型货物则由宜昌港直接运至重庆，再返回宜昌。

10 月 24 日，民生公司的第一艘满载物资和人员的轮船从宜昌起航，船上还有卢作孚亲自护送的几百名难童。

图 5-4   民生公司为宜昌大撤退贡献至巨

此时的卢作孚正凭借一己之力，全力打通这条"江上生命通道"，但他也不确定，在侵华日军完全抵达宜昌之前，能否把物资和难民全部转移完毕。

1938 年 11 月，几乎每天都有日军的飞机在川江上空盘旋轰炸，更何况轮船的操控性本就较差，一旦遭遇日军飞机轰炸，根本无法躲避。到了 11 月中旬，眼看着 40 天的抢运期已过去一半，码头上的货物却只运走了三分之一，而枯水期也即将到来，留给卢作孚抢运的时间不多了。

为了加快运输速度，卢作孚给每艘轮船都配备了一台无线电台，以便随时接收军方发来的日军空袭情报，让轮船提前躲避日军轰炸。

但如此一来，轮船预定的航行时间便无法保证，再加上遭日军轰炸的船只，有的需要维修，有的彻底报废，致使"宜昌大撤退"再次陷入运力不足的困境。

经过再三思考，卢作孚作出了一个艰难的决定：所有轮船开通夜航。

在 20 世纪 80 年代以前，川江上行驶的船只一律禁止夜间航行，因为夜间航行无异于以命相搏。

然而，民生公司的船员们总能在一个又一个漆黑的夜晚奇迹般地化险为夷，这一切都要归功于民生公司里经验丰富的领江（船长）。

民生公司曾给每位领江定下死规定，要求他们对川江的每一个峡口、每一处险滩，甚至每一处漩涡都了如指掌。正是有了这样专业的领江，才保证了轮船夜间航行能够顺利抵达。

图 5-5   卢作孚先生

1938年11月下旬,三峡水位越来越低,中水位轮船已无法在川江上继续航行。卢作孚临危不乱,组织民生公司所有员工改用木船和绞盘拖船装载剩余物资,日夜运输。遇到浅滩水枯处,民生公司员工便与前来援助的军民一起,改用人力在长江岸边用绳子拉着一艘艘分装的木船艰难前行,由此开启了长江航运史上前所未有的意志与力量的拼搏。

40天过去了,拥塞在宜昌的待运人员早已运完,器材运走了三分之二。又过了20天,江水低落到无法大规模运输,宜昌各码头的器材都已不见踪影。抗战运输最紧张的一幕——宜昌大撤退奇迹般落下帷幕。

宜昌大撤退结束后,一位美国记者在采访卢作孚后,在文章中写道:"在他(卢作孚)新船的头等舱里,他不惜从英国进口刀叉餐具,从德国进口陶瓷制品,但是在他自己家的餐桌上,却只放着几只普通的碗和竹筷子。家里唯一一件高级的用具是一把三十年代初期购置的小电扇,漆都褪尽了,破旧不堪,毛病不少。"

1952年2月,这位被称作"船王"的航运大亨卢作孚临终时,特意嘱咐他的后人:"借用的民生公司的家具送还公司,民生公司的股票交给国家。"而卢作孚这个伟大的名字,也铭刻在伟大的抗战史诗之中。

第三节　共和国初期的码头记忆

1949年,无论对于宜昌还是整个华夏而言,都是历史的一道分水岭,正如胡风给自己的长诗所起的那个豪气干云的标题——时间开始了。

1949年7月6日,宜(昌)沙(市)战役打响,中国人民解放军第13兵团第47军、第48军和湖北独立师分别从镇境山、北门、东门、铁路坝、北山坡、杨岔路等地攻进宜昌县城。

7月16日,宜昌县城的枪炮声停止了,但人们不敢开门。随着更夫"开门迎解放"的喊声和急促的敲锣声,才有大胆的人把门打开。门开后,市民发现街上贴满了欢迎解放军的标语。而这支从遥远的东北打到宜昌的解放军官兵却睡在街边屋檐下。

图 5-6　1949 年 7 月 16 日，宜昌解放（宜昌档案馆供图）

　　解放军进城后的第三天，中共湖北省委将原属宜昌县城管辖的杨岔路、葛洲坝、西坝、铁路坝、下铁路坝、黄草坝等地划出，成立新的宜昌市，与宜昌县同处一城。7 月 21日，市委召开进城后第一次会议，研究接管组织领导问题。进城后的首要工作是接管，会议决定按照"自上而下，原封不动，统一接收，分别管理"的工作原则，根据不同情况，采取不同接管方式。7 月 22 日，宜昌市军事管制委员会、宜昌市人民政府、宜昌市警备司令部正式对外办公。截至 8 月 31 日，共接管宜昌国民党党政军警法机关、教育、财经和公营企业 54 个单位，遣送国民党散兵游勇 1306 人。

　　7 月 24 日，刘真市长在莎乐美电影院召开大会，动员港口工人支前。在宜昌的四野 47 军除部分留驻宜昌外，大部分由宜昌城区和宜都过江，到鄂西和川南追击敌军。二野 50 军等部队从宜昌过江后，经恩施入川。宜昌组织各类船舶 400 多只，装卸工人和船员 3700 名参加支前运输，裕华、裕生等船公司相继参与支前运输。宜昌港在解放之初短短一个月内，紧急运送 20 余万过境部队及大量后勤辎重，有力支援了四野第 47 军挺进鄂西、川南，二野第 50 军入川。

　　至新中国成立前，宜昌曾有"九帮三十六码头"之说，足见宜昌码头帮会与船帮对宜昌码头的影响。宜昌市政府强力取缔封建帮会，消除码头帮会与船帮势力，以工会组织管理码头。1949 年 11 月 13 日，市政府召开码头工人千人代表大会，首次与封建把头展开斗争。随后，11 月 18 日市政府又召开各界全会，专门研究宜昌码头问题，会上作出四项决定：①全市码头工人团结起来，取消封建剥削；②实行劳资两利政策，取消不合理码头旧规；③规定统一合理的工资，改用折实单位作计算标准；④整顿码头组织，设立码头问题研究委员会。数年后，影响宜昌码头数百年的码头帮会与船帮组织，彻底从历史舞台上消失。

图 5-7　解放初的宜昌码头（韩玉洪供图）

1951 年,为管理宜昌码头,长航宜昌办事处对宜昌市码头实行统一编号,上起大南门,下至杨岔路江段,按顺序编为一码头……九码头……十四码头。到 1958 年,城区沿江共有码头 48 座、121 个泊位。

在国民政府统治时期,宜昌城市遭受严重破坏,秩序混乱,粮食奇缺,工厂停工,工人失业,物价不稳,一切百废待兴。新中国的诞生,对于宜昌这个沿江城市和生活在其中的人们而言意义重大。当时,宜昌重工业几乎为零,轻工业仅有少量纺织业,人们日常用的是"洋钉""洋火""洋油",全国钢铁产量若分配到每个人手里仅够打一把菜刀……这就是新中国成立初期经济发展水平的真实写照,也是宜昌城市的历史写照。当时中国国力之弱、民生之苦可见一斑。仅仅两个半月时间里,宜昌市委、市政府就带领全市人民完成支前接管、恢复生产、安定市民生活等工作,迈出了将消费型城市转变为生产型城市的第一步,不仅进了城,而且站稳了脚跟,人民政权得到巩固,全市人民以崭新的面貌迎来了 1949 年 10 月 1 日新中国的诞生。

第四节　宜昌腾飞的影像记录及代表性摄影家

在长江的蜿蜒流淌中,宜昌这座历史悠久的城市,见证了自己从新中国成立初期到 20 世纪 70 年代缓慢而曲折的发展历程。如同一幅徐徐展开的画卷,宜昌在 20 世纪 60 年代中期迎来国家"三线建设"的战略布局,随后葛洲坝工程和三峡工程的宏伟建设,为这座城市注入了前所未有的活力,使其实现了三次华丽的蜕变,从一个峡江小城,逐渐发展为长江中上游的中等城市,最终蝶变为一个区域性中心城市。

1965 年至 1990 年,"三线建设"特别是后期的葛洲坝工程建设,让宜昌实现第一次腾飞。在那个充满激情的年代,宜昌的工业基础得以夯实,交通网络得以拓展,商业和旅游业迎来蓬勃发展,城市版图也随之扩大,人口数量实现第一次大规模增长。宜昌,这座曾经依偎在长江之滨的小城,开始蜕变为一个充满活力的中等城市。伍家岗工业片的故事十分精彩。宜昌棉纺厂的建立,让宜昌的纺织业从无到有、由弱变强。纺织女工们的身影成了这座城市最亮丽的风景线。五一广场的建立,更是见证了工人阶级的智慧与力量。

1991 年至 2009 年,三峡工程建设推动宜昌实现第二次腾飞。这一时期,宜昌产业发展壮大,水、陆、空立体交通格局形成,融入"宜荆荆"一小时城市圈;旧城改造、城市环境综合整治、民生项目建设让宜昌城市面貌焕然一新,宜昌迈入区域性中心大城市行列。三峡工程于 1992 年 4 月获批立项实施,1994 年 12 月开工建设,2003 年 6 月开始蓄水发电,2009 年全部完工,历时近 20 年。

图 5-8　三线建设在宜昌(胡传才供图)

图 5-9　1991 年,葛洲坝船闸首次试航(徐达摄)

2010 年至今,在长江的怀抱中,宜昌这座古城在 21 世纪的时代浪潮里迎来了它的第三次腾飞。随着长江大保护典范城市建设的推进,宜昌被赋予了新的使命,三峡水运新通道的建设,更是为这座城市的发展注入了新的活力。这一时期,宜昌新区的建设进一步拓展了城市空间,宜昌迈入了高铁时代,融入了全国都市圈。三峡水运新通道的建设、新型产业的兴起、长江大保护生态治理的推进,都彰显了宜昌山水城融合的独特形象气质。社会治理的创新提升了市民的生活品质,宜昌作为区域性中心大城市的格局初步形成。

在宜昌的三次腾飞中,长江宜昌码头,尤其是九码头区域发生了脱胎换骨的变化,这一切都被摄影者用镜头作了重要记录。徐达、佘代科、宋华久、徐为民、肖佳法、孟炜炜、张晓建等摄影家便是其中的代表人物,他们用镜头解读三峡、长江与宜昌码头,其作品也永远定格了历史瞬间。

图5-10 客轮从宜昌港启航(杨和摄)

徐达,1932年生,宜昌市人,中国摄影家协会会员,曾当选宜昌市摄影工作者协会理事长、宜昌市摄影家协会名誉主席及顾问,1951年9月参加工作,历任宜昌市委宣传部新闻科、文艺科科长,1993年12月调任宜昌市文联副主席。

16岁时被父亲送入宜昌大中华照相馆当学徒。自1951年至"文革"结束,他以新闻摄影和纪实摄影为主,拍摄了大量历史照片,发表于《工人日报》《人民日报》《峡江日报》等数十种报刊。他精心钻研黑白集锦摄影,开创了"集锦摄影"的独特创作方法。在迄今60余年的摄影创作生涯中,他在《人民日报》《中国摄影》等50余家海内外报刊发表摄影作品500余幅,获奖20余次。其中,《数学家的印象》于1985年获全国首届黑白影展三等奖,《故乡的路》在中南五省影展中获一等奖,《故乡情》《三峡轻舟》入选全国风光影展。1986年10月,徐达黑白集锦摄影展览在武汉举办;1987年,徐达被评为湖北省"十佳摄影作者"。1999年4月,湖北人民出版社出版了徐达摄影杂文集《大千百味》(徐达与符利民合作编著)。

图5-11 宜昌城和一江清水(龚健摄)

佘代科,1945年生,四川巫山人,中国摄影家协会会员,历任湖北省摄影家协会副主席、宜昌市摄影家协会主席,1964年从宜昌四中高中毕业,同年9月进入市床单厂设计室担任美工,1966 年调入共青团宜昌市委,1970 年调入宜昌展览馆任美工兼摄影员。展览馆改为宜昌地区文化馆后,他任副馆长。2005 年,佘代科退休。

图 5-12　当代九码头和万达商圈美景（韩永红摄）

自 1968 年开始摄影以来,他数十年坚持三峡摄影创作,拍摄了大量三峡地区风光、人文作品,是三峡摄影的重要代表人物之一。1973 年,《川江航运》入选全国摄影艺术展览,是宜昌地区最早入选全国影展的作品之一;1974 年,《贴心人》入选全国摄影艺术展览,并被中国历史博物馆收藏。2004 年,《走进三峡》在平遥国际摄影节上展出。2006 年,《中国摄影》杂志第三期重点推出佘代科的十余幅三峡摄影代表作及评论文章,引起中国摄影界关注。佘代科多年从事摄影组织工作,举办了众多摄影展览、比赛和大型摄影活动,培养了一批摄影创作骨干,为宜昌摄影界整体水平走在湖北前列作出了贡献。1989 年,他获得中国摄影家协会授予的"德艺双馨"摄影家称号。

图 5-13　20 世纪 80 年代的九码头（徐达摄）

图 5-14　峡江渔歌（佘代科摄）

宋华久,1956 年生,秭归人,中国摄影家协会会员,湖北省摄影家协会理事,宜昌市摄影家协会顾问,历任《三峡晚报》摄影部主任、主任记者,宜昌市摄影家协会常务副主席,1972 年在湖北轴承厂工作期间参加了市委宣传部举办的摄影班,自此踏入摄影创作之门。1979 年,他的摄影作品《又长高了》荣获联合国教科文组织亚洲文化中心举办的第四届摄影比赛"亚洲妇女"主题二等奖,他由此在摄影界崭露头角。他随即调入《西陵报》任专职摄影记者,成为宜昌摄影界纪实摄影的代表人物之一。他的代表作有《百名三峡专家》摄影系列(1997 年),《走进三峡》摄影集(1995 年由武汉大学出版社出版),《三峡库区掠影——淹没了的城镇》专题系列(1999 年)等。他于 2002 年出版《三峡民居》摄影集,该摄影集 2003 年被《中国摄影》评为"中国最受欢迎的摄影画册"。宋华久从事摄影工作以来,获省级以上影展、竞赛奖项 14 次,并于 1995 年应邀在法国瓦朗谢纳大学举办个人作品展览。他于 1997 年赴日本,在樱花——中国长江三峡写真展中任中方艺术总监并有多幅作品参展。1998 年,山东电视台为其录制了 20 分钟的专题片《宋华久和他的三峡梦》,该专题片在多家电视台播放。

图 5-15　宜昌港一角（宋华久摄）

徐为民，1974 年开始从事摄影，1983 年加入中国摄影家协会，1984 年至 1986 年就读于江西大学新闻系摄影专业，是中国第一代摄影专业大学生，曾任湖北省摄影家协会副主席、宜昌市摄影家协会主席，现为宜昌市摄影家协会名誉主席。

徐为民从事摄影 40 年，在省级以上媒体发表、展出、获奖的摄影艺术作品达数百幅。1979 年，《场外心声》获全国第二届优秀体育摄影作品三等奖；1985 年，《中国摄影》杂志发表"徐为民作品选"专栏介绍；《三个妇女》获"亚洲大学生摄影展览"银奖；1987 年，《我三岁》获《中国摄影》摄影比赛专业组三等奖；2003 年，他策划航拍的由 1200 余张底片组合而成的巨幅作品《中国长江三峡写真长卷》，全面记录了 193 公里长江三峡蓄水前的原始风貌，获第 21 届全国摄影艺术展优秀奖。在他的带领下，宜昌摄影得以快速发展，人才队伍及成果均居全国地市州前列。他整合本地摄影资源，将大三峡地区摄影人才凝聚为一体；开创分会模式，吸引基层摄影爱好者加入，十余家分会现拥有各级会员 6000 余人；建立专家工作坊，培养摄影高端后备人才，为宜昌摄影的腾飞奠定了精英基础。

图 5-16　三峡纤痕（1991 年）（徐为民摄）

肖佳法，中国能建影像协会常务副主席，中国摄影家协会会员，中国新闻摄影学会会员，湖北省摄影家协会副主席，长江摄影协会副主席，宜昌市摄影家协会副主席，新华社签约摄影师。肖佳法长期从事企业宣传和党务工作。他擅长纪实摄影，作品以记录中国水电建设的变迁和中国葛洲坝集团公司的发展为主。他重点关注长江三峡题材的创作，作品主题突出、构图简洁、用光讲究、色调和谐，特色鲜明。他的作品注重发挥摄影的纪实功能和表意功能。他的三峡系列作品不仅仅是对自然山水和风光的拍摄，更多的是用图片记录了三峡变迁这一特定历史时期三峡建设者、三峡原住民、三峡移民的人文精神以及生态环境,具有一定的史料价值。他有上千幅摄影作品被省部级以上报刊采用,他的《金色三峡》《勇救落水女》《三峡"机窝"里飞出欢乐的歌》《我陪爷爷游三峡》等百余幅摄影作品在省部级、国家级摄影比赛中获奖。

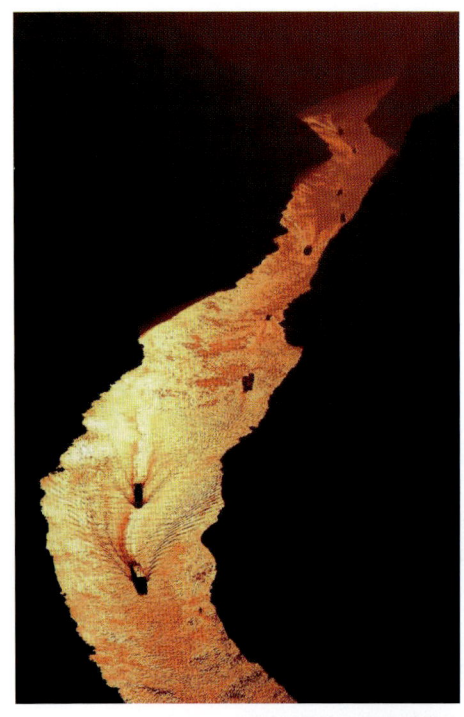

图 5-17　金色三峡（2003 年）（肖佳法摄）

孟炜炜,毕业于武汉大学新闻学院摄影专业。她是中国摄影家协会会员、湖北省摄影家协会会员、中国女摄影家协会会员、湖北省女摄影家协会副主席、宜昌市女摄影家协会名誉主席,历任宜昌市城建档案馆副馆长、研究馆员。她长期从事城市建设声像档案摄影工作,拍摄了大量记录宜昌城市建设历程的珍贵照片,注重探讨图像文献价值与艺术价值的结合。其多篇学术论文在国家、省级档案界和摄影界核心刊物上发表,摄影作品多次在国内各类影展（赛）中入选并获奖。2021 年 7 月 10 日,"30 年 30 街——宜昌背影"孟炜炜纪实摄影展暨画册首发式在三峡美术馆举办。展览共展出图片 200 多幅,以纪实文献图片为主,时间跨度为从 1990 年至今,历时 30 年。九码头、解放路、云集路、二马路、自立路、珍珠路、陶珠路、学院街、中书街,乃至河水巷、肖家巷等老街老巷,通过孟炜炜的镜头,鲜活地呈现在观众面前,递进式地展现了城市面貌"三年一小变,五年一大变"的建设成果。

张晓建,1957 年 3 月生,现任宜昌市伍家岗区山外山文化传播工作室负责人。他是高级摄影师、中国摄影家协会会员、中国艺术摄影学会理事、宜昌市影视家协会副主席、宜昌市商业广告摄影家协会主席,从事摄影艺术创作 40 余年。他在专业摄影报刊发表摄影作品达 100 余幅,其中在全国、省级比赛中入选、获奖 60 余幅。

影像是生动的历史,影像是城市的记忆。本书呈现的这些摄影作品,如同一扇时光之窗,生动地勾勒出不同特殊时期的社会面貌和人文风情。每一张照片都是一个鲜活的时间胶囊,带着浓厚的时代印记,令人仿佛穿越回那段激荡而深沉的岁月。在数字技术的浪潮下,摄影变得更加便捷和普及,每个人都能通过现代摄影工具记录和分享自己的故事,成为时代记录者中的一员。

图 5-18　宜昌邮政巷（1992 年）（孟炜炜摄）

图 5-19　宜昌城全景（张晓建摄）

　　这些影像的创作者中,有早期的外国摄影家。当摄影之风吹进国门后,国内特别是本地的摄影家们,对摄影更是无比热爱。他们通过镜头展现了对中国社会的独特观察与理解。他们以细腻入微的视角,捕捉到人们的笑容、劳动场景、城市风景,从而构建起一幅丰富而饱满的画卷。如今,这种热爱已演变成一种全球现象,随着社交媒体的兴起,摄影不仅是艺术表达方式,更成为人们沟通和分享的桥梁。

　　这些影像作品,更是宜昌近现代历史的一部分,呈现出一段段沉甸甸的过往时光。透过这些照片,我们能够感受到那个时代社会的脉搏和人们的情感起伏,而这正是摄影的力量。它不仅记录了过去,更让我们能在当下审视自己,思考社会的发展与进步。在今天,这种力量得到了前所未有的放大,随着"人人都是摄影师"时代的到来,摄影已成为连接个人与世界的重要纽带。

  这些影像是一个历史的见证,是一个时代的缩影,更是每一个生命的注脚。宜昌摄影缤纷夺目的影像实践与丰富璀璨的影像成果,事实上已然成为当代中国摄影版图上的"宜昌现象"。在现代摄影的浪潮中,宜昌摄影以其独特的历史地位和文化内涵,继续激励着新一代摄影师去探索、去记录、去表达,让这份独特的文化遗产在数字时代焕发出新的光彩。

第六章
码头有迹月有痕
——文艺史料

第一节　人物生平大事及创作年表

一、鄢国培生平大事及创作年表

1934 年,生于重庆南川,祖籍重庆铜梁。

1954 年,毕业于重庆第六中学。

1955 年,在长江航运管理局重庆青草坝船厂当工人。4 月,小说处女作《凤尾溪边》在《少年文艺》上发表。至 1956 年,先后在《少年文艺》《红岩》《重庆日报》《草地》等文学杂志和文艺副刊上发表短篇小说《小电工》《老鹰岩探矿》《父子船长》等 10 余篇。

1956 年 12 月,短篇小说集《老鹰岩探矿》由重庆人民出版社出版,这是其个人首部著作;同年,他被调到长航重庆轮船公司"岷江"号登陆艇上当电工,开启了长达 23 年之久的长江海员生活。

1957 年 9 月,短篇小说《他们是幸福的》在上海《萌芽》文学月刊上发表。此后 20 年,他再未提笔写过一篇小说。

1958 年 12 月,与周世英女士结婚。周世英(1940—),宜昌人,宜昌烟草公司退休职工。

1959 年,女儿鄢敏出生。

1963 年,儿子鄢文出生。

1978 年初春,开始创作长篇小说《长江三部曲》之一《漩流》。

1979 年 8 月,《漩流》由长江文艺出版社正式出版,在社会上引起强烈反响。《宜昌报》《湖北日报》《长江日报》《工人日报》《人民日报》《文艺报》等 10 余家报刊纷纷发表评论文章。《漩流》一上市便被抢购一空,之后连续重印,先后发行达 26 万余册。

1979 年,调入长航局创作室任专业创作员。

1981 年 4 月和 1983 年 5 月,长江文艺出版社分别出版《长江三部曲》的第二部《巴山月》上、下册。

1984年,被调到湖北省作家协会任专业作家。

1985年,当选湖北省作家协会副主席。

1986年1月,中国文联出版社出版《长江三部曲》的第三部——《沧海浮云》上、下两册。《长江三部曲》全书近200万字,历时7载完成,是专写长江生活的首部长篇小说巨制。《长江三部曲》特别是《漩流》,在中国当代文坛和广大读者中产生了深远影响。《长江三部曲》获得首届茅盾文学奖提名奖,先后被改编成电视剧、评书、连环画等。

1987年6月,在《当代作家》上发表中篇小说《美丑奇幻曲》。

1989年8月,在《长江文艺》月刊上发表中篇小说《荒漠的神殿》。

1990年6月,长江文艺出版社出版《冉大爷历险记》。这是一部极富传奇色彩的通俗长篇小说,也是鄢国培计划创作的《乌江三部曲》之一。1990年起,他出任湖北省作协主席,享受国务院政府特殊津贴。

1993年,当选为湖北省第八届人民代表大会代表、中国共产党第十四次全国代表大会代表。

1995年12月22日,因车祸不幸去世。

(根据有关资料辑成,经其子鄢文审定)

二、黄声笑生平大事及创作年表

1918年,黄声笑(原名黄声孝)出生于宜昌城区西坝。

1951年,宜昌市文联筹委会在码头工人中建立了全市第一个创作组,黄声笑是其中的主要成员。

1953年9月30日,宜昌港务局码头搬运工人黄声笑等启程赴朝鲜,慰问中国人民志愿军。

1958年5月,黄声笑首部诗集《装卸工人现场鼓动快板》由湖北人民出版社出版。8月15日,他赴北京参加中国民间文学工作者大会,受到毛泽东主席的亲切接见。12月,黄声笑第二部诗集《新国风第一集:黄声笑诗选》由宜昌市人民出版社出版。该书收录黄声笑诗歌25首,分为四个部分:歌颂党和毛主席、痛击帝国主义、歌颂全党全民大办钢铁、歌颂装卸工人忘我劳动。

1959年,第三部诗集《歌声压住长江浪》由湖北人民出版社作为"工农创作丛书"之一出版,收录诗歌50首,《我亲眼看见毛主席》被作为第一首。同年,北京文字改革出版社出版了以黄声笑文章为内容的注音识字读物《鼓起干劲来》,该书的内容提要说,这是一个装卸工人作家写的短文,他述说了在党的培养下,自己怎样开始写作,应该抱什么样的态度写作,怎样才能把作品写得好、写出来受读者欢迎。原文发表于

1960 年第 2 期《文艺报》上,后由北京文字改革出版社按汉语拼音字母注音,标上声调,使扫盲后的广大工农读者通过拼音巩固识字成果,提高阅读能力。同年,宜都工业区人民出版社(即原宜昌市人民出版社)出版了黄声笑、习久兰等人的合集《大跃进诗选》。同年秋,黄声笑第二次入京,登上天安门,参加了中华人民共和国十周年国庆观礼。

1960 年,黄声笑出席湖北省文联第三次代表大会,当选为省文联第三届委员会委员。同年,他出席全国文学艺术界联合会第三次代表大会,当选为主席团成员,并加入中国作家协会,成为宜昌首位中国作协会员。

1962 年底,长诗《站起来了的长江主人》第一部由中国青年出版社出版。后又两次印刷,总印数达 5 万多册。

1964 年,黄声笑完成长诗《站起来了的长江主人》第二部的创作。

1966 年,长诗《站起来了的长江主人》第二部在《长江文艺》上发表。

1973 年,短诗《挑山担海跟党走》《毛主席给我幸福家》分别入选 1973 年湖北初中语文课本第四册、第五册。

1974 年,长诗《劈风斩浪拖林海》在《长江日报》上发表。

1975 年,诗集《挑山担海跟党走》由人民文学出版社出版,收录诗歌 36 首。

1979 年,《搭肩一抖春风来》由湖北人民出版社出版。同年 10 月,黄声笑在天安门城楼参加了国庆 30 周年观礼,并出席全国文学艺术界联合会第四次代表大会。

1980 年,人民文学出版社推出由《文艺报》编辑部编辑的《文学:回忆与思考》,收录茅盾、冰心、艾青等数十位著名作家的创作经历,黄声笑入选。

1986 年,黄声笑从长航局政治部创作组退休,从武汉重回宜昌定居。

1995 年 1 月 18 日,黄声笑因病在宜昌去世,享年 77 岁。

三、冯中衡生平与创作年表

1921 年

12 月 20 日,出生于湖北省宜都古老背兰草湾冯家湾。其祖父从事教育工作,父亲冯仁斋均受五四运动影响。二伯父冯兆南为民国六省总参兼湖北参议,精通国画、书法,有画作传世。

1932 年 11 岁

结束私塾学习,到宜都县立小学接受新式教育,跟随武昌艺术专科学校毕业的邹文普老师开始绘画基本训练。

1936年 15岁

9月1日,从宜都县古老背小学修满高级课程毕业,升入武昌荆南中学学习,之后转入宜昌四川中学读书。

1938年 17岁

2月18日,武汉抗战形势趋紧,武昌艺术专科学校被迫西迁,第一步迁至宜都古老背的汪家祠堂,租民房设武昌艺专第二分部办公室。8月,冯中衡考入私立武昌艺术专科学校高中艺术师范科预科。10月25日,武汉沦陷。12月,学校辗转搬迁至四川江津德感坝的五十三梯。父亲冯仁斋去世,享年60岁。

1939年 18岁(江津)

画《伏尔泰》《安琪尔》等8幅石膏素描。

1940年 19岁

在江津画一批水彩画,如《溪边水车坊》《林中印象》,其中《河边写生》现藏于湖北美术馆。作品选送参加在英国伦敦举办的"反法西斯同盟国画展"。

1941年 20岁

画素描《男青年》《女青年》《半身带手的妇女像》等。

1942年 21岁

7月,武昌艺专高中艺术师范科毕业。同年9月进入武昌艺专绘画科西画组,此后休学一年,到中国教育电影制片室当学员。11月,任中央政治大学美术辅导员。12月,4幅水彩画参加第三届全国美术展览及全国劳军美展,其中2幅被收藏。

1943年 22岁

5月,任正中书局推广科美术广告员。9月,复学于武昌艺专绘画科西画组。

1944年 23岁

3月24日,唐义精、唐一禾赴重庆开会途中不幸罹难,冯中衡闻讯赶赴遇难现场救援。创作素描《吹笛子的人》《厨工》《男人体》等。

1945年 24岁

7月,武昌艺专绘画科毕业,师从唐一禾、周圭、许秦谷、秦宣夫、冯法祀等。

1946年 25岁

与杨传英结为伉俪。在四川南川县简师任美术教员,创作油画《杨传英像》《瓶花》等。

1949年 28岁

2月,在宜昌县初中任教,创作油画《红旗飘飘 奋勇前进》。

1950 年 29 岁

9 月，绘制巨幅油画《在毛主席的指引下建设新中国》，悬挂在文化馆门楼前，此处为宜昌军政首脑检阅台。

10 月 17 日，宜昌市人民教育馆成立，在解放路 1 号（原中美文化餐厅旧址）办公，冯中衡担任美术部主任。

1951 年 30 岁

学习苏联油画，有多幅油画面世。进入三峡写生，作品有《夔门》等。

1952 年 31 岁

到南津关、秭归、巴东、巫山、奉节等地写生，创作《舵手》《信号台》等作品。

1954 年 33 岁

画《繁荣的宜昌港》《春天》《少先队员》等。

1955 年 34 岁

陪同苏联画家马克西莫夫等到宜昌附近写生，并举办美术讲座。油画《顶推》参加湖北省青年美术展，获二等奖。

1956 年 35 岁

5 月，在武汉参加苏联画家梅尔尼科夫的"中南油画专业班"学习。其间，画油画《人物》2 幅，1 幅现藏于宜昌博物馆。加入中国美术家协会湖北分会。

8 月，参与湖北省美协的筹备工作，并任理事。

10 月，油画《宜昌港》在湖北省第一届美术画展中获二等奖。

1957 年 36 岁

7 月 23 日，陪同苏联画家马克西莫夫及中央美院师生，从武汉、宜昌至重庆写生，创作《重庆 1957》《武汉码头》《三峡勘探》等画。

9 月，长江文艺出版社出版发行《宜昌港》画册。

1959 年 38 岁

7 月，作品《三峡水电站的勘测》在《东风画刊》上发表。10 月，作品《不夜的宜昌港》《孔明灯》入选庆祝建国十周年湖北省美术作品展。冯中衡到武汉等地写生，创作《武汉大桥兴建中》。

12 月，《顶推》《宜昌港》《黑龙滩》《浣衣女》《长江大桥兴建中》被湖北省博物馆等单位收藏。

1960 年 39 岁

中国美术家协会武汉分会成立水彩画创作组，由周韶华、冯中衡、陈少平、金家齐等组成。冯中衡创作《南津关码头》。

1967 年 46 岁

创作《三峡集仙峰抢险》《女船长》《三峡信号台之夜》《古夫镇》等。

1968 年 47 岁

创作《毛主席视察三峡》《宜昌港》系列画。

1970 年 49 岁

在枝江问安的五七干校学习,仍坚持作画。

1972 年 51 岁

与杨立光赴葛洲坝工地深入生活,画《葛洲坝建设中》等作品。

1973 年 52 岁

担任宜昌市人民英雄纪念碑总体设计师,该项工程被评为"宜昌市首届十佳建筑"。画素描《庆祝湖北省贫下中农代表会议胜利召开》。

1979 年 58 岁

3 月,参与创建武汉水彩画会,该画会是全国较早成立的水彩画协会。

《宜昌港》参加湖北省美术作品展览。

1980 年 59 岁

在宜昌市群众艺术馆举办三峡油画写生作品展,展出 70 余件反映长江三峡风情的作品,这是他有记录的第一次个人画展。创作的《黄金水道》在中国美术馆展出,《夔门》被香港美术馆收藏。

1982 年 61 岁

1 月,湖北画家冯中衡三峡油画水彩展在上海和平公园举办,著名画家颜文梁题写展名。此次展出 108 幅作品,其中油画 72 幅,水彩 36 幅,如油画《巫山文凤观》《中堡岛——周恩来视察过的地方》,水彩画《建设中的葛洲坝》等。

12 月,在宜昌市文联第一次代表大会上,当选为宜昌市文联副主席、市美协主席。

1984 年 63 岁

与吴冠中赴长江三峡写生,在三游洞合影留念,吴冠中作《忆黄山》《江南水乡》赠冯中衡留念。冯中衡创作水彩画《中堡岛》。

在武汉举行冯中衡绘画作品展,展出《集木场》《巴东港》等 100 幅作品。

1987 年 66 岁

在重庆南川画油画《夔门雄风》《雄奇三峡》。7 月,水彩画《春水》完成。

1988 年 67 岁

9 月,应李剑晨、时昭溥之邀,赴南京举办冯中衡百里三峡水彩画展,参展作品有《清风》《夜泊》《黄色的呼唤》等 148 幅。宜昌市文联推出《冯中衡水彩》画册。

1994年73岁

《三峡系列一放筏》入选《中国当代水彩画艺术》。撰文《五十三梯武昌艺专的记忆》。

1996年75岁

4月,《巫峡云雨》入选第三届全国水彩画、粉画展览。

1997年76岁

4月,《冯中衡三峡水彩画集》由中国三峡出版社出版,萧淑芳、李剑晨分别题写书名,杨立光写序。

7月,完成《三峡水彩组画》的创作,该组画为纸本,由12幅组成,分别是《云阳张飞庙》《瞿塘峡》《巫山神女峰》《巫山小三峡》《峡中孤岛流来观》《青滩》《牛肝马肺峡》《崆岭峡》《西陵峡之鬼门关——对我来》《峡中飞瀑》《灯影峡》《建设中的三峡大坝》。

1999年78岁

水彩作品《乌江绞滩》入选湖北省第三届美术作品展览。创作《雁飞峡江》《世纪伟业》等作品。

2000年79岁

完成《守望三峡》的创作。9月,《中国水彩画史》由上海画报出版社出版,在第五章第四节,冯中衡被列为水彩画的代表人物。

2002年81岁

11月14日,因病医治无效,在宜昌去世,享年81岁。

2013年

宜昌举办冯中衡绘画艺术回顾展,湖北美术出版社出版《冯中衡水彩画》大型画册。

四、蔡静安生平大事与创作年表

1928年1月5日生于宜昌。曾署名壹舟、墨缘轩主人,别号静庵。年幼读私塾3年,自幼酷爱书法,雅好篆刻,13岁拜师学艺,始从颜黄入手,继而临习郑文公碑、张猛龙碑、石门铭、嵩山高灵庙碑诸碑,于金文之古涩,秦篆之流畅,汉隶之舒展,魏书之雄强深有所悟,熔冶篆隶于一炉,创造出独具一格的极富金石气的蔡氏隶书。

1950—1971年 在宜昌市刻字社工作,历任厂长、工会主席。

1972—1988年 在宜昌市红文印刷厂、宜昌市彩色印刷厂从事包装设计工作。

1972年9月 到湖北美术学院学习培训半年,后被聘为设计师。

1978年 成为宜昌市书法家协会会员。

1979年10月 书法作品《逆水行舟用力撑……吾辈更应惜秒阴》(董必武诗)被

湖北省宜昌地区文化局选入《中华人民共和国成立三十周年美术画册》。

1981 年 篆刻作品《橘颂》组印 33 方发表于《长江日报》。

1983 年 2 月 10 日 篆刻作品《癸亥》(肖形印)登载于《中国青年报》。

1983 年 2 月 成为湖北省书法家协会会员。

1984 年 被聘为湖北省东湖印社理事,当选为宜昌市政协委员。

1985 年 加入中国书法家协会,为宜昌首位中国书协会员。同年,出任宜昌市书法家协会副主席。

1987 年 3 月 11 日 在《书法报》头版发表论文《自刻肖形印琐谈》。

1987 年 10 月 5 日 《长江开发报》登载篆刻作品《赤壁怀古》组印,共计 24 方。

1987 年 为西陵峡篆刻《三峡刻石记》四条屏。

1988 年 退休。

1989 年 2 月 25 日 《长江开发报》登载《白马洞与篆刻家蔡静安》一文,并附其治印 11 方。

1989 年 11 月 蔡静安个人书法篆刻作品展览在宜昌市群艺馆举办,展示作品 60 余件。

1989 年 《蔡静安书法作品集》《蔡静安篆刻作品集》同时问世。

1990 年 题写招牌 "南榭盆景园" "三游春" "稻香阁" "沙龙宴" "宜昌市实验小学" 等。

1992 年 题写 "三峡晚报" 报头名,该报头名刊用至 2004 年。

1992 年 为宜昌市名胜古迹桃花村、白马洞、嫘祖庙等题字。

1994 年 篆刻作品 50 余方被用于《长江三峡大观》一书中。

1999 年 应邀为《湖北日报》创刊五十周年治印。

2003 年 日本《书道》杂志第 10 期 "现代中国人物介绍 109 号" 刊登蔡静安的肖像照、挥毫题字照 2 幅及书法作品 3 幅。

2007 年 在宜昌市博物馆举办蔡静安书法篆刻作品展览,展示作品 80 余件。

2009 年 《隶书千字文》《八十叟静安书法作品选》问世。

2011 年 5 月 18 日 《隶书文王条幅》被宜昌博物馆收藏,宜昌博物馆为其颁发收藏证书。

2012 年 著书《静庵清玩》。

2016 年 书法作品《花好月圆 风和日丽》入选第二届湖北省书法艺术节 "宜荆荆" 书法篆刻作品联展。

2016 年 被聘为宜昌市书法家协会顾问、三峡印社名誉社长。

2017年　特邀参加长江中下游书法作品展,作品《删繁就简三秋树　领异标新二月花》展出,并被湖北美术馆收藏。

2017年11月　在宜昌市美术馆第三次举办个人书法作品展览,展示作品90余件。

2018年2月12日　书法作品《文以虎气　志在腾飞》发表于《三峡日报》。

2018年　书法作品诸葛亮《出师表》12条屏被宜昌市三峡美术馆收藏。

2018年　著书《蔡静安临汉〈石门颂〉》《九十静安书法集》。

2019年1月24日　因病在宜昌辞世。

（蔡秋帆初作　冯汉斌整理定稿）

五、符号生平大事及创作年表

1938年农历八月二十九日,生于湖南攸县八合冲。按辈分取乳名符以桂,学名符利民。祖父符昌邦,1874年出生,册名吉谨,封奉政大夫,为同知衔优廪贡生、县参议员;祖母谭氏,诰封宜人,为五品衔官之妻。父符挽乾,1911年生,湖南汽车学校毕业,曾任八合冲乡村小学"留嘉学堂"校长;母汤玉书,1918年生,攸县简易师范毕业,曾任八合冲乡村小学"留嘉学堂"教师。

1945年

在当地入"留嘉学堂"读书,进校即读三年级。该学校由伯祖符砚公捐建的符族祠堂改建而成。

1947年

在父亲鼓动下,离家四十里去县城上"至善高小","跳级"住读。

1948年

"跳级"考入全县唯一的初中——攸县一中。

1950年

随父母移居江西萍乡,在私立鳌中念初二。

1951年

暑假后家庭发生变故,当年冬只身离开萍乡,坐火车前往湖南省会长沙,就读私立"育才中学"。

同年"跳级"考入免收学费的湖南第一师范。

1954年

被选送参加全国首届统一高考,录取至华中师范学院中文系。

1958年

从华中师范学院中文系毕业后,到当阳草埠湖劳动。

1959 年

分配到湖北省十八所省重点高中之一的宜昌二高任教。

1961 年

调宜昌师专任教，兼任宜昌地区教研室语文教研员。

1963 年

4 月，与郭超人女士结婚。郭超人，1937 年生，祖籍湖北广济（今武穴市），毕业于华中师范大学中文系，后一直在宜昌师专工作。

1964 年

儿子符磊出生。

1966—1967 年

加入宜昌二高部分教师组成的步行串联队，花三十七天徒步从宜昌走到北京。

1978 年

于《宜昌日报》发表《江南有丹橘》，为文史随笔的处女作。

1979 年

6 月，《屈原的传说》（四篇）在《民间文学》头条刊发。

10 月，《王昭君的传说》（三篇）在《民间文学》头条刊发。

此后，京、沪、湘等八家出版社出版有《屈原的传说》《王昭君的传说》《中国文人的传说》等十二种，将符号作品全部收录。

1981 年

《析"书生气"》载《读书》杂志第 10 期，后被《文摘报》《报刊文摘》等选摘。

1984 年

任中共宜昌市委宣传部副部长。

湖北省成人高考语文试卷，出现"分析《'远方和尚'考》的主题思想、表现手法"（作者：符利民）的考题，此文为其杂文处女作。

1985 年

被提名为宜昌市政府副市长，之后兼市教委主任、宜昌大学校长。

1987 年

与人合编的《中国现代杂文百家百论》由吉林人民出版社出版。

1988 年

《湖北日报》副刊《名家专栏》发表符号随笔，提出"有容乃大""成人之美""复杂关系简单化""小事违心大事不违心"的处世为人"四原则"。

1989 年

《话说"屁股指挥脑袋"》入选花山文艺出版社《湖北百人杂文集》。

1990 年

杂文集《魔方启示录》由长江文艺出版社出版,这是符号个人的首部杂文专集。

1991 年

《难以置信后的思考》入选中国工人出版社《中国广播杂文大观》。

《关于"叫鸡公同笼"》《"老油条"品后感》入选长江文艺出版社《湖北杂文选粹》。

1992 年

宜昌市杂文学会成立,符号出任会长。

1993 年

《静观肃思录》由中国三峡出版社出版。

杂文《黠鼠》入选广西民族出版社《当代散文精品选》。

夫人郭超人《古典诗文品尝赏》由长江文艺出版社出版,石声淮先生撰写序言。

1994 年

花城出版社出版了符号、高峡、扬子的《杂文三人集》,责编谢育新,日后为《随笔》杂志主编。

主编的《宜昌文林揽粹》《宜昌诗词咀华》由湖北人民出版社出版。

1995 年

《长江日报》举办《杂文三人集》作品研讨会。

杂文《外方内圆》获《四川文学》《三峡晚报》一等奖。

1997 年

《敢自嘲者真名士》由长江文艺出版社出版,邵燕祥题写书名,鄢烈山作序。

参加《求是》杂文征文活动,《谁是"学习者"》刊于《求是》第 16 期,获三等奖。

《杂文报》10 月 21 日发表朱铁志《符号杂文的哲理意味》的评论,称"在中国新时期五彩缤纷的杂文园地中,符号杂文是一个富有个性的独特存在"。

秋,宜昌市杂文学会邀全国杂文作家、编辑来宜参加全国"三峡风"杂文笔会。

1999 年

与徐达的摄影杂文集《大千百味》由湖北人民出版社出版,著名杂文家刘征撰写序言《若无八角眼　岂识四方月》。

2000 年

《左口袋　右口袋》《关于"背后议论"的议论》《过往天空的"落后操作"》《"基本上"跑调》等四篇入选辽宁人民出版社《中国最佳杂文》。

2001 年

再次应湖北人民出版社之约，与青年漫画家雪骏（本名李学军）合作，出版了漫画杂文集《思海撷浪》。

《约瑟夫的阶级成分》分别入选漓江出版社《中国年度最佳杂文》《中学生阅读佳作（高中版）》、春风文艺出版社《中国当代杂文经典》。

《谁说咱不阔》《过往天空的 "落后操作"》两篇入选辽宁人民出版社《中国最佳杂文》。

《"侠文化" 大炒卖》分别入选漓江出版社《中国年度最佳杂文》、上海文艺出版社《中国新文学大系 1976—2000 杂文卷》。

正式从宜昌市人大副主任位置上退休。

2002 年

第七本杂文集《悟思录》由中国三峡出版社出版。

《背编织袋返乡的人们》《"基本上" 跑调》《乡下人还是这样的乡下人》《童心中的 "黑色幽默"》四篇同时入选辽宁人民出版社《中国最佳杂文》。

在朱铁志和牧惠两位先生的荐举下，以杂文写作成绩加入中国作协。

2003 年

受长江文艺出版社社长周百义之邀，策划《野马杂文漫画》丛书，邀杂文家邵燕祥、鄢烈山、王乾荣、杨学武、符号，漫画家江有生、徐鹏飞、徐进、刘齐、周喜悦参与。

《马燕的漂流瓶》分别入选花城出版社《中国杂文年选》、漓江出版社《中国年度最佳杂文》《杂文选刊》创刊 15 周年精华本、九州出版社《感动中学生的 100 篇杂文》。

《两个 "半个沈从文"》分别入选长江文艺出版社《中国杂文精选》、辽宁人民出版社《中国最佳杂文》。

《杨守敬墓前的沉思》首发于上海《文汇报》笔会。

主编的《宜昌诗词咀华》《宜昌文林揽粹》由湖北人民出版社公开出版。

2004 年

《"经济学家" 李玉亭》入选花城出版社《中国杂文年选》。

《难能的离朱》《十贪十伪》同时入选辽宁人民出版社《中国最佳杂文》。

《"泰山""鸿毛" 之议》分别入选《杂文选刊》金牌栏目书系《愚蠢指数》、长江文艺出版社《中国杂文精选》。

2005 年

《杨守敬墓前的沉思》入选湖北人民出版社《宜昌山川胜迹》。

《〈日出〉扉页的引语》入选花城出版社《中国杂文年选》。

《旧文也能像任意打扮的小姑娘》入选辽宁人民出版社《中国最佳杂文》。

2006 年

《杨守敬墓前的沉思》入选湖北人民出版社《杨守敬文化读本》。

《"意义"的四处翻飞》入选四川文学杂志社《四川文学》五十年作品选散文随笔杂文卷《韩非子的笑声》。

《"叟言无忌"》入选长江文艺出版社《中国杂文精选》。

《农民工的"情人节"》入选辽宁人民出版社《中国最佳杂文》。

《浩浩荡荡"公务"出国游》入选辽宁人民出版社《中国最佳杂文》。

《"球型典型"的回归》入选花城出版社《中国杂文年选》。

2007 年

《厕所"万花筒"》入选辽宁人民出版社《中国最佳杂文》。

《珍视这份阅历》入选花城出版社《中国杂文年选》。

2008 年

《庄老夫子,您不该……》入选中国时代经济出版社《中国的良心》、北方妇女儿童出版社《最适合中学生阅读杂文年选》、花城出版社《中国杂文年选》。

《谁能叫世界停止三秒钟》入选辽宁人民出版社《中国最佳杂文》。

《杂文月刊》刊发著名杂文家鄢烈山为符号杂文集《敢自嘲者真名士》所写序言《超越者的功力》。

2009 年

《约瑟夫的阶级成分》收入上海文艺出版社朱铁志主编的《中国新文学大系1976—2000 杂文卷》。

2010 年

《文艺报》刊发《个性化的阅读体验》,该文以后作为第十本杂文集《岁月如斯》代跋。

《不胜任的鸡毛掸子》入选花城出版社《中国杂文年选》。

《可以……可以……也可以》入选花城出版社《中国杂文精选》《2010 年中国网评年选》、文化出版社《世纪初杂文 200 篇》。

《"揣着糊涂装明白"及反之》入选辽宁人民出版社《2010 中国最佳杂文选》。

《哪里寻"同床同梦"者》入选花城出版社《2010 年中国网评年选》。

前往黄冈武穴梅川中学出席郭超人塑像落成仪式,代表亲属发表《陪四哥回家》讲话。

2011 年

《同床异梦，古今皆然》《且请善待"吐鲁番"》同时入选花城出版社《2011 中国杂文年选》。

《虎头山的回归》入选长江文艺出版社《2011 中国杂文精选》。

《"手术"的尴尬》入选文汇出版社《世纪初杂文 200 篇》。

《井蛙感言》入选广东人民出版社《新启蒙时代——我的 80 年代的阅读》；符号书房照片置于该书封面。

《一个"井蛙"知识分子的事实主义》入选辽宁人民出版社《中国最佳杂文选》。

2012 年

杂文《反对与反"对"》经《三峡晚报》申报，与编辑冯汉斌一起，获得中国新闻奖。该文同时获中国报纸副刊年赛金奖、湖北新闻奖一等奖。

《"桥上看风景"与"楼上看你"》入选辽宁人民出版社《中国最佳杂文选》、花城出版社《中国杂文年选》。

《"可以有"与"真没有"》入选长江文艺出版社《中国杂文精选》。

2014 年

第九本专集五十余万字的《岁月如斯》由湖北人民出版社出版。

2015 年

由朱铁志主编的《中国当代杂文精品大系（1949—2013 年）》，选编了新中国成立六十多年来三十四位著名杂文家如满子、牧惠、邵燕祥、章明、陈四益等的作品。符号杂文自选集《约瑟夫的阶级成分》入列。

2016 年

三峡日报传媒集团主编的《符号文集》，选取了符号 1978—2016 年在《三峡日报》《三峡文化》发表的一百多篇文章编辑出版。

2017 年

自传体回忆录《脚印　情思——读书阅世六十年》由《三峡文化》杂志分期连载，后结集内部出版。

2018 年

《八秩履痕》书画集内部出版。

接受三峡大学口述历史采访。

2019 年

4 月 14 日，在宜昌市图书馆举办三峡文化讲坛，以"思接千载　文垂百代"为题，举行纪念三游洞命名 1200 周年专题讲座。

2021 年

为《宜昌师专的故事》撰写《三峡大学师范教育之源》序言。

2022 年

大学"窗兄"饶健康的高足、云南作协副主席汤世杰于上海《文汇报》发表《"班马鸣"与"落日情"》,倾情记录人生至情。

2023 年

4 月 27 日,是符号与老伴郭超焱六十周年"钻石婚"纪念日。

为纪念伟大教育家徐特立 1958 年为宜昌师专题写"宜昌师范专科学校"校名,拟兴建"师范教育纪念园"。为表达对七十一年前亲聆老人教诲的敬意,纪念二十六年来宜昌师专成为自己全家的福地,捐款一万元聊表寸心。

2024 年

费四年之功,《故步集:符号评论与评论符号》内部出版,凡百万言,收录了历年符号先生的评论文章和各界对符号杂文的评论文字。

六、李华章生平大事及创作年表

1937 年 8 月出生于湖南溆浦县长潭村。父母均是农民,家庭成分是富农。

1955 年毕业于溆浦一中,8 月考取华中师院中文系。"大跃进"期间与师生一起编写《中国当代文学》《中国儿童文学》《马克思文艺理论》教材。后来,《中国当代文学》正式出版。

1958 年下半年至 1959 年上半年,在武钢参加编厂史。1959 年 8 月分配到宜昌师专任教。

1962 年 6 月,宜昌师专下马,分配到宜昌二高任教。

1964 年在《长江文艺》(1964 年 4 月号)上发表《且说艺术欣赏》,系处女作。

1971 年 10 月调入宜昌市文教局创作组工作,正式开始文学创作生涯。

1972 年 5 月,诗作《买鞋》在《湖北日报》发表。8 月 28 日,《光明日报》发表评论《热情培育文学新苗》,此文先后被收入《鲁迅研究作品资料选目》、广东省文艺创作室《文艺创作学习资料》。

1978 年,评论《从民歌中吸收养料和形式》《学习民歌的比兴手法》《飞奔吧,文艺的轻骑兵》《读郭沫若的〈女神〉》《且说"由说话看出人来"》《从"更加莎士比亚化"谈起》等分别在《湖北日报》《长江日报》《湖北文艺》上发表;连环画册《巫山神女》(编文)由湖北人民出版社出版,荣获湖北省新中国成立 30 周年优秀少儿文艺作品奖。

1979 年,《鲁迅论文艺》(与易竹贤、黄曼君合作)由湖北人民出版社出版;11 月,散文《三峡雄奇为魁》在《长江日报》发表。

1980 年,加入湖北省作家协会(即中国作协武汉分会)。评论《对新诗的呼声》在《星星》诗刊上发表。散文《云雨巫山十二峰》《"江上风清"真胜境》在《长江日报》上发表。

1981—1982 年,调市委宣传部文艺科,从事宜昌市文联成立的筹备工作。散文诗二章《开花浪》在《光明日报》上发表。

1982 年,发表散文《龙脊石的传说》《泛舟大宁河》《秋风亭记》、随笔《艾青诗话》、诗歌《三峡女子信号台》、评论《当好新时代的歌者》等。

1903 年,发表散文《巫山三台的来历》《清江行》《天涯秀水金鞭溪》《前讲中的枝城》、诗《种茶谜》等,由其负责撰稿的连环画《窦建国计战薛世雄》《望夫石》先后出版。

1984 年,出版故事集《锅里出银元》(与人合作),出版《三峡游览志》(与人合作),发表散文《森林城赋》《一朵金菊花》。

1985 年,发表散文《王昭君和桃花鱼》《激流勇进人才出——访贺成》《武当山游》《凤凰回山倍有情》。

1986 年,发表散文《访峻青》《中法文学交流的搭桥人》《为"美的竞争"而献身》《绿韵》《灯之恋》《云山恋歌》。

1987 年,发表散文《梦里的淑水》《昙花林记》《屈乡人》《深山种花人》《西陵峡口风景线》《云集路漫步》《凿江通流》,发表诗歌《七里峡吟》《一线天吟》《南行情思》。

1988 年,发表散文《香溪诗意》《淑水河畔屈原魂》《晚景》《雄魂飞出凤凰山》《茶山一枝花》《绿色的年华》等。散文集《绿韵》由长江文艺出版社出版。11 月 8 日,出席全国文联第五次代表大会。

1989 年,出席湖北省作协第四次代表大会,再次当选理事。同年,发表散文《南海明珠更璀璨》《漓江水牛》《漓江,我的爱河》《开秧门》《九曲溪飞筏》《哦,大桥》《珍珠泉》《王村镇风韵》《赶考记》等。

1990 年,加入中国作家协会。同年,发表散文《幔亭山房小居》《水灵灵的秧苗》《千年屋》《鼓浪屿漫步》《心中的凤凰》《三峡奇石赋》等。随笔集《文苑漫笔》由长江文艺出版社出版。

1991 年,发表散文《秋的记忆》《桂子山,我的大学》《萧瑟秋风谒关陵》《师生情长》《葛洲坝之光》《心灵的晴空》《左撇子轶事》《芙蓉楼之魂》等。

1992 年,发表散文《玛瑙河之歌》《心目中的碧野》《中堡岛之春》《三峡走笔》《历史的丰碑》《凝固的瞬间》等。

1993 年,发表散文《三峡梦》《海港情思》《名将的情怀》《泼湿一身　幸福终生》

《山里舅舅》《始识庐山真面目》《丛林遇险记》《取名儿》等。散文集《湘西，我的梦》由百花文艺出版社出版。

1994年10月，出席湖北省第六次文代会，被推举为大会主席团委员，再次当选省文联全委会委员。发表散文《悠悠香溪水流香》《万木森森树海行》《徐迟第一印象记》《驶向"黎明之城"》《清江，我心中的歌》《注射室里》《千载文心今犹存》《向往天安门》《海韵》等。散文集《告别三峡之旅》由少年儿童出版社出版。

1995年，散文集《生命的风景》由成都出版社出版；发表散文《一个湘西女子的写真》《悠悠香溪水》《九泉含笑黄声笑》《有麝自然香》《解放军从我家乡走过》《书香小记》《绿的咏叹》《洞庭芦笛》《欢喜佛》《坚守作家的本分》《心河飞泉》《神秘的农二哥》《三峡，心中永恒的风景》《舅舅的梦》等。

1996年5月23—29日，参加"中国文联采风团"湖北分团赴三峡工地采风。同年，散文集《追赶日出》由珠海出版社出版；发表散文《三峡的滋味》《总是三峡情》《文苑长恋鄢国培》《长春的风景》《女儿绿》《有感于"书的归宿"》《走出隧洞》《历尽人生写华章》《深山老人》《既散且文》《信号台，三峡的风采》《崀山，如诗如画》《杜甫的官、病、诗》；《香溪诗意》入选《中国当代散文300篇》，《晚景》《心灵的晴空》入选《中国散文集萃》。

1997年11月，被中国作协聘为"首届鲁迅文学奖"初评委员。同年，发表散文《三峡，飘出一道彩虹》《澎湃的歌》《章华寺绝景》《龙口激浪》。

1998年，散文集《生命的河》由中国文联出版社出版；发表散文《赋闲初记》《回报江河》《十里车溪》《美好"全在于质朴"》《三峡背篓女》《屈原故里龙舟情》《依斗门前的依恋》《青滩遗韵》《从陈寅恪著作的"稿"名谈起》《悬棺，在我的仰视中》《有感于夏承焘谈"笨"》《神女峰，永远的美丽》《悲剧人生的一把火》等；《虔诚的造型》获全国首届吴伯箫散文大赛三等奖。

1999年，发表散文《翠谷观瀑》《正是兴山烂漫时》《伟哉，三峡石牌》《我喜爱的五本散文集》《岁末年关》《远游无处不销魂》《归州，留在美丽的思念中》《湘西之恋》《神奇梦幻三星堆》《昭君故里行》《三峡纤夫·石韵》《家乡习惯》《为作家的"打井"精神叫好》《三峡赋》等。

2000年11月，参加中国散文学会与苏州市文联主办的"苏州散文笔会"。同年，发表散文《美哉，三峡壶》《家乡礼俗》《吊脚楼赋》《三峡雄鹰》《杜甫的三峡行吟》《抚摸黄牛岩的壮丽》《上善若水》《一枝一叶总关情》《率性至情沈从文》《长江边上》《最忆"头顶一颗珠"》等。

2001年，散文集《人生四季》由长江文艺出版社出版；发表散文《周庄泛舟》《乐在其中》《家在三峡》《屈原故里三章》《依依惜别桃花鱼》《苏州小巷》《滩多流急西陵峡》等。

2002 年，发表散文《"中国一绝" 姜祚正》《春天的希望》《清江波兮夕照红》《泗溪竹韵》《三峡奇遇》《情醉侗乡》《石牌雄风》《家乡 "味" 话》《屈原流放地溆浦》等。

2003 年，《中华三伟人的故事》由湖北少年儿童出版社出版；《梦里的溆水》入选林非主编的《中国现当代散文 300 篇》；发表散文《三舅》《忆溆浦》《谒沈从文墓》《三过三峡》《沧桑贺龙桥》《常德诗墙》《登南方长城》等。

2004 年，散文集《缠人的乡情》由长江文艺出版社出版；发表散文《心，荡漾在溆水》《昭君的故乡》《喜见绿色长江》《沅水行记》《三峡壮景黄牛岩》《边城茶峒寻梦》《心中架起一座桥》《把爱留在湘西》《作家的人文风范》《人文的四合院》等。

2005 年，主编的《宜昌山川胜迹》（宜昌文化丛书之一）由湖北人民出版社出版；发表散文《阿拉女人》《从两条冲里走出的伟人》《"披星戴月"，我为你感动》《邀神女同行》等。

2006 年，《中国的脊梁》由湖北少年儿童出版社出版；发表散文《三峡云顶大老岭》《三峡女人》《解读沈从文》《碧水丹山长相思》《翡翠观音》《出版家绥青之路》《分乡的灵感》《对林非先生的直觉》等。

2007 年 11 月，应邀参加首届中国·溆浦屈原理论研讨会。同年，发表散文《册页上的记忆》《悠悠辰河长相思》《珍藏》《泪珠滚落胡须上》《时间是最好的批评家》《诗意的生命常在》《杨绛情钟书》《徜徉欧阳修广场》《在鲁迅故里 "朝花夕拾"》等。

2008 年，散文集《岁月叠影》由中国戏剧出版社出版；与人合作编著的《屈原诗歌释读》由湖北人民出版社出版；发表散文《竹篮思绪》《银杏秋色》《鲁迅，"文艺花圃"的园丁》《患浮肿病的日子里》《作家的风范》《在鲁迅故里 "朝花夕拾"》《方方上任记》《真挚的感情最有力量》《益友三十年》《忘记不了她》等。

2009 年，完成《国学故事坊·三字经》书稿，送交湖北少年儿童出版社；散文及其创作入选《中国散文百家谭：续编》（曾绍义主编，四川大学出版社）；发表散文《从文让人》《象牙塔》《放松如闲云野鹤——读北岛散文》等。

2010 年，获中国散文学会 "中国当代散文奖"；《王村镇风韵》入选《中国新文学大系　1976—2000　散文卷》（上海文艺出版社）；发表散文《湘西年俗》《江南采菊》《最后的闺秀》《发光的册页》《柳叶湖》《长江三峡的热情歌者》《曹禺二三事》《作家签名本风景》等。

2011 年，散文集《李华章散文选集》由中国文联出版社出版；《三字经故事精选》由湖北少儿出版社出版。

2013 年，发表散文《从风情清江走出的作家》等。

2014 年，散文集《更行更远》由现代出版社出版；《沅水河边辛女情》入选《中国散文年鉴》。

2016 年，散文集《江河长流》由现代出版社出版。

2018 年，散文集《情满绿水青山》由九州出版社出版。

2019 年，三卷本《李华章文集》作为《芳草文库》之一由武汉大学出版社出版。

2020 年，《白头方悔读书迟》获"庚子年读书记"征文一等奖（宜昌市图书馆、三峡晚报合办）。

2021 年，散文集《湘西风与月》由北京日报出版社出版。

2022 年，发表散文《最忆桂子山》《首义路 93 号的文坛佳话》《永不凋谢的奇葩》《云端的花瑶梯田》等。

七、汪国新生平及创作年表

1947 年，生于湖北宜昌市。

1963 年，开始创作年画、宣传画并参加中南五省画展。

1971 年，创作宣传画《全心全意》，该作品登上电影新闻简报。

1974 年，连环画《七叶一枝花》《江城策反》出版。

1975 年，连环画《贫协委员》《红军村的红小兵》出版。

1977 年，连环画《园丁之歌》《劈波斩浪》出版。

1978 年，连环画《巧渡西陵峡》《巧渡金沙江》《演习之前》出版；与郑桂兰女士结为连理。

1979 年，连环画《作客之前》《范进中举》出版；为长篇小说《漩流》绘制插图；子汪汀出生。

1980 年，与夫人、作家郑桂兰历经 10 年，创作 1666 幅、10 集长篇连环画，双双获得文化部、中国美协、新闻出版总署及瑞士国际连环画节等多项文学、美术大奖；连环画《红军强渡大渡河》《山城风云》《芦荡枪声》《磨盘山》出版。

1981 年，连环画《秋翁遇仙记》《百鸟衣》《孙悟空勇斗青牛精》出版。

1982 年，《甲申三百年祭》画文本年出版；连环画《巫山神女》《金凤凰》《小翠》《关公战黄忠》《官渡之战》出版。

1983 年，连环画《杜十娘》《庚娘》《商三官》《望夫石》出版。

1985 年，连环画《悬鱼太守》《华子良传奇》《天府军神》《驾鹤记》出版。

1986 年，《长江三部曲》参加中国连环画十佳评选，获文图双优奖。

1987 年，绘制完成《百马图》长卷。

1988 年，在中国美术馆举办个人画展。

1990 年，出版《汪国新诗词》。

1991 年，在人民大会堂举行《长江三部曲》上、下卷首发式；《长江三部曲》十集套书获新闻出版总署首届全国美术图书评奖银奖。

1992 年，在中国历史博物馆举办玉板画展。

1994 年，《长江万里风情图》长卷由人民美术出版社出版。

1998 年，北京中国美术馆举办《汪国新画展》。

1997 年，绘制完成《红楼梦》《水浒》长卷；郑桂兰长篇小说《长长芭芒路》出版。

1998 年，在北京荣宝斋举办个人画展，2002 年再次举办。

1999 年，在澳门举办八十米水浒长卷原作展；在香港举办华夏风情画展。

2002 年，中国质量万里行在人民大会堂授予汪国新"中国当代书画保真十大家"称号；其作品被收录中国文联出版社《中国百年书画走红名家》(100 人) 专著。

2003 年，在中国台湾举办大汉一统关公画展，出版《汪国新人物画作品集》。

2004 年，出版《汪国新新绘全本三国演义》《汪国新诗词曲联》《汪国新关公画集》《汪国新写意关公画范》等；中国收藏家协会在全国政协礼堂为汪国新颁发"中国当代画家(十家)排行榜"证书；在美国举办关公画展。

2005 年，天津杨柳青出版社出版《汪国新作品精选》，中国邮政总局出版《汪国新专辑》明信片。

2006 年，作为特邀嘉宾参加第九届西湖艺术博览会，并代表中国艺术家向大会作开幕致辞；应邀在浙江大学艺术学院作"中国古典人物画的创作与收藏"讲座。

2006 年 1 月，在日本福冈美术馆举办"关公文化万里行"国画展；5 月，《美术》杂志第五期发表汪国新国画专版；9 月，在北京大学举办"诗书画与人生"书画展览，并在北京大学作"诗书画与人生"专题演讲。

2007 年，关公题材画作《旗开得胜》参加"中华魂"文史馆书画名家作品展；6 月，《汪国新画解论语》《汪国新诗书画集》《汪国新书法精选》出版发行，《长江三部曲》《长江万里风情图》再版发行；8 月，汪国新所绘的"四大名著"奥运国礼大全套——三国演义 240 枚邮票面世。中央文史馆书画院聘请百名国礼级书画研究员，汪国新位列其中。

2008 年 12 月，《汪国新的关公世界》DVD 教学片发行。

2009 年，汪国新诗书画研究院举行揭牌仪式；汪国新被聘为农工党中央书画院副院长。

2013 年, 举办汪国新关公文化天下行澳门展。

2014 年, 汪国新诗书画展在德国举办; 其作品入选人民政协成立 65 周年美术书法作品展。

2015 年 8 月, 汪国新 "三羊开泰接财神" 诗书画展在香港开幕; 老子题材画作《晴空——鹤排云上》敬献泰国纪拉空亲王。

2015 年 9 月, 汪国新先生作品《国耻勿忘》参加由中国农工党中央宣传部和农工党中央文化体育工作委员会联合主办的翰墨中国梦丹青怀柔情——纪念抗战胜利 70 周年书画展。

2015 年 9 月, 汪国新先生作品《义薄云天》《气挟风雷》参加 "爱我中华" 迎国庆六十六周年名家书画展。

2015 年 10 月, 汪国新先生作品参加在全国政协礼堂举行的弘道养正——中国书法名家书写习近平用典名句作品展。

2015 年 11 月, 汪国新先生作品参加翰墨传承——走进李可染·中国书画邀请展。

2015 年 11 月, 汪国新先生作品参加在全国政协礼堂开幕的 "国风·文脉" 名家书画展。

2015 年 12 月, 汪国新先生《忠义千秋》等作品参加气正道大——当代主流中国画名家学术邀请展。

2016 年 1 月, 汪国新先生作品参加在中国政协文史馆拉开帷幕的 "盛世丹青——弘扬中国精神" 年度书画展。

2016 年 1 月, 汪国新先生作品参加大美丹青——《中国收藏》杂志创刊 15 周年暨当代中国画名家开年邀请展。

2016 年 1 月, 汪国新先生作品参加大美宜昌——三峡画院 20 周年美术作品展。

2016 年 1 月, 汪国新先生作品参加金猴献瑞——中国当代书画名家八人展。

2016 年 2 月, 汪国新先生作品参加 2016 年春节联合国总部书画精品展。

2016 年 2 月, 汪国新先生作品参加抗洪救灾, 你我同行——中国法治诗书画十人展。

2016 年 7 月, 汪国新先生《忠义千秋》等作品参加翰墨千秋名家书画鉴藏展。

2017 年 5 月, 汪国新关公百图精品展在中国台湾举办。

2017 年 6 月, 汪国新委员出席在北京举行的菲律宾共和国建国 119 周年庆典, 并题写 "中菲友好, 共创辉煌。

2017 年 7 月, "汪国新神农架艺术创作暨康养基地" 隆重揭牌。

2018年1月,汪国新作品参加"法正风清　美丽中国"2018中国法治诗书画优秀作品展。

2018年1月,汪国新作品入选2018中国著名画家新春团拜会暨中国画作品展。

2018年3月,《汪国新委员履职风采》《艺海追寻华夏光·汪国新诗词精选》两部书成功献礼两会,这体现了汪国新作为政协委员三十五年的担当与心迹。

2018年4月,《汪国新诗词精选——艺海追寻华夏光》在北大百年讲堂隆重首发。

2021年9月,汪国新为庆祝中国共产党成立100周年大型美术创作"三百工程"之"画说汉水·艺心向党"北京主题展题字"画说汉水　艺心向党"。

2018年12月,《江国新作品精选——中国高等美术院校教学范本精选》新春贺岁上市。

2021年6月,由农工党中央宣传部主办的丹青报国　承古开新　汪国新从艺70年报恩展在北京荣宝斋美术馆开幕。

2021年6月,作品《万马涌金》参加壮丽航程——庆祝中国共产党成立100周年湖北优秀美术作品展。

2021年9月,汪国新创作大幅山水画《洪湖烟柳》《锦绣山河》《长江之歌》《神女应无恙　当惊世界殊》《腾龙洞天》等。

2021年11月,汪国新入选人民美术出版社庆祝成立七十周年"人美"70年70位"优秀作者"名单。

2022年3月,江苏凤凰美术出版社出版《汪国新作品精选》。

2022年4月,中国文化传媒出版社出版《中国CEO》。

2022年4月,北京工艺美术出版社出版《大匠之门》。

2022年4月,汪国新长篇连环画《长江三部曲》第十次再版上市。

2022年5月,首都画廊协会出版《首都画廊联盟报》。

2022年8月,中国文联出版社出版《笔墨传承》。

2022年8月,中国文联出版社出版《中国当代名家作品集》。

2022年8月,汪国新将三幅关公画像、四幅书法作品捐赠给湖北省长阳土家族自治县观音寺关公堂。

2022年9月,山东美术出版社出版《了凡四训之我见》。

2022年12月,天津杨柳青出版社出版《汪国新写意马作品选》。

2022年12月,首都画廊协会出版《挂历》。

2023年7月,汪国新作品参加"天清地宁 法治中国"——中国行为法学会诗书画院10周年全国巡展(北京展)。

2023年12月,汪国新画作《朋友》参加"天地人和"文化艺术名家作品邀请展暨许鸿飞雕塑世界巡展哈尔滨站。

2023年12月,汪国新作品参加"京风楚韵"·甲辰迎春——湖北籍中国画名家邀请展。

2024年1月,由湖北省知识产权局、湖北广播电视台联合举办的2023年"我喜爱的湖北品牌"电视大赛决赛在汉落幕;汪国新先生和郑桂兰女士历时九年绘制的《长江万里风情图》之《清江画廊》长卷,以歌舞形式再现舞台,风格独具,喜获金奖。

2024年5月,汪国新书法作品《福寿康宁》助力非遗传承。

2024年7月,汪国新画作《锦绣山河》助力非遗传承。

2024年夏天,宜昌美术馆举办汪国新文献展,以致敬其为三峡画院成立及发展所作的杰出贡献。

第二节　日记书信回忆录

一、郑观应的《长江日记》（节选）

癸巳春二月,将出游长江各口,因川河之水暮春必涨,拟先溯江直达重庆,复折而东下,为枝节历览之计。遂定于十三日丙寅道途,偕行为吴君瀚涛。局中同人饯别殷殷,三鼓登"江裕"轮舟,沈子梅"观察"、唐凤墀太守,复送之舟中,坐谈良久别去。同舟则有镇江关道黄幻农观察、沈观察、李维之观察、黄小琴、朱恕斋大令,旧雨萍逢,客途颇不岑寂也。时钟二敲,舟乃启轮出吴淞口。

十四日,阴雨大风。考"江裕"为商局长江第一等船,价值廿余万,造自光绪壬午,开行自癸未六月,马力三百匹,顺水每点钟可行十海里,逆水可行九海里,每二十四点烧煤二十吨,空船吃水约五尺余。船主名鼎德,美国人。买办朱煦亭,湖州人。午前十点过通州,自上游至此计二百三十六里。午后二点过江阴,通州至此百四十里。

……

二十四日,天明时大雨。至天星洲,活沙时有移换,故必须用土人引水,停轮,放小

火轮测水，良久乃过。天气阴湿，薄寒中人，大雷雨暴至，俄霁。午刻十二点钟至沙市，自下车湾至此计三百九十五里。晚刻六点半钟至洋溪，自沙市至此计一百六十五里，沿途山峦倚伏，林木稠密，村落颇多。白烟自山谷中随风四起，则土人烧石灰处也。八点一刻至宜都抛锚，自洋溪至此六十里。因天黑沙多，恐有搁浅之患，故停轮云。晚与施子香闲谈，据云：太古、怡和此处搭客生意皆归九折，惟本局船不然，独有一家栈房名太古和来局，写票则照九折核算。以故生意不能十分畅旺也。

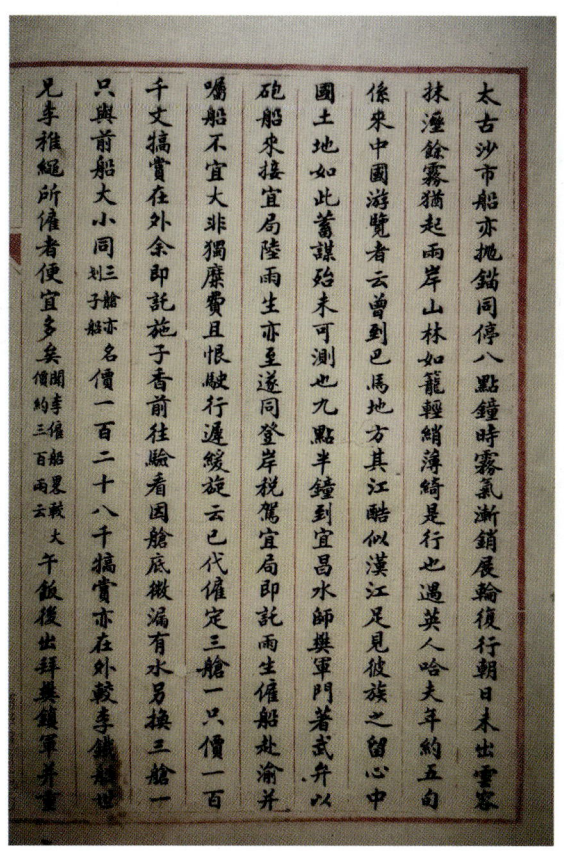

图6-1　郑观应《长江日记》手迹

二十五日，侵晓三点钟开轮，未几大雾忽作，两岸皆莫能见，遂停船。太古"沙市"船亦抛锚同停。八点钟时雾气渐销，展轮复行。朝日未出，云容抹湿，余雾犹起，两岸山林如笼轻绡薄绮。是行也，遇英人哈夫，年约五旬，系来中国游览者，云曾到巴马地方，其江酷似汉江，足见彼族之留心中国土地如此，蓄谋殆未可测也。九点半钟到宜昌，水师樊军门着武弁以炮船来接，宜局陆雨生亦至，遂同登岸，税驾宜局。即托雨生雇船赴渝，并嘱船不宜大，非独靡费，且恨驶行迟缓。旋云已代雇定三舱一只，价一百千文，犒赏在外。余即托施子香前往验看,因舱底微漏有水,另换三舱价(三舱亦名划子船)一只。与前船大小同,价一百二十八千,犒赏亦在外,较李铁船世兄李稚绳所雇者便宜多矣(闻李雇船略较大,价约三百两云)。午饭后,出拜樊镇军并重庆电报局汪文叔。须臾阮来答拜,知定于本日行矣。樊镇军来答拜,并许以炮船护送。请施子香往码头验看船只。局中账房张寿恺、文案黄深之、管栈刘寿卿、大写楼志希、梅道卿皆来见。晚刻,电报局费伯生来拜,因有病未晤,服药早卧。雨生治具招饮,不能入座,虚负主人盛情矣。

图 6-2　招商局宜昌分局旧址（照片由招商局历史博物馆提供）

二十六日,晴。病仍未痊,四肢酸楚,腰痛,服药膏及六味丸三钱。作书至唐凤墀,以汉口至宜昌洋布花纱皆为怡、太装去,汉、宜两局无能为力,请其转局盘记、厚记定一通融办法乃可。复据“江通”买办施子香面述,查得汉口、宜昌两处客栈代客写轮船票位,送至太古、怡和船上者,给还客栈九折。惟本局船上竟无折扣,是以各客栈多乐为怡、太两家招揽,而局船往来搭客益形寥寥,可否说照怡、太两行办理,凡由客栈送客至船,照九折给畀客栈,以广招徕云云。“江通”船主拨克来送行。晚饭后偕瀚涛登舟,船名三舱,实则两舱半耳。头舱可容二仆及安置箱件。中舱可容一榻一桌,已无隙地,余居之。后舱瀚涛居之,惟容一榻而已。樊镇军所遣炮船,即傍船泊,管带高弁,直隶籍也。更有小船一,俗名红船,实与小划子形式相等,是为探水引路用者。因送周统领公子自川中来,顺便随我船同行,行藉资引探,止须略加赏劳而已。秉烛略坐,即就寝,转侧中夜,未能成寐。

二十七日,晴。舟中晨兴,盥栉毕,即催舟子开船。本舟六人,外雇十三人,共十九人。盖登滩过险之处，须人夫用纤努力拖曳云。午刻行十五里至南津关。江滩丛石险恶，不能跬步。上则峭拔千仞，有类方城，奇在大小石卵和黄沙凝结而成，《佛典》谓搏沙世界，信不诬也。山石间往往有洞，不甚深广，绿草如茵，流泉涓涓而出。须臾过楠木坑，船至此等处，大水冲激磐石，辄作漩涡，下水船尤险。俄遇白龙洞，水大时漩涡极多，船须绕南岸而行。两岸怪石嵯岈，舟人辄系长篾缆牢系而行，虑触舟也。一路山田垦绿，高下如梯。临江石壁千仞，俨类削成。悬崖草树，时闻丁丁伐石声，土人烧石灰、取石材者悉聚于此。舟中无事，与瀚涛闲谈，忆乘江轮时，闻洋人言及中国欲振兴轮船商务，必须仿外国例，聘用一著名讲究轮船机器人为船头官，专主考察中外商轮机器锅炉及船身紧窳。为保固客商起见，如验得某船能装客若干，验明定一限制，该船不得逾限多装，违者议罚。或船身伤损，机炉不合，即令修理。每年一验，不得违例。闻前有太古轮船自牛庄开向燕台，载客过多，行及中途遂遭风险，搭客为浪花卷去者百余名。似此贪利妄为、误人性命，皆在禁例之中。香港早已通行此例。我局轮至香港者如未经验准，无论船极新坚，竟不准客过六人之数。现在长江野鸡小轮船往往装客过多，因而失事。如能仿行此例，则各国商轮及一切野鸡小船皆莫能与我取巧争胜矣。所论颇中肯綮，姑记存之。以俟凯切当道，于商务不无裨益耳。下午四点钟至大平善坝，宜昌至此计三十里。击鼓停船南岸。中餐后纤夫逃去二名，只可停泊再雇（凡川江停船必击鼓为号，俗名"打宽"，游蜀者不可不知也）。蜀江险阻，进止动不由人，虽客心火急，正无如此辈何矣。夜卧不能成寐。本日计止行四十五里。

二十八日，晴。晨起，舟尚未开，据舟人云：风大难行。力趣之，始上坡纤曳而去。自此始入巴峡，拓窗一望，左右石壁矗立，拔地参天，如颓败白垩粉垣，连络不断，真奇观也。北岸山多煤铁，南岸山多乾子石，可烧红毛泥者，炼铁亦须用之。相因为用，相近而生，真足见天工之巧也。考江水出松潘北，凡三支，合于茂州，屈折至离堆，复分数十支，滂沱南下，众流毕会于新津，南经叙州，金沙江折而东北流，以达重庆，嘉陵江、涪江双流自北来会，水势益盛，建瓴直下，锋不可遏，而夔门屹然束之，抑其剽锐之性，使就绳尺，拘隘偪束，水不得逞，时一拗怒，荡潏天日。郦道元所谓"三峡七百里，两岸连山，略无缺处，非停午夜时分，不见曦月。夏水襄陵，虽乘骐御风，不似其疾"。可谓善状川江者矣。此七百里中，险滩鳞比，舟子稍不慎，则舵折樯倾，渝于鱼腹者岁以千百计。虽经丁文成、彭刚直先后奏设红船救生，然不过补苴一二，卒无能化险境为坦途也。九点钟过偏埫。舟人云："每遇大水，此处漩涡极大，船在埫上须先绕北岸，次第渡至南岸而行。"石壁间忽见悬额金字黑地，一曰"神威感应"，一曰"有求必应"，不知何为而设也。十一点钟泊舟午饭，饭罢复行。连过石牌珠、黄颡洞，皆著名险地也。上则壁立万仞，下则回湍冲激，大水尤险。一点钟过南沱，自平善坝至此三十里。对岸为喜滩,正当马牙山下。水势汹涌,急流成漩。回环若连珠,盘涡如仰盂。水大时则称奇险,兹遇水小得以平稳过之,幸哉!酉刻过南岸如意滩(一名无义滩),大水时漩涡四五尺,北岸红石子,怪石错列,浪滚如沸,水性拗怒,是为峡江第一险。行舟至此辄停。余舟幸遇顺风,藉力径过,未睹所云险状也。已而过上下鹿角,乱石累碓,急湍可畏,杜诗云:"鹿角真走险"者是矣。既复遇大红珠、虎头滩,顽石嵌侧。急流中,稍左右,触舟即糜矣。日落云阴,风雨将至,泊舟毛坪,计自平善坝至此八十余里。以上为东湖县属,以下入归州界。夜中雷雨大至,狂飚撼舟,震震有声,令人心悸。本日约行九十里。

　　注:郑观应(1842—1922年),祖籍广东中山,是中国近代著名的实业家与资产阶级维新思想家,是中国早期资产阶级维新派中最负盛名的人物之一。1858年到上海学习经商,先受雇于英商宝顺洋行任买办,后与英商合营公正轮船公司并任董事。1874年任英商太古洋行买办、太古轮船公司总理,并开设恒古钱庄。1880年被李鸿章委任为上海电报局总办、上海机器织布局总办、轮船招商局帮办,参与洋务运动。著作有《救时揭要》《易言》《盛世危言》《南游日记》等。

二、叶圣陶日记:一九四六年

　　1945年8月10日,日本宣布投降。叶圣陶决定全家于12月28日启程"东归"。叶圣陶"东归"乘的是木船,他说:"飞机、轮船、汽车都没有我们的份,心头又急于东归,只好放大胆子,冒一冒翻船和遭劫的危险。"一家三代七个人都挤在一条木船上(上有

图6-3　叶圣陶日记

八十岁的老母,下有两岁的长孙三午)。1937年1月6日,叶圣陶从宜昌乘民主轮入川,1946年1月11日才出"川境","居川"共八年零五天。(摘自:商金林著《叶圣陶画传》)虽然抗战胜利了,但是1946年的社会并不平静,国民党坚持独裁统治,未能给人民带来安居乐业、重建家园的新生活。这期间夏丏尊先生去世,李公朴、闻一多遇刺身亡,人民反内战、争民主的运动此起彼伏……

　　一月一日,星期二。

　　晨早开。午前过丰都。人家在山脚,屋颇不少。山上有庙宇,层次至山顶,舟人指为"天子殿"。过丰都若干里,有礁石与岸平行,激起水波甚急。舟子奋力划桨,舵手谨慎把握,须令船勿近其处。一时邪许声大作,情绪紧张。是名"铁门槛",约历十余分钟,安然而过。

下午四时停泊于一小集，名羊肚溪，系忠县、石柱、丰都交界处。乡名鸿鹤，系属忠县。人言前曾有盗劫船，不无戒心。

傍晚，特增肴馔，补昨夕之过年。七时睡。

一月二日，星期三。

晨发绝早，九时后抵忠县。雨下，前后舱之篷均拉上。但仍漏水，于是于里层张油布。事前备油布颇多，今乃得其用。雨不停，决定今日不复开。

午后十二时半饮酒，进餐。偕芷芬、三官（至诚）登岸。于皮鞋外穿草鞋，拾级而上。多橘子行，橘从万县运来，着地堆成长方形，长丈许，阔五六尺，高尺许。每家行中有四五堆，洋洋大观。入城，市店不甚多，街亦狭。见一理发店，余与三官皆剪发，价仅二百元。理发铺旁设茶桌，泡茶闲坐。对门为县政府，清静如寺院。四时归船，买橘子一千枚，价一千二百元，较诸重庆，便宜一半。日来食橘甚多，味已甘，大约自宜昌而下，不复能多享此味矣。

复饮酒，诸人皆饮甚多，各有醉意。八时睡。半夜醒来，篷上仍有雨声。

一月三日，星期四。

黎明即开船，雨已止矣。十时后过秦良玉石宝寨，巨石矗立，靠石建层楼，愈上愈小，凡八层，最高处有一亭。下午四时半，抵万县，歇于西山公园下。沿岸石障有三层楼高，仰望公园，见钟楼树木。

下午将《少年》二月号之第二批稿整理毕，预备明日付邮。自万县转重庆，再从重庆航寄上海，大约十日可达。诸人皆上岸，余与墨（胡墨林）与母亲守船。

闻明日将停泊一天，船主须借钱买米买煤，芷芬允代为购入，不以现款借与，以免多生枝节。夜八时睡。

一月四日，星期五。

晨起见晴光照江山，心神舒爽。诸人皆登岸入城游观，余致书调孚，寄《少年》文稿，兼告途次略况。遂与三官上岸，坡子至多，不免腿酸。入西山公园，卉木颇茂密，山茶将开，梅亦含苞。园址颇广，未之周游。钟楼高耸，建筑颇工。入城（并无城墙），寻邮局，寄信。见《川东日报》，言政府所提避免冲突条件，中共已允接受。大约政局可有转机。此是美国特使马歇尔来华之故，美国欲我国安定，我国亦不能大乱。时行语有"唯马首是瞻"之说，实亦表示我国之可怜地位也。

食豆丝一碗，买汤圆返舟，分饷留舟中诸人。晴光一舱，怡然于怀。

饭后，与三官再度登岸，浴于浴室。竟体舒爽。有一大溪，不知何名，此时水落，急湍自巨石下，犹轰轰作响。溪上见两桥，一曰万安桥，系新式。另一桥穹形甚高，桥面建屋，工整精妙，颇可赏玩。四时返船，下坡时小腿酸痛，徐徐移步，三官扶之，始下。

万县市廛之盛,人口之众,信可称川东大邑。

今日两度登岸,在余实为勉力,惫已。小饮进餐后,即睡。例当余守夜,仅醒觉数回而已。芷芬亦值班,但亦鼾睡。

一月五日,星期六。

我店之另一船,于离渝时,即发觉舱中漏水。最低处曰太平舱,看水即看太平舱。近日渗入渐多,昨夕去水五六回。于是乘者忧心,拟再停泊一天,以观究竟。我舟之人皆以为此无大虑,彼此争论一阵。至八时,仍决定同开。

午后过兴隆滩,水势至急,波浪激荡,一时诸人情绪紧张。三时歇云阳。城市尚大,高不如万县。对江有张飞庙,睡仙楼,供吕洞宾。余未登岸。斟酒独酌,后与舟人尤姓及知伊同饮。渔人卖鲢鱼,三百余元一斤,各船争购。

有人传言去云阳四十许里处,昨有行舟遭劫掠,各怀戒心。相约明日诸船同开,亦犹行路结伴之意。

开船以后,遇县城即发电致重庆及上海,告平安。

一月六日,星期日。

六时开船,晓风甚厉。望前顾后,行船不下十艘。激滩渐多,时时有风声浪声邪许声,轰然杂作。晌午风急,船不能进,泊于沙滩一时许。余乃饮酒,酒后酣睡两时许,醒来日已斜。五时歇奉节。

我店之另一船途中与军粮船相撞,损船舷一板。检视之,后舱入水甚多,货物浸湿,余与三官之书三篓在内。舟中人皆惶惧,云不敢复乘此船。一时欲易船,势不可能,议论纷纷,迄不得决。余主张以后开船时,彼舟之人亦聚于我舟,停泊时仍归宿。且过三峡,到达宜昌,再作计较。不知彼舟之人咸能同意否。

第三舟损一舵,于过滩时用力过骤,不胜水力,遂致损坏。而我舟亦于停泊时折一前端之大棹。川江行舟之险,今乃亲尝之。夜眠时彼此坐谈今后行程,情绪皆不甚好。

一月七日,星期一。

今日不开船,三船皆动工修整。余之主张,彼舟之人表示同意,云至此亦只有是一法。明日开行,只得大小五十余人挤坐一舱,如在公路上乘卡车矣。九时许,同舟多数人出发游白帝城,余未往。远望夔门,高山莽莽,颇为壮观。白帝城可见,高仅及高山之三之一。下有白烟丛起,云是盐灶煮盐。水落之时,有盐泉涌出,取而煮之。一年中可煮四个月。据云盐质不多,费燃料殊甚。

午后一时,游白帝城者归来。谓其地距城十余里,循山腰而往,至其山半,始有石级。石级凡四百余,乃至其巅。昭烈帝庙无可观,而地势绝胜,俯瞰滟滪堆,对望夔门,平眺峡景,皆为胜览。然来回奔走,众皆疲劳。三午亦由小墨、三官抱之往,归来由二位邱君与陈君抱持,亦可记也。

三时,与芷芬、清华等入城,城如山野小县,人口无多,市肆不盛。见有产科医生黄俊峰悬牌,系吴天然之同学,昔尝往来。入访之,告以天然已去世。未坐定,即言别。购酒与零食而归。有卖梳子筷子者,白润如象牙,各购若干具而归。饮酒饭毕,即就睡。

一月八日,星期二。

晨七时后开船。另一船昨经修理,渗水已甚少,诸人以为移坐我舟,未免拥挤,索性不移动矣。

经白帝城下,仰望亦复巍然。滟滪堆兀立水中,今非如马如龟之时,乃如盆景湖石。夔门高高,真可谓壁立。石隙多生红叶小树。朝阳斜照于峡之上方,衬以烟雾,分为层次,气象浩茫。风甚急,泊于夔门壁下避风。

挈驹小墨(至善)、三官等爬乱石而上,捡石子,色彩纹理均平常,无如乐山所捡者。又有木片,亦经水力磨洗成长圆形,略如鹅卵石。盖不知何年何月之破舟遗迹。

停舟二时许复开。大约于下午二时,瞿塘峡尽。复历激滩数处,四时抵巫山,泊岸。人多入城游观,舟中清静,余遂独酌,竟醉。进饭毕,即倒头而卧。半夜醒来,滩声盈耳。

一月九日,星期三。

六时半开船。入巫峡,山形似与昨所见有异,文字殊难描状。水流时急时缓,急处舟速不下小汽轮,缓处竟似不甚前进。舟人言巫峡九十里,行约三十里,风转急如昨日,且有小雨,船不易进,复泊岸。

左边连峰叠嶂,以地图按之,殆即是巫山十二峰。以画法言,似诸峰均有不同。画家当此,必多悟入。而我辈得以卧游巫峡,此卧游系真正之卧游,亦足自豪。

泊舟二时许,再开。行不久,泊碚石。地属巫山县,系川鄂交界处。我店另一舟先泊岸,我舟在后数百丈。忽见彼舟之人纷纷上岸,行李铺盖亦历乱而上,疑遇暴客。舟人见此情形,断系船漏。及靠近询知,则知驾长不慎,触岸旁礁石两回,水乃大入。此驾长好为大言,自夸其能,而举动粗忽,同人时时担心,今果出事。犹幸在泊岸之际,若在江心,不堪设想。于是众往抢救行李与货品,亚南、亚平、小墨、三官、两邱君,皆颇奋勇力。书籍浸湿者殆半,非我店之物,而余与三官之书,则有三四包着湿,即晒干可看,书品已不存矣。逮货物取出,水已齐舷,下搁礁石,不复沉。

乡公所派壮丁七八人看守货物,且为守夜。舟中之人则由乡公所介绍一人家,以屋三间留宿。晚饭后商量善后,决依船主意,破船修好再开,唯不乘人而装货。人则悉集我舟,且到宜昌再说。乘舟十余日,意已厌倦,又遇此厄,多数人意皆颓唐。唯愿此

后一路顺利,不遇他险耳。

今夜余守上半夜,倚枕看谷崎润一郎之《春琴抄》终篇。篷上淅沥有雨点,风声水声,相为应和。身在巫峡之中,独醒听之,意趣不可状。

一月十日,星期四。

早起,知失事之驾长杨姓已逃,惧遭拘系。船主雇木匠修船,其方法殊为原始。以棉絮塞破洞,钉上木板,涂以米饭,又用竹丝嵌入,如是而已。

午饭后,与芷芬访碚石(云应作"培")乡长于乡公所。经过街道,清寂如小村落,仅有小铺子数家。坡路或上或下,皆以沿岸之青石铺之。乡长为易春谷,谢其保护之好意。易订约于傍晚款我辈,却之弗得。公所旁为中心小学,校长为宋女士,教师六人,多数系二十余龄之青年,皆知余名。啜茗闲谈,题纪念册数本而出。是校学生现仅四十余名。云学龄儿童远逾此数,皆以助为劳作,不肯入学。乡公所强派,且以壮丁压之至,如拉夫,始有学生。大概乡僻之区,大都如是。

返舟,舟中正在下另一舟之行李,全舟纷然。俟其毕事,余重整铺位。

乡公所以人来邀,余与芷芬、知伊三人往。易乡长与其属下及校中教员劝酒甚殷,并告以下行程应注意事项。情意殊可感。酒毕,为乡长书一单条一联。为他人书三联。然后辞出,乡长等送之于舟中,握手道别。又承他们馈鸡一、酱蹄一、咸菜一罐。受之有愧。

一月十一日,星期五。

晨间,留宿岸上之另一舟之人皆来我舟,全船载客至六十人。以铺盖卷衔接直放于中舱,人坐其上。于是如三等火车,众客排坐,更无回旋余地。然较公路上之满载一车,犹觉宽舒。舟以八时开。未几,舟人言已出四川境。十时许,船首一主桌折,泊舟修理。与芷芬、士敦饮酒,自成一小天地。午餐时,人各一碗饭,上加菜肴,由数人传递,他人则坐而受之。

四时许,泊巴东。一部分人上岸宿旅馆。墨以不耐烦扰,亦上岸。余上岸观市街,荒陋殊甚。旋即归舟。所有稚子,几全集舟中,哭闹之声时作,便溺之气充塞,甚不舒适,余一夜未得好睡。

一月十二日,星期六。

晨以八时开。过滩不少,皆无大险。晴明无风,意较闲适。闲望两岸,总之如观山水画。仍与芷芬、士敦饮酒。

午后三时,抵新滩。今日众心悬悬,为此一滩。将到时,即闻水声轰轰。此滩洪水期较好,枯水期危险。通常于此地改请当地舵工驾驶,乘客则登岸步行。而我舟之舵工李姓尤姓以为可以胜任,不须改请,乘客上岸,则不敢阻挡云。于是众皆登岸,唯留三官、亚南数人于舟中。母亲与墨皆乘滑竿,三午由一十余龄少年驮之。余与其他步行者循沿岸石路而行。处身稍高,下望滩势,俱在眼中。此滩凡三截。第一截最汹涌。石拦于江中,水自高而下,有如瀑布,目测殆有丈许,未足为准。第二三两截则与其他之滩无异。我舟顺水流而下,一低一昂,即冲过第一截,有乘风破浪之快。三官、亚南扬手高呼,岸上诸人亦高呼应之。我辈走抵滩尾,舟已泊岸。风势转急,云今日不能再开矣。

母亲登舟,跳板两截,不胜重量,由老李驮之涉水,船上四人提而上之。念行程才及四分之一,此后上岸登舟,次数尚多,老母不便行履,殊可忧心。

四时半进晚餐。一部分人上岸借小店宿。入夜风益狂肆,吼声凄然。篷皆张上,且幔油布,乃如无物。寒甚,小孩闹甚,又未得安眠。

一月十三日,星期日。

晨间风狂如昨夕。候至八时后,稍戢,乃开船。晴光照山,以一角一隅观之,皆成佳画。十时许过崆岭峡,舵工李姓尤姓雇当地舵工操舵。众以为必险如新滩,或感好奇,或怀恐惧。其处江面不宽,中矗巨石,我舟循石之左边行,约十分钟许,舵工即去。至此各爽然。盖李姓尤姓不熟其处航道,审慎,故请他人代庖。熟习者临之,则毫无事矣。

行未久,又停泊扎风(舟子谓避风为"扎风")。越二时许再开。峡势渐尽,西陵峡殆已过矣。经三斗坪,为抗战期间转口要地,未能上岸一观。四时许,歇南沱。其地距宜昌若干里,或言四十,或言六十,不知确数。岸上仅幺店子数十家,上岸者分头借宿。

就睡后灭灯,月光映于两旁之油布,如张玻璃。杂然一舟,至此乃归幽寂。听江流潺潺,念及《春江花月夜》之诗句。

一月十四日,星期一。

晨以八时开船。行程艰难,今日可抵宜昌,众齐心慰,几似宜昌即目的地矣。水险已过尽,诚属可慰。作书致山公,详告奉节以下经过。与芷芬、士敦、小墨等共饮。十二时到宜昌。大家快慰。饭后登岸,访新生书店,承借与房间,留宿另一船之人。于是我船可以恢复旧秩序,稍见舒畅。打听下驶办法,知可由小轮拖带,约三四天抵汉口,但其值甚昂,云须一百五十万元拖一艘。

宜昌市屋,十去七八,系为日兵拆去,充作燃料,故皆留屋顶墙壁。碎瓦颓垣之处亦颇不少,不知何由而毁。现皆新筑木板小屋,居家或开小铺子。得见当天之《武汉日报宜昌版》,始知国共避免冲突,恢复交通,已成立协议。政治协商会议已开会,报载昨日之会为第三次,此是可慰之事。

返舟，吃鱼杂豆腐下酒。老李昨在南沱买一大鱼，高与三午相仿。吃晚饭即吃此鱼。就睡时，心绪甚适，因宜昌已到，舟中日秩序已恢复。夜眠亦酣适。

一月十五日，星期二。

今日整日晴明，天气暖和，人意舒爽。打开受潮之书篓，晒于舱板及篷顶。三官蓄书，其心甚专，得千余本，皆翻译本文学著作，在重庆装满一橱，顾而欣然。今着潮者殆二分之一，其土纸本皆成湿漉漉之一块，虽经曝晒，未必有用。未免丧气。但三官犹谓将重行购买，以补此缺憾云。

乘破舟押货而来之邱君（国际救济会职员）以昨夜到，今晨来船。其船经险滩，居然无恙，实为大幸。据云经新滩时见两船覆没，将抵三斗坪时又见一船覆没，人落水中，无人援救。川江行船之险如此，我辈初不之知。若早知如此，决不敢冒此大险。犹幸今已抵宜昌，险处过尽，堪以相庆耳。

三官今日发烧甚高，想系连日疲劳所致。渠助舟子划船，抢救水险时出力特甚，每日登岸歇宿，自肩铺盖上下，凡此皆致困之由。期其不为重病耳。

芷芬、士敷往接洽拖轮，颇有眉目，至早后日可以动身，价在一百二十万左右。果尔，则虽所费较多，而行程迅速，亦为快事。

傍晚，仍与诸人饮酒。昨买干酒，饮后口渴。今买大曲，亦不甚佳。然其价便宜，八百元一斤，犹是老秤也。

一月十六日，星期三。

太阳不如昨日好，仍曝书。作书致山公，又向胡绳催稿。寄书上海诸公，并附一笺致我妹。

接洽拖轮，尚无具体结果。徘徊一舱，起坐一铺，无事可为，实在无聊。闻由小轮拖带，遇风亦须停泊。如风肆，到汉之时日恐甚多，本月杪未必能到上海。《中志》与《少年》三月号稿，皆须于本月杪发排，而迄今稿尚未有，必致脱期，为之心焦。傍晚仍饮酒，诸人杂谈，意兴较好。

一月十七日，星期四。

上午大翻舱，将另一船之货移于我船，尘灰飞扬，杂乱殊甚。

下午四时半，与墨及芷芬、士敷登岸，应桂文梁君之邀。桂系索非之友，现任事船公司，昨日曾来船见访，热心相助，允为我们接洽轮拖，并为介绍汉口轮局，以便到汉时易于购票。至其旅馆，晤其友四人，皆运输界及贩卖商人，均宁波人。共进餐于宴春楼，饮甚多。菜为江浙口味，皆可口。八时归船。

附拖进行，云二三日内可有望，只得耐心以待之。

一月十八日，星期五。

竟日缮抄小墨所作《钦差大臣》之缩本,抄时即为修改,以遣时光。

墨发热,偃卧,未进食。亚平小姐亦发热。余意兴不佳。动身期不之知,电重庆汇款未到,淹留宜昌已四日矣。下月二日为阴历岁尽日,希望能到上海与亲友共吃年夜饭,恐不可能矣。

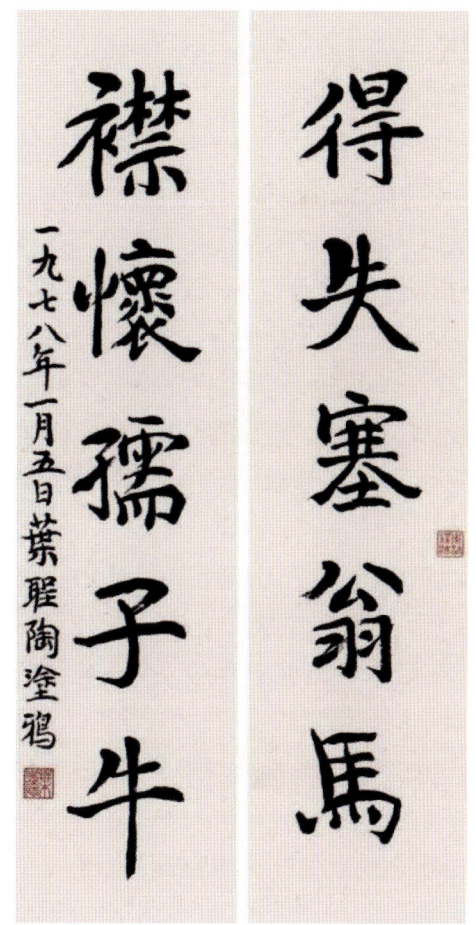

图6-4　叶圣陶手迹

一月十九日,星期六。

晨间知墨已退热,为慰。芷芬上岸接洽,已说定由招商局飞岛轮拖带,明日开行,价一百有十万。旅程又进一步,大家欣然。邱嘉模乘划子落水,全身浸湿,虽立即拉起,颇受寒受惊矣,即偃卧休养。舟中无聊,与士敫共饮。

饭后,与芷芬、士敫登岸,至招商局缴款。款系向新生书局及桂文梁君等借来。又书公函,说明途中如遇损失,与招商局无涉云云。于是移舟泊近飞岛轮。此轮颇不小,

云有七百余匹马力,至多可拖木船二十艘。若江行不遇风,四日可抵汉口矣。

傍晚,寄宿岸上新生书店者齐下船。因彼辈位置于前舱,附载之崔君破口大骂,以为我店办事不善,亏待彼辈。我舟诸人皆动气,余略斥崔君。同行一月,乃至不欢,殊无味也。小墨、三官移卧前舱,让寿康夫人及其老母,以及世泽夫人。就睡已九点半。

一月二十日,星期日。

晨间桂文梁君来船送行,为关照飞岛轮人员,予我船以照拂,又为指点汉口轮局人员,谋购票之便利。桂君盛情深可铭感。

轮以十时开行。旁附铁驳一艘,大木船一艘。其后并排拖盐务局大木船三艘,桅樯高耸,旗帜飘扬。载有武装军队。又其后拖较小木船两艘,一即我船,一则上海市商会社会童子军自备木船也。连飞岛轮共为八艘,颇有浩浩荡荡之势。计其人数,恐在千数矣。晴光一江,水声汤汤,较诸划船之时,意兴迥异矣。

行约五六里,忽停轮。见有两木船前来,知是"黄鱼",亦犹公路乘车,"黄鱼"于站外附载。但盐务局船不之许,以为拖带太多,行程必缓,不克以四日到汉,阻飞岛轮营私,且架机枪于船首,以示威胁。纷议至三点钟,始解决,"黄鱼船"上之警官员生悉登铁驳,木船两艘则不得附行。为此一事,延搁路程恐在一百里矣。两岸已无高山,多见丘陵,沙洲平铺,烟波壮阔。

士豰发烧,芷芬伤风咳嗽,余乃独酌,眺望夕阳。日没时,船停泊于宜都枝江之间。抛锚江心,旁无村落,然同行者多,又有武器,一无足惧也。我船无锚,即系着于盐务局之木船上。日来天气暖晴,最为可慰。夜间月色,无夕不佳。

一月二十一日,星期一。

晨以六时开船。天气仍晴明,有东南风,下午转烈,江中见白浪。

三时泊沙市,船随波颠荡,舵舷激触有声。多人皆上岸,余于风中独酌。小墨、三官归船,买来醣甲鱼、油炸虾。晚饭而后,又纷纷摊铺就睡。

今日寄山公一书,详告在宜五日经过,列"东归"第十号。改知伊所作《师生间》一文,耳边不静,仅改五六页耳。

三、漩流中,鄢国培从峡江船员走上中国文坛

"春花秋月何时了,往事知多少?"多长的人生,就有多少往事。往事可以如歌,往事也常不堪回首。我在回忆往事时有过甜蜜的幸福感,但也常常勾起揪心之伤痛。因为我有的好友因突发事件而离世,他的成就、他的故事也成为往事……

2008年春,《当代文学研究》编辑望见蓉来电催促。于是我的第一篇回忆文字逼

出来了。惜该刊属内刊，一般读者难得一读。今年正逢著名作家鄢国培逝世 20 周年，我不禁再一次追思那些难以忘怀的往事。

我与鄢国培之相识事出偶然，也可谓"邂逅"。1978 年春节过后，在宜昌地区文艺创作会的部署下，所属的 9 县 1 市纷纷召开创作会议，讨论和制订落实各项创作计划。宜昌市当时文艺创作较为活跃，除黄声笑外，涌现了李华章、江涛、刘鸿川、张建书、芦显之等一批作者。有一天，市委宣传部的江涛同我见面时谈到：因黄声笑在武汉写作长诗，港务局宣传科派了一个名叫鄢国培的人来替代，他车上宣称自己正准备创作长篇小说系列《长江三部曲》的庞大计划，因为鄢国培第一次与会，名不见经传，惹得一些哄笑，说他是"神吹"。我也觉得有些惊奇，但细想事出有因，便请江涛转请鄢国培来见面谈谈。

两天后，一个稍显矮胖的中年人走进了我在桃花岭的办公室。他告诉我：他是宜昌—巴东航班"218"江轮上的一名电工，家就住在隆中路，今天轮休才按江涛吩咐赶来。他原在重庆长航工作，自幼爱好文学创作，1964 年在上海《儿童文学》和重庆《红岩》发表过小说，是重庆作协会员。"文革"期间，他就偷闲写小说。四川籍的船工都爱在空闲时"摆龙门阵"，传讲四大家族、孔二小姐、民生公司老板等趣闻逸事，他准备以此作素材写《长江三部曲》系列……说完后又从军布包里拿出一本厚厚的硬壳笔记本递给我，"这是第一部《漩流》的草稿，大约十万多字吧，你看看"。我一面听他讲述，一面仔细观察着他。初次见面他显得拘谨，虽不善谈吐，但不时流露出四川人那种特有的幽默。直觉告诉我他不像是个"吹吹"，读完他的初稿后更知他有着扎实的文学功底，并为写作长篇进行过长期酝酿。不可以貌取人啊！

宜昌地区人称诗歌之乡，出了几位诗人，但小说创作薄弱，省作协刘岱同志多次嘱我注意发掘这类人才。机遇总是赐予有准备的人。恰好那年 8 月，刘岱来信相商：省文联与《长江文艺》决定举办"文革"后的首届大型文学创作学习班，想在宜昌找一个环境幽静、经费开支较少的地方。我立即想到了当阳的玉泉寺，我同玉泉寺风景区的傅书记有过友好交往，一谈即定，随后又通过在当阳县委任秘书的小说作者秦廷申取得当阳县委的同意与支持。于是，刘岱、沈毅等人拟定了 50 余人的名单发往全省各地。我向刘岱谈了鄢国培的情况，建议邀请他来参加。刘岱来宜昌同我一道去见老鄢后，同意他参加笔会。在通知宜昌市委宣传部时出了点问题，但在地委宣传部的支持下如愿成行。这是鄢国培走进文学殿堂最关键的一步。

玉泉寺创作班人才济济，湖北文学精英齐聚。开始大家并未关注老鄢，老鄢每天在小溪里钓半天鱼，写半天长篇。创作班上还来了一些编辑，有《长江》《长江文艺》，长江文艺出版社的,负责看稿。刘岱同我商量后跑到当阳县文化馆,找人将鄢国培笔记本上 18 万字的稿子抄写下来(每万字 10 元),好给编辑们看。首位初读《漩流》的是新组建的大型丛刊《长江》的一位女编辑,她出自武汉大学文科,但社会阅历较浅,对这部描写中国民族资本家题材的作品不看好。于是,我又请长江文艺出版社资深小说编辑田中全看。田中全也是四川人,从三峡走出来的,因我常住出版社客房改稿,同他熟识。当时学习班流传两句话:"刘不朽的诗是玩出来的;郑定友的诗是哭出来的。"郑写长诗《火龙山》,我写长诗《金翅鸟》,写一写,玩一玩,经常同田中全、熊召政下棋。我找到田中全,他说:"啥子? 又想杀几盘?" 我说我们宜昌有位新作者写了部长篇,请你帮忙看看。他笑了笑:"你晓得,我是看三审的编辑,够出版水平的我才看!" 我告诉他鄢国培的基本情况,并说我同刘岱都看好这部作品。创作班才开始不久,大部头作品都未出来,他正闲着呢。于是,他接过我递的手稿,"好,我看看再说"。三天后,田中全让我把鄢国培找来见面谈谈。田中全学识渊博,阅多"识货",他简单地询问了老鄢的酝酿与创作后,便果断拍板:"这部《漩流》和以后的两部都由我社出版,我来当责任编辑! 老刘啊,我这次算没白来啊!"

三楚名山玉泉寺是传说中关云长显圣之地,也是湖北文曲星大显身手之地。两个月的创作班除了 30 多部长诗、长篇小说、影视剧本、报告文学……最惹人注目的是鄢国培这颗文学新星的冉冉升起。"扶君上马,再送一程"。我那时担任的就是这个小角色。1978 年 10 月中旬,距玉泉寺文学创作班结束还不到一个月,长江文艺出版社高级编辑(后任总编辑)田中全给我打来电话,让我转告鄢国培去出版社商谈《漩流》的修改和最后的定稿、出版事宜。我跑到隆中路长航船员的宿舍区二楼老鄢的家中转告他。他高兴之余又面露难色:"老刘,出版社、作协那里我都人生地不熟,你能不能陪我去呀?" 恰巧我的长诗《金翅鸟》也通过终审,我也想去出版社和责编邱祥凯谈封面设计的事。于是,两人一同去了位于汉口解放大道新育村的出版局大院,住进了老田安排好的客房。

文人最可贵的是人品,经过同鄢国培数月的接触,我深感他为人正直、忠厚、质朴,具有作家应有的优秀品质,只是不善于交际应酬。他与田中全初次见面也没多少言语,我便提议三人一同出去走走。走到"老通城" 时已近中午,我说"老通城" 豆皮很有名,传说,毛主席当年在这里吃过呢,我们进去吃了一顿香美可口的豆皮,老鄢掏钱请客。田中全讲了终审的情况:领导审阅后已通过,但建议将第 7 章孔二小姐带洋狗洗澡的情节修改或删节。老鄢表示接受。

我们又到《长江文艺》看望刘岱,刘岱得知出版社消息后很高兴,他说骆文看过后很满意,并表示要抢在书出版前先在《长江》丛刊创刊号发表。他并且要我在宜昌找一名好画家来画插图。当时在市童装厂工作的汪国新给我看过他画的连环画，我觉得他在绘画上有才气，便推荐汪国新去了。1979 年 7 月，长江三部曲之一《漩流》在《长江》创刊号隆重问世，《漩流》问世后立即得到广大读者好评，刊物加印数万册以满足读者需求。

世事如棋，人生如戏。一名从长江三峡的漩流激浪中走出的船员，一夜间成了名满天下的作家，也带红了一位青年画家。我有幸成为这传奇的见证者。

在《漩流》出版后，老鄢回了趟老家重庆铜梁，名为探亲，实则收集准备第二部的资料。回宜后他来我家对我说："总算没有白跑一趟，写第二部有了点谱了。"原来，他在重庆长航采访了"民生公司"的一些老船员，又在重庆图书馆借阅了解放前出版的多种报纸。他还告诉我，经朋友介绍发现珍贵的资料，这就是全国政协编印出版的《文史资料》，其中有几篇涉及卢作孚。后来他又从武汉找来了解放前出版的《大公报》。历史题材的作品虽是虚构，但要符合当时社会的真实，老鄢深知其理。写作犹如打仗，也是"兵马未动，粮草先行"。

老鄢在隆中路的住房条件较差，请我帮忙找个安静的地方写作长江三部曲的第二部《巴山月》。1980 年 5 月，经与地处枝江的省化联系，地区在省化招待所举办了创作笔会。我把老鄢带去，给他安排了一间好房让他在那里安心写作。公开的活动只安排他同创作班的作者以及枝江、省化的文学爱好者见面讲讲课。但人怕出名，各种干扰还是纷至沓来……最大的一次干扰是武汉电视台的朋友们突然赶到枝江，他们已将《漩流》改编成电视剧，想捷足先登筹备开拍。此行目的是要鄢国培签约。消息不胫而走，武汉、宜昌、枝江的一群艺术爱好者纷纷自荐当演员，其中就有史可。史可当年 18 岁，高中即将毕业，酷爱演艺。她父亲史若愚是枝江县文化馆长，也是我的好友，成天缠着老鄢和我两人推荐。在我们的请求下剧组应允给她安排个小角色，可史可则倔强地要争演主角。我们离开枝江后两个月，老史给我来电话：他姑娘高考报捷，被上戏和中戏双双录取。后来史可这个小姑娘因饰演电影《摇滚青年》而一举成名。

在枝江的一个多月纷纷扰扰，老鄢还要经常去石子岭水库钓鱼，他竟然写作了近 30 万字，可见他对第二部《巴山月》的写作已成竹在胸，只需他的才思随着时间在笔尖上流出而已。当年 10 月，省作协又邀请老鄢和我去嘉鱼县的湖滨小招参加笔会，去完成各自的长篇写作任务。后来他又转战鄂城笔会，我因事未去。《巴山月》可能就在鄂州水岛上，品尝着美味武昌鱼而大功告成。历经两年多的呕心沥血，上下两卷 60 余万字的《巴山月》如期问世。1981 年 6 月 2 日，他来到我家中将新书赠我，我们相视一笑，一切尽在不言中。

《巴山月》出版后，老鄢觉得有些疲累，准备休息一段时间。长航考虑到他的脱产问题,决定把他调到长航专业创作组,为他的创作创造更好的条件。1985 年 3 月,省委批准省作协单独建制后,省委宣传部又将他从长航调到作协。他的家仍在宜昌,宜昌港务局为他分了新房,他住四楼恰好在黄声笑的楼上。外地记者、作家来访,我都是他们的引路人。

经过一段时间酝酿,第三部的写作已显眉目。于是,他请我帮他找一个环境优美、无人干扰而又房租低廉的地方写作一年半载。我那时正在地区创作室任主任,行动很自由。恰好当时我去了一趟大老岭林场,场长王辉是宜昌知青,爱好诗歌,我写了一篇《一位林场场长和他的诗》发在《三峡文学》上,并同他结识成好友。大老岭海拔 1600 余米,保存有大片原始森林,是疗养与写作之圣地。老鄢听说后很兴奋,催我联系安排并邀我伴行。就这样我陪他上了大老岭。他一住就是大半年,我断断续续也陪伴他两个多月,带他进山林采草药,拾香菇,观珙桐花……大老岭清晨常现云海奇观,这也许是他将第三部定名为《沧海浮云》的启示。可以说,他的第三部大半孕育在这片世外桃源中。

1985 年 5 月,省作协第二次代表会召开,老鄢当选为副主席,8 月 3 日《沧海浮云》脱稿于武昌东湖寓所,1986 年 1 月他的《长江三部曲》全部出版。他在书的后记中写道:"我由海员、业余作者成为能写点东西的作家,是长江哺育了我,是党培养了我。"这是真实的流露。1990 年 12 月,湖北省作协召开第三次代表大会,老鄢当选为作协主席,我也在差额选举中当选为副主席。省委宣传部长王重农和老鄢都力劝我赴省驻会,协助老鄢主持工作,我再三婉言谢绝。我留恋宜昌——我的第二故乡。

老鄢担任作协主席后虽分有住房,但夫人多半住在宜昌,他只是在节假日回家探望。1995 年 12 月 21 日,他打电话告诉我:他将搭乘宜昌船闸朋友的便车回宜。可第二天中午,却突然接到通知:鄢国培在汉宜高速上因车祸不幸身亡。惊雷乍起,我欲哭无泪,一边驱车赶赴现场,一面通知省作协和他夫人周祖英。次日,省作协谢克强赶到,在市文联成立了治丧委员会,市文联人员全部为丧事奔忙。我将此事报告市委副书记万九才,他参加慰问老鄢家属。开追悼会的那天,省作协、出版社开来两辆大交通车,连离休的老编辑都来了。他们皆是我熟识的好友,见面唯有握手,无暇寒暄。我的大脑一片空白……悲叹人生苦短,诅咒造化弄人! 17 年前是我请他出山,17 年后又是我送他驾鹤西归。老天爷何其残酷!

鄢国培不是宜昌人,但他是宜昌的骄傲! 鄢国培是宜昌长篇小说创作的开拓者,他是根植于这片文化沃土的大树,在他的身后蓬勃着一片森林,从 1980 年代起,宜昌相继涌现了张映泉、张永久、吕志青、陈宏灿等一大批优秀小说作家。逝水流年,今年是老鄢逝世 20 周年,追忆其人其事,以示我永久的怀念! (刘不朽作于 2015 年)

第三节　九码头楹联作品集

姜祚正

一江两岸千般景，是何人先探三游洞；

四海五湖万里船，问哪艘未停九码头？

杨玲玲

一

澜安楚塞楼，纤传号子成绝响；

波漾天然塔，鞭指五龙忆旧闻。

二

门对磨基山，天然塔早朝神女；

石沉烟收坝，母亲河夜送洪峰。

三

当年捧读，记忆犹存，三部曲激情澎湃；

今日重游，地标矗立，九码头文脉悠长。

冯汉斌

一

夜静满城安，灯影摇红千浪涌；

潮平两岸阔，轻舟击水一帆悬。

二

寻梦九码头，氢舟号刷新，唤来不夜城雅韵；

系情一江月，老街坊叙旧，留住宜昌港乡愁。

三

何人喜相逢？且凭这埠上清晖，热泪欲零还住。

挥手自兹去，甭管那滩头险峻，羁心已乱更狂。

江川鄂

一

堪道歌之渊薮，舞的巢房，一台交响，风流里巷；

着迷行外笙簧，业余弦索，十载争鸣，名噪江湖。

二

港务街区，海员群落，故多殷实之家，

衣食丰，声情茂，曼舞轻歌，已属此间传统；

黉宫挂锁，学子愁闲，纷步前人之踵，宣传队，

慰问团，劳军下厂，诚然文苑轶编。

杜心宁

一

九歌逸韵今安绝；

宜港涛声古亦新。

二

九码头，船装楚越千秋货；

宜昌港，水运巴渝万古情。

三

自川江呼啸而来，樯帆蔽日，商贾百年，码头卧月；

从黄埔逆流以上，货物盈舱，通衢九省，峡口生辉。

萧雪君

一

烟火江城，市井喧阗，麻辣干锅香满巷；

游船钓影，水流潋滟，渔歌笑语荡波心。

二

九码头边，市井繁华烟火旺；

胜利二路，江流不息人声喧。

三

汽笛声声，百年码头迎远客；

灯火盏盏，一江碧水载归舟。

四

夜泊乡愁，百载风霜留旧韵；

江畔潮涌，万家灯火照新程。

张茹

一

万亩月色，千里涛声，同来码埠争滟潋；

四海珍奇，九派商旅，俱汇宜昌斗风流。

二

码头虽有土洋，论烟火人气，其中最富堪九埠；

诗书也多雅颂，思寰宇天心，此处骚魂是三闾。

三

上得岸来，天宝物华，始觉荆楚川渝皆以美；

登得舟去，山重水阔，方知雪山沧海自通灵。

方志亮

一

记忆斑斓，穿越时光渡口，毓秀峡江，传唱码头文化；

古城典雅，激扬发展潮流，畅通航道，铺陈商旅风情。

二

级级台阶镌刻民生烙印；

悠悠岁月铺开发展新篇。

何宏江

一

风浪伴舟车，那战火渔火灯火，可照往来人？谁入江湖迷戏里？

光阴融苦乐，这吼声哭声笑声，多为名利事，皆沉梨枣刻心头。

二

百姓九码头，喧闹江湖，旅社欣为歇脚地；

一街双剧院，雅俗事物，诗人静坐看戏台。

三

九码头过往，几点烟云，何处还能追旧事？

一大卷钩沉，千般变幻，今人犹堪记乡愁！

曾祥科

西通川蜀，东接越吴，看滚滚惊涛，千番聚散七十载；

江上帆船，岸边烟火，问熙熙行客，几度浮沉九码头。

代先洲

荆楚货轮集散场，畅通五湖地；

峡江文化渊源处，出发九码头。

杨冬玲

一

连巴蜀引苏杭，渡口生辉，财达三江通四海；

拓宏图开商旅，古街焕彩，业兴千载福万民。

二

渡口感时，每忆川盐济楚，安民保国；

江边揽胜，欣看峡水飞帆，兴业积功。

黎珍敏

一

控巴楚，引荆襄，万里波涛担国计；

步栈桥，登阶石，一声江笛起乡愁。

二

由来商埠码头兴；

不独宜昌大市名。

徐敬河

一

情钟三峡夷陵地；

笑纳千轮九码头。

二

昔过载之名，犹如是耶？

今旅游之盛，不亦荣乎！

三

宜昌市够风光，纵览波涛万里；

九码头真气派，通连沪渝千城。

刘珉传

灯塔引航，今古码头英雄铭历史；

民权出港，昔时匪霸贼寇化烟云。

注：民权，为民国时期卢作孚创办的民生轮船公司轮船名。

[1] 王柏心，雷春沼.荆楚文库:同治宜昌府志 [M]. 武汉:崇文书局，2018.

[2] 林有席，林有彬，等.荆楚文库:东湖县志·续修东湖县志 [M]. 武汉:崇文书局，2020.

[3] 陈宣修.荆楚文库:夷陵州志 [M]. 武汉:崇文书局，2020

[4] 宜昌市志编纂委员会.宜昌市志 [M]. 合肥:黄山书社，1999.

[5] 伍家岗区地方志编纂委员会.伍家岗区志 [M]. 武汉:武汉出版社，2012.

[6] 伍家岗区地名志编纂委员会.伍家岗区地名志 [M]. 沈阳:东北师范大学出版社，2019.

[7] 万寿桥街道志编纂委员会.万寿桥街道志 [M]. 宜昌:三峡电子音像出版社，2021.

[8] 胡德才.三峡文学史 [M]. 成都:巴蜀书社，2011.

[9] 冯天瑜.长江文明 [M]. 北京:中信出版集团，2021.

[10] 晓叶编.梦魂犹恋百花香 [M]. 武汉:长江出版社，2015.

[11] 翟明刚.三峡诗学 [M]. 济南:齐鲁书社，2016.

[12] 朱复胜.宜昌大撤退图文志 [M]. 贵阳:贵州人民出版社，2005.

[13] 叶圣陶.我与四川 [M]. 成都:四川文艺出版社，2017.

[14] 蔡靖泉.楚文学史 [M]. 武汉:湖北教育出版社，1996.

[15] 李泉.图说宜昌两千年 [M]. 武汉:长江出版社，2012.

[16] 郑观应.长江日记 [M]. 上海:上海古籍出版社，2010.

[17] 刘萍.近代中国的新式码头 [M]. 北京:人民文学出版社，2006.

[18] 章开沅，等.湖北通史 [M]. 武汉:华中师范大学出版社，1999.

[19] 乔铎.宜昌港史 [M]. 武汉:武汉出版社，1990.

[20] 鄢国培.漩流 [M]. 武汉:长江文艺出版社，1979.

[21] 鄢国培.巴山月 [M]. 武汉:长江文艺出版社，1981.

[22] 鄢国培.沧海浮云 [M]. 武汉:长江文艺出版社，1986.

[23] 符号.约瑟夫的阶级成分 [M]. 北京:金城出版社，2015.

[24] 李华章.李华章文集 [M]. 武汉:武汉大学出版社，2019.

[25] 鄢国培.湖北作家文库·鄢国培卷 [M]. 武汉:长江文艺出版社，2008.

[26] 黄声笑.歌声压住长江浪 [M]. 武汉:湖北人民出版社，1959.

[27] 华中师范大学中文系.黄声笑诗集(全三集)[M]. 武汉:华中师范大学出版社，

1974.

[28] 黄声笑.黄声笑诗选:新国风第一集 [M].宜昌:宜昌市人民出版社，1958.

[29] 黄声笑.挑山担海跟党走 [M].北京:人民文学出版社，1975.

[30] 黄声笑.站起来了的长江主人 [M].北京:中国青年出版社，1978.

[31] 刘不朽，管用和.山寨水乡集 [M].武汉:湖北人民出版社，1963.

[32] 刘不朽.歌满山乡 [M].武汉:湖北人民出版社，1977.

[33] 刘不朽.金翅鸟 [M].武汉:长江文艺出版社，1979.

[34] 刘不朽.三峡之恋 [M].武汉:长江文艺出版社，1988.

[35] 张永久.黄金水道 [M].武汉:长江文艺出版社，2016.

[36] 冯绪旋.三峡小移民 [M].武汉:湖北少年儿童出版社，2003.

[37] 冯中衡.冯中衡水彩画 [M].武汉:湖北美术出版社，2013.

[38] 汪国新，郑桂兰.长江三部曲连环画 [M].北京:人民美术出版社，2007.

[39] 符号.静观肃思录 [M].北京:中国三峡出版社，1997.

[40] 冯汉斌.以屈原之名 [M].宜昌:三峡电子音像出版社，2024.

[41] 李扬.宜昌纪事 [M].武汉:武汉出版社，2024.

[42] 阳彬彬，谭家斌.日月同光 [M].宜昌:三峡电子音像出版社，2023.

[43] 陶澍.陶澍集(全二册)[M].长沙:岳麓书社，1998.

[44] 蛇从革.长江之神:化生 [M].太原:山西人民出版社，2021.

[45] 刘不朽.长相忆·诗之忆 [M].北京:团结出版社，2019.

[46] 刘抗美.中国有条黄柏河 [M].武汉:长江文艺出版社，2016.

[47] 韩玉洪.铁血宜昌峡 [M].武汉:长江文艺出版社，2018.

[48] 汤世杰.汤世杰散文选 [M].北京:作家出版社，2022.

[49] 凌耀伦.民生公司史 [M].北京:人民交通出版社，1990.

[50] 文耀棠.说唱宜昌 [M].宜昌:三峡电子音像出版社，2017.

[51] 冯天瑜.中华文明五千年 [M].北京:北京大学出版社，2022.

自 1988 年到宜昌工作，迄今已 30 多年。不管是作为一个地理名词，还是作为一座文化地标，九码头在我心中的分量一直很重，它繁忙、流动、包容且泥沙俱下，无数个告别与重逢在此发生。从某种意义上说，九码头承载了我太多的记忆，也厚植了我多年的情感，这也是我当时毫不犹豫地答应出任《九码头·文艺卷》主编的部分原因。

但说实话，对一个地域的文学艺术进行整体打捞与呈现，的确不是一件容易的事，非亲历者不能体会。比如，如何对"九码头"这一概念进行地域上的界定？如何尽可能地厘清"九码头"的内涵与外延？宜昌文艺的人与事在多大程度上与九码头发生关联？如何兼顾域外与本土？这些，都是本书要考虑的问题。好在伍家岗区政协、伍家岗区委宣传部、伍家岗区文联和"九码头"丛书编委会多次碰头协商，就一些根本性的问题进行了明确，本书的编写得以顺利推进。

本着厚今略古的原则，《九码头·文艺卷》主要观照的时间段约为百年。这百年，也是九码头地域变化最大的百年，人事更迭，地理变迁，历史流转，呈现的是一册"不居"的文艺之书。所以我们要做的，是对文艺史料的寻找、打捞和整合。于是，我们找到了鄢国培之子鄢文，请他提供相关的第一手资料；我们找到了郑桂兰大姐，请她还原当年与汪国新先生在九码头创作连环画《长江三部曲》的历史场景；我们找到了湖北大学田子瑜教授，请他提供父亲田海燕在宜昌港务局工作期间的史料；我们找到了黄声笑当年在宜昌市人民出版社出版的诗集《国风第一枝》，书中收录了他的数十首诗歌；我们趁吴作人孙女来宜昌的机会，了解到了艺术大师吴作人在抗战期间三过三峡的难忘经历；还有本书中很多有关九码头的老照片，都是在寻找过程中获得的。为了增加本书的丰富性和史料性，我们花了很大力气，整理了鄢国培、黄声笑、冯中衡、刘不朽、蔡静安、符号、李华章和汪国新等八位文艺家的生平及创作年表，尽管费了很大工夫，但难免有不准确和不完善的地方，只能留待日后补充完善了。

本书文艺卷的基本框架及章节内容主要由我拟定，各章节的分工如下：前言、第一章、第四章、第六章，由冯汉斌执笔；第二章，由陈文武执笔；第三章，由陈京玺执笔；第五章，由黄荣久执笔。各章完成后，由我进行了最后的统稿，并根据需要，进行了必要的修改和审定。宜昌市楹联协会的同仁们，专门为九码头创作了一组楹联，为本书增色不少。本书的历史卷和社会卷要感谢李华章、韩玉洪、吴承喜、罗洪波、袁在平、向东、江川鄂、杜心宁、陈文武、李永红、万丰华、库爽生、田忠祚、赵文军等老师接受访谈、提供资料,在此致以诚挚的谢意。丛书主编张永久,宜昌市文联主席周立荣、作家张泽勇、宜昌市文联副主席李扬、伍家岗区文联主席佟茜洁对丛书提出了很好的建议。另外,必须指出的是,因受视野和阅历所限,肯定还有很多遗漏之处!欢迎读者诸君不吝指教,以便修订时补充完善。

感谢华中科技大学出版社和责任编辑,为本书的出版付出了艰辛且细致的劳动!

冯汉斌